구노이치 인법첩

야마다 후타로 지음
김소연 옮김

AK

일러두기

1. 제목 『쿠노이치인법첩(くノ一忍法帖)』은 '쿠노이치 닌자술 이야기가 적힌 문서'라는 의미이다. '인법(忍法)'은 닌자가 신체나 도구를 이용하여 발휘하는 기술을 말한다.

2. 일본 고유명사는 국립국어원 외래어 표기법에 따랐으며, '구노이치(くノ一)'만 예외로 '쿠노이치'로 표기하였다.

3. 본문 하단의 각주는 모두 역자 주석이다.

목차

닌자술
‘쿠노이치 화장(化粧)’

1

1615년 7월 중순, 슨푸로 돌아간 도쿠가와 이에야스의 웃는 얼굴만큼 만족에 찬 것은 없었다. 그도 당연하다. 이것은 그해 5월, 오사카성을 공격하여 함락하고, 그 잔당을 완전히 소탕한 후 개선하는 것이었으니.

게다가 쇼군 히데타다는 한발 먼저 에도로 돌아갔지만, 한발 뒤에는 손녀 센히메(千姬)가 도카이도[주1]를 따라 슨푸로 온다.

"불 속을 도망쳐 온 끝에 더운 날씨에 여행을 시키는 것이다. 서둘러 후지의 빙실(氷室)에 사람을 보내 있는 눈을 모조리 가져오너라."

자신의 여장도 풀기 전에 그렇게 독촉하는 노인에게, 근신(近臣)들은 선대 쇼군이 이리 기뻐 어쩔 줄 모르는 것은 어쩌면 도요토미가를 멸망시킨 것보다 센히메 님을 후지로 되찾은 데에 있을지도 모른다고 생각했을 정도였다.

그러나 이에야스가 이렇게 드러내 놓고 기뻐하는 것은 아마 평생에 처음이었겠지만, 동시에 마지막이기도 했다. 내일이면 드디어 센히메가 이 슨푸로 들어온다고 하는 저녁, 그 전구(前驅)처럼 달려온 준마를 탄 남자가 서둘러 성으로 들어가 은밀히 보고한 내용이 이에야스를 깜짝 놀라게 했던 것이다.

주1) 東海道(도카이도), 에도 시대의 5대 가도(街道) 중 하나. 에도 니혼바시에서 교토까지 가는 길로, 막부에서는 이 길에 53개의 역참을 만들었다.

"뭣이, 히데요리의 아이를 밴 여자가, 오센[주2)]의 시녀 중에 있다고?"

"그러하옵니다."

남자는 엎드렸다. 이가 닌자의 두령 핫토리 한조다.

이가의 향사(鄕士) 출신으로 도쿠가와가를 섬기며 이가, 코가의 닌자의 총수가 된 이와미[주3)] 태수 핫토리에게는 세 아들이 있었다. 닌자라는, 말하자면 해 질 녘에 나타나는 박쥐 같은 인간들을 다루는 직능(職能) 때문인지, 핫토리가의 가운(家運)은 이상하게 비극적이었다.

처음에 장남 겐자에몬 마사나리가 가문을 이었으나, 성질에 약간 광적인 데가 있어 10년 전에 부하가 반란을 일으키고 본인은 도망쳐 행방불명이 되었다. 그 뒤를 물려받은 차남 마사시게는 우연히 그 아내가 오쿠보 나가야스[주4)]의 딸이었기 때문에, 2년 전 오쿠보 일족이 역모 혐의로 이에야스에게 주살되었을 때 이 또한 정처없이 떠도는 몸이 되었다. 지금 이에야스 앞에 놀라운 일을 알리러 온 것은 셋째 아들 한조 마사히로다.

그리고 그의 보고 속에 생각지도 못하게 등장한 것은 맏형 겐자에몬의 이름이었다. 10년이나 그 모습을 감추고 있던 겐자에몬은, 이

주2) お千(오센), 이에야스에게 오센은 손아랫사람이므로 이름인 오센으로 부르지만, 오센보다 지위가 낮은 사람들은 '아가씨, 공주님'이라는 뜻의 '히메'를 붙여 '센히메'라고 부른다.

주3) 石見(이와미), 현재의 시마네현 서부를 가리키는 옛 지명.

주4) 大久保長安(오쿠보 나가야스), 도쿠가와 이에야스를 섬기며 간토(關東)를 지배하고 로주(老中)의 자리까지 올랐다. 또한 사도(佐渡), 이와미(石見), 이즈(伊豆)의 금광, 은광 개발을 담당했으나 만년에 광산의 금은 채굴량이 줄어들면서 이에야스의 총애를 잃고 관직을 몰수당했다. 그가 죽은 후 생전의 부정축재가 문제가 되어 일곱 명의 아들은 할복하였으며 인척 관계에 있던 영주들도 큰 화를 당했다.

번 오사카 전쟁을 이전의 죄를 보상할 절호의 기회로 여기고 몰래 도쿠가와가를 위해 움직이고 있었다는 것이다. 물론 닌자로서.

핫토리 겐자에몬이 낙성 전날 밤 오사카성에 잠입한다는, 보통 사람은 생각지도 못할 대담한 일을 해낸 것은, 닌자라는 특이한 능력과 위와 같은 절실한 동기가 있었기 때문이었다.

2

5월 6일 심야.

그날의 전투에서 고토 모토쓰구, 기무라 시게나리, 스스키다 하야토노쇼 등의 용맹한 장수들을 잃고 패색이 짙어진 오사카성은, 30만 도쿠가와 군의 포위가 좁혀오는 가운데 여전히 불타고 있는 마을 안에 빈사의 거인처럼 어두운 하늘에 우뚝 서 있었다.

낮에 성 밖에서 비보가 이어질 때마다 성 안은 불채찍이라도 맞은 듯한 경련을 보였다. 고함, 비명, 발광, 실신——그런 소용돌이 속에 돈을 움켜쥐고 탈주를 꾀하는 자, 상관을 찔러 평소의 원한을 갚는 자, 반해 있던 여자를 남의 눈도 아랑곳 않고 범하는 자의 광경을 보고, 겐자에몬은 이 성의 운명도 앞으로 하루 이틀이라고 판단했다.

이미 정찰의 목적을 다하고 저녁 어스름과 함께 다시 성 밖으로 떠나려던 그를 붙든 것은, 수습이 되지 않을 정도의 혼란에 빠져 있던 성내가 그때에 이르러 어찌 된 셈인지 마치 거친 바다에 기름을 깐 것처럼 고요해졌기 때문이다.

그 이상한 일의 이유를, 겐자에몬은 곧 알았다.

"사나다 님이다."

"사에몬노스케[주5] 님이 돌아오셨다."

무슨 일일까, 하며 겐자에몬은 고개를 갸웃거렸다. 사나다라면, 낮의 전투에서 거의 다 허물어지려던 도요토미 군 내에서 의연하게 혼다(譽田)에 포진하며, 기세를 타고 달려드는 다테 부대를 맞아 싸워 이를 괴란시켜, 오사카 측에 아직 사나다가 있다, 라며 도쿠가와 군에 찬물을 끼얹은 남자로, 이날 밤까지 차우스야마산에서 도쿠가와 군을 위압하고 있을 터였기 때문이다.

"그 사에몬노스케가 성으로 돌아왔다는 것은, 이미 성에 마지막 순간이 왔다고 각오한 것일까, 아니면, 그자가 하는 짓이니 또 뭔가 기상천외한 일이라도 벌이려고 돌아온 것일까?"

겐자에몬은 횃불의 그늘을 이용해 박쥐처럼 돌담이나 벽을 따라 움직여 갔다. ——그리고 본성의 사쿠라문[주6]에 가까운 서원(書院) 안에서 그 사나다의 모습을 발견한 것이다.

신을 벗지 않은 채 출입할 수 있도록 쌓아 올린 다다미를 등지고, 유키무라는 앉아 있었다. 그 앞에 다섯 명의 여자가 반원을 그리며

주5) 사나다 노부시게(眞田信繁). 아즈치모모야마 시대에서 에도 시대 초기에 걸쳐 살았던 무장으로, 통칭은 사에몬노스케, 사나다 유키무라(眞田幸村)라는 이름으로 더 널리 알려져 있다.

주6) 櫻門(사쿠라문). 오사카성의 정면에 있는 문.

나란히 있었다. 주위에는 무구(武具)나 촛대, 화려한 침구, 가이도리[주7] 같은 것까지 흩어져 있다.

"드디어 그때가 왔다."

하고 유키무라는 쉰 듯한 목소리로 말했다. 학자처럼 장중한 얼굴에서 한층 더 삼엄하게 눈이 빛난다.

"내일이라도 성은 함락되고, 히데요리 님은 전사하실 것이다. 히데요리 님도 납득하셨다. 그대들의 태내에 씨를 남기시는 것을."

총알을 막기 위한 흙가마니 그늘에 엎드려 있던 겐자에몬은 눈을 깜박였다. 그대들의 태내에, 씨를 남긴다? ――고개를 빼 보았지만, 단경[주8]의 불빛에 비치는 다섯 여자의 등이 모두 젊디젊어 보였을 뿐, 얼굴은 알 수 없었다.

다만 한 여자의 목소리가 들렸다.

"――센히메 님도 알고 계시는지요?"

"알고 계시다."

하고 유키무라는 무표정하게 고개를 끄덕였다.

"다들 알고 있다시피, 어머님은 센히메 님을 의심하시지만 센히메 님은 히데요리 님과 같은 배를 타실 각오에 망설임은 없으시다. 뿐만 아니라, 이 싸움의 과정에서 조부이신 선대 쇼군의 마음의 잔인함, 차가움을 히데요리 님 이상으로 미워하고 계시다. 함께 자해하실 각오이기는 하나, 설령 살아남으시더라도 만일 센히메 님의

주7) 여성의 예복으로 띠를 맨 위에 걸치는 통소매옷.

주8) 短檠(단경), 실내용 등화 기구의 일종. 낮은 기둥의 위쪽에 기름접시가 있고, 아래의 받침대는 직사각형의 상자 모양으로 되어 있다.

태내에 도요토미가의 씨가 남아 있다면 그것을 그냥 넘길 이에야스가 아니지. 따라서 끝까지 도요토미가의 피를 전하려면 그대들의 배를 빌리는 수밖에는 없다."

그리고 다음에 중얼거리듯 한 유키무라의 말은 겐자에몬을 전율케 했다.

"알겠느냐, 그대들 다섯 사람은 모두 히데요리 님의 아이를 낳아, 반드시 도쿠가와가에 재앙을 내려라."

다섯 여자는 고개를 끄덕였다. 유키무라의 눈에 처음으로 기분 나쁜 웃음이 떠돌았다.

"단, 히데요리 님은 지난 이틀 동안 몹시 초췌해지셨다. 게다가 다섯 명이서 달려든다면 뱀 얽기 비법으로 허리를 감고 모시지 않으면 일을 성사시킬 수 없다. 또, 반드시 씨를 모두 받아내야 하니, 흡호(吸壺)의 술법을 잊지 마라."

유키무라는 일어섰다.

"그럼 가거라. 히데요리 님은 이미 야마자토마루[주9]의 건반(乾飯) 곳간에서 기다리고 계신다."

——그로부터 잠시 후, 겐자에몬은 건반 곳간의 높은 처마 밑에 그림자처럼 검게 달라붙어 아래를 내려다보고 있었다.

가벼운 차림의 무사를 한 명 거느린 유키무라와 함께 걸어온 다섯 명의 여자는 무사가 연 문 사이로 건반 곳간 안으로 들어갔다. 정

주9) 山里丸(야마자토마루), 오사카성 본성의 한 단 아래에 있는 성곽. 도요토미 히데요시나 그 가족이 다회(茶會)나 꽃놀이를 즐겼던 곳으로, 오사카성이 도쿠가와에 의해 함락되었을 때 도요토미 히데요리가 이곳에서 자결했다고 전해진다.

원의 횃불에 명멸하는 다섯 여자의 얼굴은 모두 장밋빛으로 상기되어, 이 세상 사람이라고는 생각되지 않을 정도로 아름다웠다. 무사는 문을 닫았다.

성을 둘러싼 구름 같은 포위군은 이 시각에도 묵직한 해일처럼 시위의 소리를 지르고 있다. 성 쪽은 그에 답하지 않았다. 모든 성의 병사들이 이 최후의 밤에 이르러 이루어지려는 기괴한 제전(祭典)을 알고 있었던 것은 아니겠지만, 분명히 수많은 사람들의 뜨거운 기도의 마음이 이 건반 곳간에 쏟아지고 있는 느낌이 들었다. 겐자에몬은 귀를 기울였다. 뱀 얽기 비법——흡호의 술법이란 무엇일까?

그때, 곳간 옆의 채광창에서——분명히 곳간 안에서 여자의 비명 소리가 흘러나온 것 같은 기분이 들었다. 무슨 일이 일어났는지는 알 수 없지만, 남자의 혼을 쥐어뜯는 듯한 여자의 목소리였다. 그 창 쪽으로 소리도 없이 움직이려던 겐자에몬의 귀에, 다시 여자의 목소리가 들렸다. 떨리는 겐자에몬의 손가락에서 눈에 보이지 않을 정도로 처마의 먼지가 떨어졌다.

“사이조.”

유키무라의 목소리다. 깜짝 놀라 내려다본 겐자에몬의 눈이——자신의 모습은 완전히 어둠에 가라앉아 있는데도——분명히 자신을 똑바로 올려다보고 있는 무사의 눈과 마주쳤다.

무사의 팔이 올라가자, 붉은 유성이 선회하며 날아올라 처마를 움켜쥔 그의 손등에 꽂혔다. 그것이 횃불에 빛나는 표창이라는 것을 알았을 때, 겐자에몬은 즉시 한쪽 손으로 닌자도를 뽑아 들고 꿰뚫린 손등을 손목에서 잘라냈다.

"이런."

처음으로 사이조라는 무사의 입에서 그런 신음이 새어나왔을 때, 겐자에몬은 소리도 없이 흙으로 벽을 바른 곳간의 능선으로 피하고 있었다.

——핫토리 겐자에몬이 어쨌거나 잠시 목숨을 부지한 것은 그가 닌자였던 것과, 오사카성 자체가 단말마의 몸부림 속에 있었다는 이유 외에는 아무것도 없었다. 게다가 그는 성이 함락될 때까지 성 밖으로 탈출할 수는 없었던 것이다.

그 이튿날, 오사카성은 함락되었다. 사나다도 히데요리도 죽었으나, 센히메는 불길 속에서 구출되었다. 그리고 그때까지 성 한쪽 구석에 숨어 있던 핫토리 겐자에몬도 간신히 도망쳐 나와, 포위군에 섞여 있던 핫토리 한조 앞에 모습을 나타내었다.

이 불우한 형이 동생에게 얼굴을 보인 것은 10년 만이었다. 절단한 손목에서 흐르는 피 때문에, 그는 이미 빈사의 상태에 있었다. 그리고 그는 성내에서 본 그 기괴한 사실을 알리고, 그대로 목숨을 잃었다.

3

……왜 이렇게 놀라운 사실을 지금까지 말하지 않은 것인가.

그것은 핫토리 겐자에몬이 그림자의 닌자일 뿐이라는 조심스러움도 있었지만, 한조로서도 당장은 믿을 수 없을 정도로 기괴한 일이었기 때문이라고 한다.

이에야스도 한조를 질책하는 것을 잊었다. 이에야스도 그만한 이야기라면 한조가 제정신인지 의심했을 것이 틀림없다. 그것이 그에게 심상치 않은 고함을 지를 정도의 충격을 준 것은, 그 이야기에 더욱 놀라운 사실이 꼬리를 끌고 있다는 것을 전해 들었기 때문이었다.

"……히데요리의 아이를 밴 여자가, 오센(お千)의 시녀 중에 있다고?"

"그러하옵니다."

두 사람은 다시 한 번 그 말을 되풀이했다.

"어찌 그것을 알았는가."

"구와나[주10)]에서 온, 센히메 님의 배에 사나다가(家)에서 본 여자의 얼굴이 있는 것이 수상하다는 이야기를 흘린 혼다 님의 가신이 있습니다."

"혼다의——오, 그러고 보니 혼다는 사나다의 친척이지."

주10) 桑名(구와나), 에도 시대에 이세 지방 구와나에 존재했던 번. 현재의 미에 현에 있다.

그것은 이렇게 된 일이었다. 지금의 구와나의 성주는 미노[주11] 태수 혼다 다다마사다. 용맹함으로 칭송받은 헤이하치로 다다카쓰는 그의 아버지다. 이 다다마사의 누나가 이즈[주12] 태수 사나다 노부유키에게 시집을 갔다. 노부유키는 유키무라의 형이다.

물론 도쿠가와가와 사나다가가 지금과 같은 관계가 되기 이전에 맺은 인연이지만, 어쨌거나 그런 이유 때문에 혼다가의 가신 중 근자까지 사나다가에 드나들던 자가 있고, 더 나아가서는 유키무라가 은거하고 있던 기슈[주13]의 구도야마산에도 유키무라가 오사카 쪽에 붙지 않도록 있는 힘을 다해 권하려고 왕래하던 자도 있었다. 그중 한 사람이, 이번에 센히메가 구와나에서 올라탄 배를 호위하기 위해 다가갔다가, 우연히 그 시녀들 사이에서 예전에 유키무라 가까이에서 보았던 얼굴을 발견했다는 것이었다.

"그 여자가…… 지금 말한 오사카성에서, 히데요리가 기다리는 건반 곳간에 들어간 여자라는 건가."

"그것은 알 수 없사옵니다."

"다섯 명이 전부 있었다는 건가."

"그것도 알 수 없사옵니다."

건반 곳간에 들어간 여자를 목격한 것은 죽은 핫토리 겐자에몬뿐이니 그것은 당연하지만, 이에야스는 자신의 경솔한 물음에 쓴웃음

주11) 美濃(미노), 현재의 기후현 남부 지방에 해당하는 옛 지명.

주12) 伊豆(이즈), 현재의 이즈 반도와 이즈 제도(諸島)에 해당하는 옛 지명.

주13) 紀州(기슈), 기이(紀伊) 지방. 현재의 와카야마현 대부분과 미에 현의 일부를 가리키는 옛 지명.

을 짓는 것도 잊고 있었다.

"어쨌거나 센히메 님의 가까이에 사에몬노스케의 냄새가 나는 여자가 있다니, 간단치 않은 일입니다."

"좋네, 그 혼다의 가신을 부르게."

"그 남자는 죽었다고 하옵니다."

"뭣이?"

"배가 7리의 바닷길을 채 건너기 전에 미쳐서, 스스로 바다에 뛰어들어 죽었다 하옵니다."

――그 남자는 배 안에서 점차 말수가 줄더니 끝내는 주저앉고 말았지만, 눈이 기분 나쁘게 충혈되고 한여름의 개처럼 헐떡이기 시작했다. 처음에는 뱃멀미라도 하는 건가 하며 보고 있던 동료도 그가 분명히 욕정에 번민하는 눈을 센히메 일행에게 쏟고 있는 것에 당황했다. 그러나 그 남자는 평소부터 강직하다고 소문이 난 사람이었다. "왜 그러는가" 하고 물으니 스스로도 "아무래도 이상하네"라며 괴로운 눈으로 푸른 하늘을 올려다보았다. 잠시 지나자, 저기에 알몸의 여인이 춤추고 있다고 말하기 시작했다. 하지만 동료의 눈에 보인 것은 하얀 돛과 하얀 구름뿐이었다. 그는 콧방울을 벌름거리고 이를 악물고 있었지만, 그러다 갑자기 음란한 말을 지껄이며 센히메 일행 쪽으로 달려가려고 했다. 동료들이 당황하며 붙들었더니, 그는 갑자기 푸른 바다를 보며 "아…… 바다에 수많은 여자들이 헤엄치고 있다. 여자의 파도다, 여자의 바다다" 하고 외치며 무서운 힘으로 사람들의 팔을 뿌리치고 바닷속으로 뛰어들고 말았

다고 한다.

그 이야기를, 핫토리 한조는 나중에 들었다. 센히메를 후지미야 궁에 데려다주고 돌아와 배에서 내린 혼다의 가신들 사이의 소문을, 우연히 볼일 때문에 교토에서 구와나에 와 있던 한조가 들은 것이다. 소문 중에 그 기괴한 익사자가 발광하기 전에 "그런데, 센히메 님의 시녀 중에 사나다 사람이 있군" 하고 고개를 갸웃거리며 중얼거렸다는 이야기를 듣자, 그는 깜짝 놀랐다. 반신반의하면서 올해 5월에 형에게서 들은 그 이야기는, 한조의 가슴에 기분 나쁜 덩어리가 되어 남아 있었던 것이다. 그래서 더 이상 이것은 혼자 담아둘 일이 아니라고 판단하고, 그대로 말을 달려 센히메 일행까지 추월해서 한발 먼저 이 슨푸로 달려왔다는 것이었다.

이에야스는 신음했다.

"한조, 그 혼다의 가신의 죽음을 어찌 생각하는가."

"그것이옵니다. 저는…… 생각건대, 그자는 주술에 걸린 것이 아닌가 하옵니다."

"주술?"

"아마 그 사나다와 인연이 있는 여자——한 명인지 다섯 명인지 그것은 모르오나, 닌자술을 터득했다고밖에는 생각할 수 없사옵니다."

"닌자인가!"

하고 이에야스는 소리쳤다. 이 철혈의 선대 쇼군의 몸이 떨렸다.

"오센의 주변에 사나다의 닌자가 있다. 게다가 그자가 히데요리의 아이를 배고 있다는 말인가?”

4

그 이튿날 저녁, 센히메 일행은 슨푸에 들어왔다.

센히메의 가마를 둘러싼 서른 명 가까운 시녀들의 화려함도 도카이도 사람들의 눈길을 끌었으나, 한편으로는 그 앞뒤를 따르는 갑주 차림의 거친 무사들을 지휘하는 남자의 불에 타 짓무른 추한 얼굴에도 사람들은 서로 소매를 잡아당겼다. 센히메를 함락된 성의 불길 안에서 구해내고, 이번 여정의 수호를 명령받은 데와[주14] 태수 사카자키와 그 무리다.

이에야스는 성의 정문까지 마중을 나왔다. 쇼군 히데타다를 맞이할 때조차 보이지 않는 태도다. 눈도 입도 녹을 것 같은 얼굴이었다.

여덟 살 때 오사카성에 인질처럼 보냈던 손녀다. 그 사이에 히데요리는 어땠는지 몰라도 그의 어머니인 요도기미[주15]가 얼마나 이 손녀에게 심하게 대했는지, 이에야스도 듣지 못한 것은 아니다. 특히 이 전쟁 때문에 얼마나 고생했을지. 가엾은 녀석, 애처로운 손

주14) 出羽(데와), 현재의 아키타현, 야마가타현을 가리키는 옛 지명.

주15) 淀君(요도기미), 도요토미 히데요시의 측실. 본명은 아자이 차차(浅井茶々) 또는 아자이 기쿠코(淺井菊子). 아자이 나가마사의 장녀로, 어머니는 오다 노부나가의 여동생 이치(市)다. 도요토미 히데요리의 생모로, 히데요시가 죽은 후 히데요리를 모시며 오사카성에서 지냈으나 오사카성이 함락될 때 성 안에서 자결하였다.

녀——그렇게 생각하면, 사정에 따라서는 그 센히메를 성과 함께 불태우는 것도 마다하지 않았던 주제에, 아니, 그런 만큼 지금에 와서는 그녀의 앞으로의 행복을 위해서는 설령 일본 전체의 보물의 절반을 주어도 후회는 없다는 생각마저 드는 조부였다.

이미 에도성 다케바시문[주16)] 내에는 요시다 슈리노스케라는 가신에게 명하여 그녀를 맞이할 대궐도 서둘러 건축 중이지만, 이에야스는 설령 예정을 어기게 되더라도 하루라도 오래 이 성에 센히메의 발을 붙들어두고 싶었다.

"오센, 오센."

헛소리처럼 되풀이하는 이에야스의 목소리는 눈물짓고 있는 것처럼 들릴 뿐이다.

그러나 센히메는 싸늘했다. 이 천진하고, 또 요사스러울 정도로 노련한 열아홉 살의 미망인은 조부가 이상할 정도로 기분을 맞추려드는 것에 전혀 장단을 맞춰주지 않았다. 그 태도가 무엇에 유래하는지, 대(大)심리학자인 이에야스도 알지 못한다. 아니, 어렴풋이 알고는 있지만 자기 자신에 대해서도 모르는 얼굴을 하려고 하고 있다. 그보다, 눈만 커다래 보일 정도로 초췌해진 센히메가 조금이라도 큰 소리가 나면 흠칫하며 몸을 떨거나 하는 것을, 오랜 고생이나 이번 전쟁의 공포에서 온 신경증일 것이라고 판단했다.

이 가련한 손녀에게 여전히 들러붙어 떨어지려고 하지 않는 도요토미의 망령 같으니! 자신이 한 짓은 생각도 않고 이에야스가 부글

주16) 竹橋門(다케바시문), 에도성의 내곽(內郭)문 중 하나. 현재는 국립 근대미술관이 있다.

부글 화를 낸 것은, 말할 것까지도 없이 아가씨를 따라온 시녀 중에 있다는 사나다의 닌자에 대해서였다.

그날 밤 이에야스는 완전히 부주의하게도 그 사실을 센히메에게 이야기했다.

"오센…… 네 시녀 중에 적이 섞여 있는 것을 아느냐."

"——적?"

"도요토미가의——자세히 말하자면, 사나다의 입김이 닿은 여자다."

센히메는 얼음 같은 눈으로 조부를 보았다.

"할아버님, 도요토미가는 제 적이 아닙니다. 저는 도요토미가의 여자예요."

이에야스는 물끄러미 손녀를 바라보았다. 표정에는 털끝만큼의 움직임도 없다.

"가엾게도, 오센 네가 그리 생각하는 것도 무리는 아니지."

주름 사이에 노회한 미소가 괴었다.

"그리 생각한다면 당분간은 그리 생각해라. ……하지만 오센, 그 사나다의 간자가 히데요리의 아이를 배고 있다면 어찌하겠느냐?"

"알고 계십니까."

센히메의 목소리는 조용했다.

"신도 지켜보실 테니, 제가 낳게 하여 키울 것입니다. 목숨이 있는 한, 도쿠가와가에 재앙을 내리라고."

"너도 이미 알고 있느냐!"

처음으로, 이에야스는 깜짝 놀라 외쳤다. 안색이 달라져 있었다. 그는 점차 가면이 떨어진 것처럼 무시무시한 형상이 되어 조급해하며 말했다.

"오센, 그 사나다의 여자는 누구인지 말해라. 나는 이대로 눈감아줄 수는 없다."

"말씀드릴 수 없어요."

"말할 수 없다고? 어리석은 소리――그렇다면 좋다, 오사카에서 따라온 여자들을 한 명도 남김없이 이 성에서 주살해주마."

서른 명 남짓 되는 시녀 중 열 명 정도는 센히메가 후시미성[주17]에 있는 동안 이쪽에서 새로 붙여준 자들이지만, 나머지 스무 명 정도는 센히메가 목숨을 건졌다는 이야기를 듣고 모여든 오사카성의 여자들이었다. 성이 함락되기 전후에 도망친 여자들로, 물론 센히메의 용서를 얻어 다시 모시게 된 것이다. 그중에 그 여자들이 있다는 것을, 센히메는 이미 알고 있었던 것이다. 과연, 핫토리 겐자에몬의 이야기는 거짓이 아니었다.

센히메는 말했다.

"마음대로 하십시오. 단, 그때는 저도 살아 있지 않을 것입니다."

이에야스는 당황과 분노와 고통 때문에 양손을 맞비볐다.

그는 이윽고 낮게, 오싹할 정도로 쉰 목소리로 말했다.

"오센, 네가 멋대로 구는 것을 허락하면, 내 대사(大事)에 전념을

주17) 伏見城(후시미성), 현재의 교토시 후시미구 모모야마 구릉에 있었던 성. 1592년에 도요토미 히데요시에 의해 축성되었으며 1623년에 폐성되었다.

다할 수 없다. 도요토미가의 피는 한 방울도 이 세상에 남겨서는 안 된단 말이다. 두고 보아라, 반드시 그 여자들을 붙잡아 참수할 테다."

센히메는 처연한 웃음을 지었다.

"할아버님, 송구하오나 저는 맞설 것입니다. 도요토미가는 졌습니다. 하지만 저는 지지 않았어요. 이게 할아버님에 대한 저의 결투장입니다."

적어도 닷새나 이레는 가까이에 두고 싶다——는 조부의 첫 바람도 허무하게, 센히메 일행은 이튿날 슨푸를 떠나 에도로 향했다.

성 본성의 흰 벽에 '군신풍락(君臣豐樂), 국가안강(國家安康)'[주18]이라는 글씨가 남겨져 있는 것을 눈치챈 것은 그 후였다.

'군신풍락, 국가안강'——그것은 도요토미가를 축복하고 도쿠가와가를 저주하는 것이라며, 이에야스가 오사카를 칠 구실로 이용한 그 대불(大佛)의 종에 새겨진 글자였다. 사람들은 안색이 바뀌었다.

게다가 그것은 먹으로 쓴 것이 아니었다. 암갈색으로 변색되기는 했으나, 분명히 피로 쓴 것으로 여겨졌다. 이에야스는 불쾌한 표정으로 그것을 보고 있었지만, 그저 "되었다, 지워라"라고 명했을 뿐이었다. 이 글씨를 쓴 자가 누구인지, 그도 잘 알았던 것이다.

주18) 국가안강(國家安康)은 '이에야스(家康)의 이름을 반으로 갈라 나라를 평안하게 한다'로, 군신풍락(君臣豐樂)은 '도요토미(豊臣)를 군주로 삼아 자손 번영을 즐긴다'로 일부러 곡해 해석한 것. 도쿠가와 이에야스는 도요토미 히데요리가 대불전에 달 종에 새긴 이 글씨를 악의적으로 해석하여 전쟁을 일으킬 구실로 삼았다.

그러나――그 피 글씨는 사라지지 않았다! 물로 씻어도, 뜨거운 물을 부어도 지워지지 않고, 급기야는 자귀로 깎아도――무시무시하게도, 벽 안에서 끝도 없이 '군신풍락, 국가안강'이라는 글자가 떠오르는 것이다.

"……?"

벽 앞에 우뚝 선 채, 이에야스는 눈을 부릅뜨고 있었다.

5

이에야스는 사흘간 심사숙고했다. 그러고 나서 핫토리 한조를 불러 무언가를 명령했다.

명에 따라 서쪽으로 달려간 한조가 다섯 명의 남자를 데리고 슨푸로 돌아온 것은 나흘 후였다. 그 다섯 명의 남자가 이가의 닌자라는 말을 듣더라도, 사람들은 슨푸에서 이가까지의 왕복 150리나 되는 거리를 생각하고 아연실색했을 것이 틀림없다.

일찍이 이에야스는 어떤 일로, 역시 이 한조의 천거에 의해 아직 세상에 나오지 않은 이가와 코가의 닌자를 볼 기회가 있었고, 그 생리(生理)의 가능성의 범위 내에 있으면서도 상식을 뛰어넘는 비장의 기술에 혀를 내두른 적이 있었다. 이에야스는 갑자기 생겨난 이번 난제를 해결하기 위해 그들의 힘을 빌릴 수밖에는 없다는 생각에 다다른 것이다.

그들이 도착한 것은 이미 밤이 되고 나서였으나, 이에야스는 서둘러 횃불을 켜게 하고 그들을 뜰 앞으로 불렀다.

"이가 지방 쓰바가쿠레 계곡의 향사(鄕士), 쓰즈미 하야토, 시치토 스테베에, 한냐지 후하쿠, 아마마키 잇텐사이, 우스즈미 도모야스라는 자입니다."

하고 한조가 소개한 다섯 명을, 이에야스는 둘러보았다. 모습, 용모에 각각 차이가 있는 것은 당연하지만, 모두 날렵하고 사나운 산악의 기운과 으스스한 요기가 떠돌고 있다는 점은 공통되어 있다.

"수고했다."

하고 이에야스는 치하하고,

"일의 사정은 한조에게 들었을 텐데, 맡아주겠느냐."

"분부에 따라 다섯 명을 데려왔사오나, 다섯 사람 모두 그러한 일은 혼자서 충분하다 말하고 있사옵니다."

하고 한조는 말했다.

"뭣이, 혼자서? ——그야 말할 것도 없이 나도 되도록 남몰래, 은밀하게 일을 진행하고 싶다고 생각하고 있다. 할 수만 있다면 그보다 좋은 일은 없지. 조금 어려운 일이다. 그저 그 다섯 여자를 주살하면 된다는 것이 아니야."

하며 이에야스는 손가락을 접었다.

"우선 첫째로 오센의 신변에서 그 여자들을 찾아내야 한다. 지금 다섯 명이라고 말했지만 한 명인지, 두 명인지, 세 명인지, 네 명인지, 그것도 알 수 없어."

"…………."

"둘째로 그 여자들을 처치하는 데 이쪽의 손길이 미쳤다는 것을 오센이 알게 해서는 안 된다. 만일 그걸 알면 오센이 나에게 화풀이를 하려고 어떤 행동으로 나올지, 그것이 마음에 걸려. 그 여자들은 어디까지나 스스로 미쳐서 죽거나, 씨를 흘려보낸 것으로 보여야 한다."

"…………."

"셋째로, 이 일을 이루는 데 시간의 제한이 있다. 5월에 아이를 배었다면 6월이 윤달이었으니 아이가 태어나는 것은 내년 1월이라는 계산이 나오지. 지금이 7월——앞으로 다섯 달 안에, 일을 끝내버리고 싶구나."

이에야스는 다섯 명의 남자가 하나같이 희미하게 대담한 웃음을 띠고 있는 것을 깨달았다.

"할 수 있겠느냐."

"소인이."

하고, 오른쪽 끝에 있던 한 사람이 수면을 떠 가듯이 앞으로 미끄러져 나왔다.

"그 정도의 일이라면 소인 혼자서 충분할 것입니다."

아마 우스즈미 도모야스(薄墨友康)라는 자였다. 그 이름처럼 피부색은 먹(墨)을 바른 것처럼 거무스레하고, 광대뼈와 목젖이 튀어나와 있고, 약간 치켜올라간 눈만 희게 빛나고 있다. 머리카락은 뒤로 넘겨 묶지 않고 허리 부근까지 등에 늘어뜨렸다.

공을 세우려 안달하는 기색도 아니고 평연하게 말을 꺼낸 것에 다른 네 사람도 씩 웃으며 그것을 보고 있는데, 별로 두려워하여 삼간 것도 아닌 듯 그들 닌자의 결속과 자부심을 실로 자연스럽게 드러내고 있었다.

이에야스는 눈을 깜박이면서,

“지금 내가 말한 조건들을 지킬 수 있다는 것이지?”

“그러하옵니다.”

“——어찌할 텐가.”

“황공하오나 여성——가장 정조가 굳을 것으로 생각되는 여성을 빌려주십시오. 어르신께 제 기술을 보여드리지요.”

이에야스는 상대의 당돌함에 약간 당황한 것 같았지만 곧 지금 자신이 명한 일의 성질을 떠올린 것 같았다. 잠시 생각에 잠겨 있었으나 고개를 끄덕이며,

“고초(胡蝶)를 불러라.”

하고 말했다.

이윽고 고초라는 시녀가 불려 왔다.

하얀 비단 고소데[주19]에 히가키[주20] 무늬를 짜 넣은 두꺼운 비단 우치카케[주21]를 입고, 하얀 끈으로 묶어 길게 늘어뜨린 머리카락이 치

주19) 소매가 좁은 평상복. 현재의 기모노의 모체이다.

주20) 얇은 편백나무 판자를 엇갈리게 엮어 만든 울타리를 말하는데, 여기에서는 이와 같은 무늬의 옷감을 가리킨다.

주21) 에도 시대 무관 부인의 예복.

렁치렁하게 흔들린다. 선대 쇼군이 만나고 있는 남자들의 정체도 모르는지, 양손을 짚고 의아한 듯이 고개를 갸웃거리며 올려다보는 얼굴은 형용할 수도 없이 청순했다.

"선대 쇼군 님, 부르셨습니까."

"용무는 이쪽이다."

정원에서 들리는 목소리에 툇마루에 앉은 하얀 얼굴이 별 뜻 없이 그쪽을 향했다. 그 순간, 그녀는 "앗" 하고 소리를 지르며 얼굴을 덮었다.

"무, 무슨 짓이냐."

하며 당황하는 이에야스에게,

"침을 분 것이온데——뭐, 별것은 아닙니다. 민들레 털만 한 바늘——상처도 남지 않을 것입니다. 아픔도 이미 없지요?"

하고 우스즈미 도모야스는 태연하게 대답하더니, 소리도 없이 일어서서 정원 가장자리에서 열 발짝 위치까지 걸어왔다.

고초는 이마와 뺨에 꽂힌 몇 개의 바늘을 털어냈다. 떨어지면 행방도 알 수 없는 작은 바늘이었다. 그러나 놀라서인지, 그녀는 새까만 눈동자를 멍하니 크게 뜨고 정원의 추괴(醜怪)한 닌자를 바라보고 있었다. ——그 둥근 어깨가 점차 파도치고, 뺨에 홍조가 가득 차기 시작했다. 고초의 몸에 다른 이변이 일어난 것을, 그제야 이에야스도 깨달았다. 그녀의 입술은 희미하게 벌어지고, 사랑스러운 혀가 엿보였다. 눈은 이상한 빛을 띠고 도모야스에게 파고들고 있었다.

"이리 오너라."

하고 우스즈미 도모야스는 말했다.

고초는 비틀비틀 일어나 툇마루를 내려갔다. 빨려들어 가듯이 도모야스 쪽으로 걸어간다. 우스즈미 도모야스는 거칠게, 아무렇게나 이를 껴안고는 고초의 옷깃을 크게 벌리고 담홍색 꽃 같은 그 유방을 움켜쥐었다.

"아…… 잠깐."

하고 이에야스가 일어서려고 하는 것을,

"잠시만 두고 보십시오."

하고 도모야스는 침착하게 말했다. 그리고 한 팔에 고초를 안은 채 한 손으로 유방을 만지고 있더니, 이윽고 그 손은 여자의 옷자락으로 내려갔다. 고초의 유방은 폭풍처럼 파도치고, 속눈썹은 내려감기고, 입은 헐떡이고 있다. 가끔 경련하는 듯한 발작이 스칠 때마다 옷자락 사이로 비단 같은 허벅지가 드러나고 하얀 버선 끝이 팽팽하게 젖혀진다.

이 시녀의 이러한 자태를, 이에야스는 지금까지 상상도 하지 못했다. 처녀인 것은 말할 것까지도 없지만, 그중에서도 이런 음란한 행위와는 가장 거리가 먼 여자라고 보았기 때문에 이에야스는 그녀를 지명한 것이다. ――아까 그 취침(吹針)에 여자를 짐승으로 바꾸는 독이나 약이 발라져 있었던 것이 틀림없음을, 그제야 이에야스도 눈치챘다.

눈을 피하지 않을 수 없는 광경이 횃불의 불빛 속에서 계속되고 있었다. 75세의 이에야스의 얼굴도 붉어졌다 파래졌다 했다. 만일 이것이 자신이 명한 중대한 일로 이어지는 것이 아니었다면, 그는 "이제 되었다. 그만해라" 하고 고함쳤을 것이 틀림없다. ──하얀 턱을 들고, 검은 머리카락을 땅에 늘어뜨리고, 활처럼 몸을 젖히고 있던 고초는 그대로 땅 위에 눕혀졌다.

옷자락은 크게 흐트러지고, 활짝 벌어진 풍만한 상아 같은 하반신 사이로 우스즈미 도모야스의 얼굴은 사라졌다. 고양이가 물을 핥는 듯한 소리가 들렸다. 고초가 커다란 신음 소리를 지르며 사지를 부들부들 떨더니, 갑자기 축 늘어져 움직이지 않게 되었다.

"우스즈미."

"죽은 것은 아닙니다. ──아니, 황홀함으로 죽은 것이나 마찬가지라고 할까요. 곧 되살아날 것은 틀림없사오나, 앞으로 한 달은 반병자일 것입니다."

하고 웃음을 머금은 목소리와 함께 우스즈미 도모야스는 얼굴을 들었다.

이에야스는 도모야스의 얼굴이 젖어서 번들거리는 것을 보고 저도 모르게 시선을 피하려고 했지만, 문득 그 시선이 움직이지 않게 되었다. 상대의 용모에 미묘한 변화가 보인 듯한 기분이 들었기 때문이다. ──그 얼굴에서는 추괴함이 사라지고 있었다. 얼굴뿐만 아니라 몸에도 뭐라 말할 수 없는 부드러운 선이 떠올랐다. 그는 마치 감로의 물방울이라도 반추하듯이 혀로 입술을 핥았다. 순식간에 그 튀어나온 광대뼈와 목젖이 매끈해지고, 얼굴 전체가 둥그스름해졌다. 흰 기를 띤 눈이 검은 눈동자로 바뀌고, 청동의 피부가 상아색이 되었다.

"……앗."

이에야스는 저도 모르게 외쳤다. 거기에 서 있는 것은 여자——그것도 고초 그대로의 여인의 모습이 아닌가.

모습이 변한 우스즈미 도모야스는 쪼그려 앉았다. 그 허리의 움직임은 요염했다. 그는 땅 위에 쓰러져 있는 고초의 옷을 술술 벗겼다. 그러고 나서 자신도 옷을 벗어 던졌다. 어지간한 이에야스도 형용하기 어려운 공포에 사로잡혀 더 이상 목소리도 내지 못했다. —보라, 도모야스의 가슴에 탱글탱글하게 두 개의 유방이 솟아오르고, 한순간 사타구니에 보인 것은 희미하게 부연 여자의 음부가 아닌가.

그는 고초의 옷을 걸쳤다. 히가키 무늬의 비단 우치카케에, 흐트러진 길고 검은 머리카락도 요염하다. 무언가의 빈 껍질처럼 하얀 나신을 누이고 있는 고초를 피해 두세 발짝 나서더니 공손하게 양손을 모으고 웅크렸다.

"이가 닌자술——쿠노이치 화장이옵니다."

목소리는 고초의 것이었다.

나머지 네 명의 쓰바가쿠레 닌자는 조용히 웃으며 이에야스를 보고 있었다.

우스즈미 도모야스가 에도를 향해 떠난 후, 이에야스는 핫토리 한

조에게서 들었다. 여자(女)라는 글자를 분해하면 쿠노이치(くノ一)가 된다. 즉 '쿠노이치'란 '여자'를 나타내는 닌자의 은어였다. ──그러나 '화장(化粧)'이라는 말을 이렇게 무서운 적절함으로 견준 변화는 이 세상에 다시 없을 것이다. 우스즈미 도모야스가 그렇게 분명하게 여인으로 모습이 변한 것은 본래 그가 자랑하는 닌자술의 묘술임이 틀림없지만, 지금의 말로 하자면 여성 호르몬의 작용이기라도 한 것일까.

6

──다행인지 불행인지, 센히메의 신변에 사나다의 입김이 닿은 여자가 정말로 있는 것은 아닌가, 하는 의심을 품은 자가 그 외에도 있었다. 후시미에서 에도까지 센히메를 호위해온 데와 태수 사카자키다.

그 또한 구와나에서 배를 타고 건너오는 동안 그 혼다의 가신의 괴이한 죽음과 그 직전의 중얼거림을 보고 들었던 것이다. 이것을 단순히 흘려들을 수 없었던 것은, 마치 핫토리 한조에게 오사카성에서 형이 목격한 기괴한 사실이라는 뒷받침이 있었던 것과 마찬가지로 그에게도 오는 길에 노골적으로 보인 센히메의 언동이 '혹시나' 하는 의혹을 일으켰기 때문이었다.

그는 센히메를 오사카성의 불길 속에서 구해내기 직전에 '오센을 구해준 자에게 오센을 주겠다'라는 이에야스의 말을 분명히 들었다. 그 약속에 혹하여 맹렬한 불길 속으로 뛰어 들어간 것은 아니지만, 얼굴을 태운 불꽃과 등을 태우던 센히메의 몸의 감각이 데와 태수를 번뇌의 포로로 바꾸고 말았다. 그런데 오는 길에 센히메는 시종 멸시와 증오의 눈으로 그를 바라보며,

"나는 도요토미가의 여자다."

라고 틈만 나면 의기양양하게 지껄여, 데와 태수에게서 다른 사람들처럼 관대하게 흘려들을 여유를 빼앗았다. 혼다의 가신이 말한 '사나다의 여자'가 설마 히데요리의 씨를 배고 있을 줄은 알 길이 없었지만, 적어도 도요토미가를 잊지 못하는 여자가 여전히 센히메에게 붙어 있을 가능성은 충분히 있다고 생각된 것이다.

야나기와라에 있는 사카자키의 저택에서 우울하게 팔짱을 끼고 있던 데와 태수가 결심한 듯이 근신(近臣)을 불러모은 것은 에도로 돌아온 지 닷새째 되던 날의 일이었다.

에도로 돌아온 이후 주인의 우울함의 원인이 오는 길의 센히메의 태도와 슨푸에서 이에야스가 그 약속을 입 밖에도 내지 않고 태연하게 잊은 듯한 얼굴을 하고 있었던 것에 있음을 꿰뚫어 보고 내심 분개하고 있던 가신들은 득달같이 그 앞으로 몰려들었다.

"나는 다시 한 번 슨푸로 가고 싶다."

하고 데와 태수는 말을 꺼냈다.

"그 마음은 헤아릴 수 있습니다."

"영주님이 선대 쇼군께 그 일에 대해 왜 말씀을 꺼내시지 않는 것인지, 저희도 답답했습니다."

하고 가신들은 저마다 말했다.

"그때는 말할 기회를 놓쳤다."

하고 데와 태수는 불에 타 짓무른 얼굴을 경련시키며 씁쓸하게 웃었다.

"센히메가 아직 에도에 도착하시지도 않았는데 그런 사적인 일을 꺼낼 수는 없다. 그리 생각하고 있었지만, 지난 이삼 일 동안 여러 가지로 생각을 해보니 시일이 지나면 오히려 증문(證文)을 내야 할 시기를 놓치게 될 것 같은 기분이 들어 견딜 수가 없구나. 그래서 말인데, 선대 쇼군 님이 그 약속을 설마 잊어버리신 얼굴을 하시지 않도록 쐐기를 박아두고 싶다. 다만 그렇다 해도 빈손으로, 그 용건만으로 찾아가기는 어려워."

그리고 데와 태수는 그 의혹을 입에 담았다. 만일 센히메의 시녀 중에 사나다와 이어져 있는 자가 있다면, 그자를 붙잡아 선물로 들고 가고 싶다는 것이었다.

"만일 그것이 사실이라면 참으로 내버려 둘 수 없는 큰일입니다."

"설마 아가씨가 그 사실을 알고 계시는 것은 아니겠지만——."

"그것을 안다면 아가씨도 사나다의 집념에 찬물을 뒤집어쓴 것 같은 기분이 드실 테고, 선대 쇼군 님도 센히메의 몸은 사카자키에게 맡기는 것이 가장 좋다고 결심하실 것이 분명하겠지요."

큰일이라고 말하기는 했지만, 오히려 그들은 경망스럽게 결론을 내렸다. 그 결과, 나루세 주로자에몬, 도다 반나이, 오토모 히코쿠로라는 세 명의 가신이 직접 센히메의 저택을 찾아가 그 진위를 묻기로 했다.

에도성 다케바시문 내에 지어진 센히메의 저택은 아직 벽도 덜 마른 상태였다. 이래 봬도 새로 가로(家老)[주22]를 명령받은 요시다 슈리노스케가 5월 이후로 밤낮없이 공사를 독려해온 것이다. 낮에는 아직도 수백 명이나 되는 목수나 미장이가 망치 소리를 울리며 흙투성이가 되어 일하고 있다. 아버지인 쇼군 히데타다가 한동안 성내에서 살라고 권했음에도 불구하고, 고집을 부리듯 재빨리 이곳으로 들어온 센히메였다. 하기야 에도성 자체가 미완성이었고——아니, 에도 전체가 아직 곳곳을 깎아 무너뜨리고, 메우고, 패자(霸者)의 정부 초창기의 흙먼지 속에 있는 시기이기도 했다.

그 센히메의 저택에 저녁때 가까이 되어서, 사카자키에서 세 명의 사자(使者)가 찾아와 급히 요시다 슈리노스케에게 면회를 청했다. 슈리노스케는 공교롭게도 부재중이었지만, '센히메 님의 시녀의 신분에 대해 내밀히 여쭙고 싶은 것이 있다'는 사자의 용건을 센히메가 우연히 듣고, 직접 만나주겠다고 나섰다.

나루세 주로자에몬과 도다 반나이와 오토모 히코쿠로는 앞다투어 안채로 들었다. 본래 사카자키가는 도쿠가와의 후다이[주23] 신하

주22) 家老(가로), 에도 시대에 영주의 중신(重臣)으로 영주의 가신(家臣) 무사들을 통솔하고 집안의 일들을 총괄하던 지위. 하나의 영지에 여러 명이 있었고 대개 자식에게 세습되었다.

주23) 譜代(후다이), 세키가하라 싸움 이전부터 도쿠가와 가문의 가신이었던 자 또는 그 격식에 준하는 자.

는 아니다. 옛날에는 이에야스 등과 함께 도요토미가 5대 가로 중 한 명이었으며 세키가하라[주24]에서는 서군(西軍)의 대장이라고 해도 무방한 우키타 히데이에는 데와 태수의 사촌에 해당하는데, 데와 태수는 이 히데이에와 사이가 나빠져 이에야스의 휘하에 들어간 것이라, 가문도 그렇고 세키가하라 이후의 무공(武功)도 그렇고, 설령 이번 일이 없었더라도 미망인인 센히메를 얻는다 하여 그리 감사와 기쁨의 눈물을 흘릴 정도는 아니다, 라는 그들의 기세였다.

여름이기는 했지만 비가 올 듯한 날이고 어두운 저녁때였다. 센히메는 이미 단경(短檠)이 늘어서 있는 서원에 조용히 앉아 있었다. 좌우에는 다섯 명의 시녀가 그림자처럼 따르고 있을 뿐, 남자의 기척은 없다.

이때 그들은 이미 형용하기 어려운 요기(妖氣)가 오싹오싹하게 등을 스치는 것을 느끼고 있었다. '벽이 젖어 있어서가 아닐까' 하고 생각한다. '여자뿐——남자의 그림자가 한 명도 보이지 않기 때문이 아닐까'라고도 생각한다, ——어느 쪽이든 묘하게 축축한, 푸른 안개 같은 것이 저택 전체에 흐르고 있었다.

사자(使者)의 인사에 센히메는 살짝 고개를 끄덕였다. 에도로 오는 길에서와 똑같이, 싸늘하고 거만하다. 다만 더운 길 위에서와 달리, 이 세상의 것이라고는 생각되지 않을 정도로 어두침침한 아름다움

주24) 關ヶ原(세키가하라), 현재의 기후현 남부에 있는 지명. 도요토미 히데요시가 죽은 후 정권을 둘러싸고 내부에서 정쟁이 일어나, 도쿠가와 이에야스를 중심으로 하는 동군(東軍)과 모리 데루모토를 중심으로 하는 서군(西軍)이 이 세키가하라에서 전투를 벌였다. 이후 전국 각지에서 전투를 되풀이한 결과, 도요토미 정권은 힘을 잃고 승자인 도쿠가와 이에야스가 권력을 얻어 막부 체제를 확립하는 계기가 되었다.

이 있었다. 왠지 모르게 상태가 이상해지는 공포 때문에, 그에 반발하듯이 나루세가 대뜸 그 일에 대해 말을 꺼냈다.

그에 대해 센히메의 대답은 이랬다.

"알고 있다."

그뿐이다. 세 사람은 아연실색했다. 곧 도다 반나이가 대들듯이,

"알고 계시다니…… 그럼 아가씨께는 사나다의 여자를——."

"내가 부리는 자의 내력에, 그대들의 지시는 받지 않겠다. ……용건은 그뿐이냐?"

오모토 히코쿠로가 고함쳤다.

"황공하오나, 아가씨가 부리시는 자에 대해서 우리는 다른 가문의 일이라며 수수방관할 수는 없습니다."

"왜지?"

"아가씨께서는 곧 저희의 주인 데와 태수 사카자키에게 시집을 오실 테니까요."

"왜지?"

세 사람은 얼굴을 온통 시뻘겋게 물들였다.

"선대 쇼군 님의 맹세입니다!"

"할아버님은 모르신다. 내게는 맹세하지 않으셨다."

그리고 센히메는 뭐라 말할 수 없는 차가운 웃음을 띠었다.

"할아버님은 태합[주25)]께서 돌아가실 때, 히데요리 님께 봉공할 뜻

주25) 太閤(태합), 섭정이나 태정대신을 높여 부르는 말. 여기에서는 도요토미 히데요시를 높여 부르는 호칭이다.

은 태합 앞에서와 같으며, 표리가 다른 마음은 털끝만큼도 없다고 맹세하는 글을 쓰신 분이다. 그것은 천하의 모두가 아는 대로지. 그것을 알고도 할아버님과 함께 오사카성을 공격해 함락시켰으면서, 딱하구나, 자신의 일이 되니 할아버님의 맹세를 믿었느냐?"

세 사람은 이번에는 창백해져서 센히메를 노려보았지만 곧 날카롭게 얼굴을 마주 보며,

"방금 하신 말씀, 똑똑히 알았습니다. 그 뜻은 즉시 주인이신 데와 태수님께 말씀드리지요."

하고 발소리도 거칠게 일어섰다. 그때 센히메가 아닌 목소리가 났다.

"돌아가시면 안 됩니다."

세 사람은 돌아보았다. 센히메의 바로 오른쪽에 있는 한 시녀와 눈이 마주쳤다.

오히려 어린, 동그란 얼굴의 소녀로 보인 것은 잠시였다. 세 사람은 이상하게 크고 새까만 그 눈동자에 빨려들어 갔다. 시선을 떼려고 했지만 뗄 수가 없었다. 세 사람의 눈은——혼 그 자체는 눈동자의 심연으로 끌려 들어갔다. 검은 늪에서 검은 안개가 흐릿하게 일었다. 그것은 주위로 흐려지며 퍼져, 서원은 순식간에 이상하게 어두워졌다. 단경의 등불 심지도 일제히 활활 타오르며 검은 기름 연기를 피워 올리기 시작한 것 같았다.

그중에 순결한 모란처럼 흔들리며 움직이는 것이 있다. 우뚝 선 채 턱을 내밀고 물끄러미 들여다보는 세 사람의 눈에 그것이 나신

의 여인으로 보이기 시작하고,

"——아니?"

하며 숨을 삼키자 모란은 하나에서 둘로 늘었다. 순식간에 다섯에서 일곱으로 늘었다.

깜짝 놀라 둘러보니 주위의 당지(唐紙)에도, 천장의 나뭇결에도, 몇십 명인지 알 수 없는 전라의 여자가 꿈틀꿈틀 하얀 뱀처럼 얽혀 움직이고 있다.

"——요괴다!"

누가 외친 것인지는 알 수 없다. 그것은 이상하게 멀게 들리는 목소리였다. 수많은 여자가 어둡게 연기가 낀 공중을 떠돌아 와 그들에게 닿았다. 그들은 등에 밀어붙여지는 유방의 맥박과 입에 아슬아슬하게 스치는 헐떡이는 향기로운 입술과, 가까이 들여다보는 젖은 듯한 눈을 또렷하게 느꼈다.

이제 아무 말도 하지 않는다. 세 무사의 팔은 허공을 쓰다듬고, 금붕어처럼 입을 뻐끔거렸다. ——팔은 허공을 움켜쥘 뿐이었다. 게다가 그들은 자신의 허벅지를 간질이고, 아랫배를 만지작거리는 부드러운 손가락의 움직임마저 감각하는 것이다. 세 사람은 숨막힌 듯한 신음을 질렀다.

환상의 여자의 구름은 요염하게, 조용히 이동하기 시작했다. 세 사람은 그 안을 떠밀려 간다. 어깨를 들썩이고, 수캐 같은 숨을 쉬며, 그들은 서원에서 복도로, 복도에서 정원으로 비틀비틀 걸어간다.

우물이 있었다. 세 사람은 그 우물 가장자리에 손을 짚고 바닥을 들여다보았다. 세 방향에서 들여다보는 서로의 모습은 보이지 않고, 물에 비치는 가느다란 초승달도 보이지 않고——그들은 무엇을 쫓는 것인지, 한 사람씩 고속 촬영처럼 천천히 그 우물 밑바닥으로 떨어져 갔다.

——초승달 아래에서 목소리가 났다.

"오마유. ……저 세 사람은 어째서 뛰쳐나간 것이냐. 그대는 소맷자락에서 많은 자그마한 보현보살을 꺼내 앞에 늘어놓았는데."

"아가씨께서 보신 것은 보현보살입니다. 하지만 저 사람에게는 다른 보살님이 보인 것이지요."

하고 젊은 목소리가 대답했다.

"사나다가에 전해진 시나노 닌자술——환보살(幻菩薩)의 술법이란 이것입니다."

이튿날 아침, 센히메 저택의, 판 지 얼마 되지 않는 우물은 두꺼운 판자가 쳐져 막혀 있었다.

센히메가 이 방향에 우물이 있는 것을 싫어하셨기 때문이라는 이유였지만, 목수들이 고개를 갸웃거린 것은 우물은 그대로 두고 그 위에 작은 지불당[주26)]을 서둘러 건립하라는 명을 받은 것이었다.

주26) 持佛堂(지불당), 조상의 위패를 모시는 사당 또는 방.

7

아직 나무 향기가 떠도는 지불당의 툇마루 위에 벌레가 울고 있었다. 해 질 녘, 아름다운 두 여자가 그 지불당에 들어왔다. 이윽고 환하게 공양의 등불이 켜진다.

"나무…… 용연사천진원성(龍淵寺天眞源性)……."

그 기도의 목소리가 갑자기 "앗" 하는 낮은 외침에 끊겼다.

"왜 그러느냐, 오시즈."

"오나미 님, 용연사천진 어쩌고라는 것은, 히데요리 님의 법명이지요?"

공양의 등불은 그 전에 불어 꺼져 있었다. 어둠에 갇힌 지불당 안에서 오나미라는 시녀는 뺨에 꽂힌 털 같은 것이 바늘임을 알고,

"너는!"

하고 다시 한 번 외쳤지만, 그 몸을 단단히 껴안겼다. 지불당에 따라 들어온 것은 분명히 하녀 오시즈다. 목소리도 오시즈가 틀림없다. 그러나 껴안은 힘은 분명 남자의 것이었다.

"오시즈, 너는――."

"오시즈는 어제부터 이 아래의 우물에 떠 있습니다. 사카자키의 가신, 또 이 지불당을 만든 목수들의 시체와도 얽혀서――저는 그것을 알고 있습니다. 그리고 당신이 사나다 사에몬노스케의 지시를 받은 다섯 명의 여자 닌자 중 한 명이라는 것도――그저 당신과 나, 단둘만 있게 될 때를 지금까지 기다리고 있었던 것입니다."

하고 오시즈의 목소리는 웃음을 머금고 말했다. 어둠 속에서 그저 헐떡이는 목소리가 들렸다.

"그렇지, 호흡이 달라지기 시작했어. 피는 뜨거워지고 젖꼭지는 욱신거리지. 여자가 이렇게 되었으니, 나도 남자로 바뀌지 않을 수 없군."

목소리가 굵직한 남자의 것으로 바뀌었다.

"너, 너는 누구냐."

"나는 슨푸에서 온 이가의 닌자, 우스즈미 도모야스."

그렇게 이름을 대어도, 여자는 더 이상 비명도 지르지 않고 도망치려고도 하지 않는다. 아니, 한 번 필사적으로 저항하듯이 양손을 뻗었지만, 허리를 껴안기자 몸은 활처럼 휘고 팔은 허무하게 허공을 긁었다. 허벅지 사이를 기어가는 남자의 손가락에서 전류 같은 것이 온몸으로 넘실거리며 전해지고, 피부는 뜨겁게 젖고, 그녀는 눈을 반쯤 감고 끝내 신음 소리를 냈다.

"어떠냐, 이가의 닌자술――져도 아깝지는 않지? 여자를 좋아 죽게 만드는 것이 우스즈미 도모야스의 닌자술이다. 오오, 이 비단 같은 허리, 배――이 배 속에 히데요리의 아이가 있는 게냐?"

오나미는 고개를 저었다. 그러나 말로서의 목소리는 나오지 않았다. 그저 팔을 도모야스에게 감고, 그 허리와 배를 바싹 붙이며 몸부림쳤다.

"뭐야, 그렇게 애태우지 말라는 건가――잠깐, 잠깐, 잠시만 기다려라, 내가 그대라는 여자의 향기를 실컷 맛보게 해다오."

그리고 어둠 속에서 고양이가 물을 핥는 것 같은 소리가 울리기 시작했다. 가끔 꿀꺽꿀꺽 목을 울리는 소리도 들렸다. 여자는 경련하는 듯한 소리를 질렀다.

"오오, 죽어라, 죽어."

이제 완전히 자신의 술법 안으로 들어왔다고 보고, 우스즈미 도모야스는 비웃었다.

"오나미, 이렇게 내가 좋아서 몸부림쳐 주는 그대를 죽이자니 이 도모야스, 창자가 찢어지는 것 같다. 하지만 그대는 죽어주어야 해. 다음 여자 닌자, 오요, 오쿄, 오유이, 오마유에게 접근하기 위해서 말이야. 내가 오요에게 접근해 죽여도, 센히메 님은 오나미가 죽였다고 생각하실 테지. 다음으로 오쿄에게 접근해 죽여도, 모두 오요의 짓이라고 생각할 테고. 내 말을 알겠느냐, 오나미."

도모야스는 일어서서 공양의 등불을 켰다. 등불의 테두리 안에, 바닥에 하얀 암꽃술을 펼친 듯한 오나미의 모습이 떠올랐다. 하지만 그 사지는 늘어져 있고, 눈은 살짝 뜨인 채 허탈한 듯 꼼짝도 하지 않는다.

도모야스는 그 얼굴 위로 얼굴을 기울였다.

"보아라——나는 여자의 정(精)을 빨고 그 여자로 변한다."

반쯤 죽은 듯한 오나미의 얼굴과 마주하여, 생기에 찬 오나미의 얼굴이 있었다.

"이가 닌자술——쿠노이치 화장——."

하고 속삭이듯이 말하며 도모야스가 오나미의 유방 아래에 단도를 꽂았을 때, 여자의 입술이 희미하게 움직였다.

"시나노 닌자술――월륜(月輪)――."

"뭐?"

그러나 사나다의 여자 닌자는 그대로 숨이 끊어졌다.

――잠시 후, 다시 공양의 등불이 꺼졌다. 몰래 무언가를 물에 빠는 듯한 소리가 들리고, 다음으로 바닥 판자를 제치는 소리가 나고, 깊은 땅 밑에서 무거운 것이 떨어지는 듯한 물소리가 울렸다.

이미 해가 완전히 진 늦여름의 정원을, 오나미의 우아한 모습이 정령처럼 되돌아갔다.

"오나미."

부르는 소리에 그녀는 얼굴을 들었다.

맞은편 복도에서 센히메 님이 걸어왔다. 뒤에 시녀인 오쿄와 오마유가 따르고 있다. 오마유는 작은 등롱을 들고 있다.

"어디에 갔었지?"

"지불당에, 공양의 등불을 바치러 가 있었습니다."

"그거 수고했구나."

라고 말하다가 센히메의 눈이 문득 커졌다. 무언가 말하려고 하기 전에, 오쿄가 조용히 말을 걸었다.

"오나미 님, 얼굴 부근에 이상한 것이 묻은 것 같습니다. 기다려보십시오."

라고 말하며 곧 되돌아간다.

오나미의 얼굴에 희미하게 당황한 빛이 스치고 손이 뺨에 닿았지만, 그대로 센히메가 물끄러미 바라보고 있어서 움직일 수는 없었다.

센히메가 중얼거리듯이 말했다.

"오나미, 그대가 히데요리 님의 씨는 뿌리가 내리지 않았다고 말한 것은 사실인가 보군."

"예?"

오쿄가 잔걸음으로 돌아왔다. 양손에 작은 대야를 들고 있다. 그녀는 그것을 툇마루 가장자리에 두며 말했다.

"우선 씻으십시오."

오나미는 그 대야 위로 얼굴을 가져갔다. 오마유의 등롱이 가까이 다가왔다.

양손을 물에 담그려다가, 오나미의 몸이 딱 정지했다. ──물에 비치는 자신의 얼굴──그 입에서 턱에 걸쳐 물든 선혈의 색.

이곳에 오기 전에, 그녀는 지불당의 물통에 든 물로 몇 번이나 꼼꼼히 씻고 입을 헹구었을 텐데.

그녀는 물방울을 튀기며 대야에 손을 집어넣었다.

"지워지지 않는다, 지워지지 않아, 그 피는 사라지지 않는다."

하고 작은 등롱을 든 오마유가 조용히 말했다.

"그것은 오나미의 닌자술 월륜의 피니까."

동시에, 그 이마에서부터 한일자로 베어진 오나미는 대야 가장자리에 양손을 걸친 채 몇 초 동안 꼼짝 않고 자신의 얼굴을──순식간에 우스즈미 도모야스로 변해가는 얼굴을 들여다보고 있었다.

"슨푸에서 온 괴물이냐!"

사나다의 여자 닌자 오쿄의 두 번째 칼날이 내려오기 전에, 우스즈미 도모야스는 대야의 물이 진홍색으로 물드는 것을 보았다. 그것은 자신의 피였다! 다음 순간, 그 청동색 얼굴은 물보라를 일으키며 새빨간 피 대야 속으로 털썩 가라앉고 말았다.

닌자술 '천녀패(天女貝)'

1

에도성 다케바시문 내에 있는 센히메 저택에 들어간 세 명의 가신이 그 후로 돌아오지 않아, 사카자키가에서는 "설마?" 하고 동요했다. 보름쯤 지나 가신 중 한 명, 무시로다 주베에라는 자가 주인에게 가보니, 데와 태수는 주요 가신들에게 둘러싸여 팔짱을 끼고 생각에 잠겨 있었다. 그는 무시로다의 모습에 얼굴을 들고,

"주베에, 어땠나?"

하고 물었다.

"예, 그 후로 손을 써서 문지기 등으로부터 이야기를 들어보니, 그날 밤 센히메 님의 저택에서는 별로 아무런 소동도 없었다고 합니다."

무시로다 주베에는 주인인 데와 태수의 명령을 받아 센히메 저택을 찔러보고 있었던 것이다. 그에 따르면, 낮에는 목수나 장인들이 많이 들어가지만 밤이 되면 가로인 요시다 슈리노스케와 그의 하인, 문지기, 정원 일을 하는 하인 등, 그것도 노인만 십여 명 남기고 그 외에는 여자들만 남고 만다. 그날 밤에도 그러했고, 아무런 이상도 없었다는 것이었다.

"게다가 기괴한 이야기를 들었습니다. 이것은 문지기의 입에서 들은 것이 아니라 요즘 공사를 다 마치고 출입을 그만둔 직인들의 소문인데, 그중 십여 명인가가 행방불명된 것처럼 센히메 님 저택에서 사라져 버렸다고."

"뭣이?"

"아무래도 지불당인지 뭔지의 건립에 따라갔던 자들인 것 같습니다."

모두 잠자코 주베에의 얼굴을 지켜보고 있었다. 뭐라고도 판단할 수가 없었던 것이다.

"——대체 그자들은 어떻게 된 것일까?"

하고 가신 중 한 명인 구로사와 슈젠이 중얼거리자 곁에 있던 세키 도노모노스케라는 가신도,

"아니, 그 목수 같은 자들은 몰라도 나루세, 도다, 오토모쯤 되는 사내들이 아무런 저항도 하지 않고 쉽사리 사라질 리가 없네. 독주라도 마신 것이 아닐까 하는 의심도 있지만, 그 저택에 사나다의 입김이 닿은 여자가 있는 것을 알고도 찾아간 사람이 설마 그런 어린애 장난 같은 책략에 걸릴 것 같지도 않고."

"상대는 여자들뿐이라는데——설마 목수들과 함께 여인국의 포로가 되어 비몽사몽 살고 있는 것은 아니겠지."

하고 구로사와 슈젠이 중얼거리자 모두 웃음을 지었지만 곧 조용해졌다. 그런 품행 나쁜 사내들이 아니라는 것은 모두 알고 있었기 때문이다. 상대는 여자뿐——그 사실이, 이곳에 있는 천군만마의 무사들에게 오히려 끈적끈적하고 차가운 요기를 느끼게 했다.

"상대는 여자라 해도 사나다가 키운 여자다. 주로자에몬 일행이 어떤 덫에 걸렸는지도 알 수 없어."

하고 데와 태수는 신음했다.

"그렇다면 이제 일각의 유예도 없습니다. 서둘러 영주님이 직접 슨푸로 올라가셔서, 선대 쇼군 님께 말씀을 올리는 편이——."

라는 말을 꺼낸 것은 노신(老臣) 오치아이 간신이었다. 데와 태수는 한 번 고개를 끄덕였지만 여전히 움직이지 않았다.

"그렇다면, 하지만…… 센히메 님은 과연 알고 계실까?"

"글쎄요, 그것을 확인하러 주로자에몬이 간 것인데——."

"센히메 님이 설마 알고 계실 거라고는, 나는 믿을 수 없다. 아니, 믿고 싶지 않아. 그러니 할 수 있다면 내 손으로, 내 손만으로 센히메 님께 씐 암여우들을 퇴치하고 싶다."

데와 태수의 목소리에는 절실한 기색과 함께 어딘가 수줍은 느낌이 있었다. 선대 쇼군에 대한 충의보다 센히메 님에게 자신이라는 자의 존재를 강화하려고 하시는 것이다, 라는 것을 모두 곧 직감했다. 그런 일동의 눈에, 데와 태수는 불에 타 짓무른 얼굴을 한층 더 붉히며 말했다.

"무엇보다 나루세, 도다, 오토모 일행이 분명히 이 세상에 없다고도 아직 판단하기 어렵지. 어쨌든 가신을 보냈는데 돌아오지 않는다고 해서 울상을 하고 슨푸로 달려갔다간, 그것이 도쿠가와가에 관련될 정도로 큰일인지 아닌지는 별개로 하고, 그 선대 쇼군의 경멸을 받게 될 것은 분명, 아니, 선대 쇼군뿐만 아니라 다른 누가 들어도 사카자키의 체면은 완전히 망가진다고 생각하지 않는가."

듣고 보니 그 말이 옳았다. 또 중년이 지난 데와 태수가 그 추한 얼굴을 붉히며 꺼낸 말에서 주인의 센히메에 대한 심상치 않은 집념을 읽어내고, 가신들은 평소 거칠고 사나운 이 주인에게 오히려 귀여움마저 느꼈다.

곧 세 명의 두 번째 사자가 세워지게 되었다. 무시로다 주베에와 구로사와 슈젠과 세키 도노모노스케다. 갔다가 돌아오지 않는 첫 번째 사자의 선례가 있는 만큼, 이는 사자라기보다 처음부터 만에 하나의 각오를 요하는 척후 내지 자객의 역할이었다.

또 며칠이 지나, 모든 뒤처리를 끝내고 오늘의 몸치장을 갖추고, 세키 도노모노스케는 사카자키 저택의 숙사를 나섰다. 나옴과 동시에 깜짝 놀랐다.

거기에 한 명의 미소년이 서 있었다.

"도노모노스케 님."

"하쓰네 님 아니시오."

하쓰네는 나루세 주로자에몬의 누이로, 나이는 열여덟이다. 키도 크고 풍만한 몸이지만, 엄한 주로자에몬이 아버지 대신 키운 만큼 무예도 뛰어나고 늠름한 미소년의 느낌이 있었다. 그러나 현재 그 하쓰네가 앞머리를 세우고[주1] 남자처럼 하카마[주2]와 가미시모[주3]를 입고 서 있는 것을 보고, 도노모노스케는 눈을 휘둥그렇게 뜨지 않을 수 없었다.

주1) 아직 관례를 치르지 않은 남자는 앞머리를 세우는 풍습이 있었다.

주2) 일본 전통 복식의 남성용 하의. 허리에서 다리까지를 덮는 겉옷으로, 대부분 양 다리를 넣는 부분은 두 갈래로 나뉘어 있다.

주3) 에도 시대 무사의 예복.

"센히메 님의 저택에 가십니까."

"들으셨소."

"무엇 때문에 제게도 한 마디 해 주시지 않는 건가요."

"아니, 이건 그냥 사자가 아니오——만에 하나, 경우에 따라서는 목숨과도 관련될 정도의 심부름이라——."

하고 당황하며 대답하다가, 도노모노스케는 자신의 말에 더욱더 당황했다. 그러니 왜 말도 없이 가는 거냐고 탓하는 하쓰네의 힘 있는 눈동자였다. 그녀는 그의 약혼자였던 것이다.

그렇다 해도 하쓰네의 이 이상한 옷차림은——하고 이미 반쯤 추측하면서 도노모노스케는 억누르듯이 물었다.

"그건 그렇고, 그 모습은 어찌 된 것입니까."

"당신을 따라갈 생각입니다."

오히려 조용한 말투였지만, 눈에는 한 발짝도 뒤로 물러나지 않을 결사의 빛이 깃들어 있었다.

"그, 그것은 안 되오, 여자인 그대를."

"여자인 줄 모르도록, 이런 모습을 한 것입니다. 또 알려진다 한들 어떻다 할 것도 없겠지요. 그쪽도 여성뿐이라고 하지 않습니까."

"……하쓰네 님."

하고 도노모노스케는 눈빛을 차분히 하며 말했다.

"큰소리치는 것 같지만, 나는 담력에 있어서는 그다지 남에게 뒤지지는 않는 사내라고 생각하오. 오사카 싸움에서 처음으로 적이라는 것과 마주했을 때도, 별로 긴장되어 떨리지도 않았소. 하지만—

이번 임무는, 왜인지 모르겠지만 몹시 으스스합니다. 마치 뱀 굴에 들어가는 것 같은 기분이오. 그 임무에 그대를──."

"그건 이상해요. 상대는 여자뿐이라고 하는데."

하고 하쓰네는 다시 한번 되풀이하고, 정말로 우습다는 듯이 웃었다.

"그렇게 무서운 저택이라면, 꼭 저도 가서 보고 싶습니다. 오라비의 안부를 살펴야 해요. 만일 당신이 오라비와 마찬가지로 또 돌아오시지 않는다면."

'미소년'의 눈에 도노모노스케를 저항하지 못하게 만드는 눈물이 고였다.

"저 혼자 이 세상에 살아남아도 소용없어요."

2

물속의 꽃이 피듯이, 센히메는 웃었다.

"그럼 사카자키의 가신 세 명이 나에게 온 후, 돌아가지 않았다는 것인가."

"그렇습니다……."

"세 사람이 온 것은 맞다. 하지만 용건을 말하고 곧 돌아갔지. 돌아가서 어디로 갔는지, 나는 모른다. 모처럼 데와 태수에게 선물을 보냈는데——."

"선물?"

"우라시마 다로의 보물 상자[주4]를."

센히메의 아름다운 눈은 조롱으로 빛나고 있었다.

"주인도 어딘지 욕심스러운 사내더니, 가신에게도 주인의 성정이 옮은 모양이지. 돌아가는 길에 열어 보았다가 안에서 피어오른 하얀 연기에 노인이 되어, 면목이 없는 나머지 돌아가려야 돌아가지 못하고 어딘가로 달아난 것이 틀림없어."

얼버무리는 기색은 없다. 센히메는 손아랫사람에 대해 얼버무릴 만한 성정으로 태어나지도 않았고 그렇게 자라지도 않았다. 이것은 공공연한 도전이다. 도전의 눈이 차갑게 움직여, 맨 뒤에 있는 미소년의 이마에 멈추었다. 여자로 잘못 볼 정도의 아름다움에 얼핏 동정과 당혹의 그림자가 드리운 듯하다.

그러나 사카자키의 네 사람은 그것이 도쿠가와가 자체에 대한 심각하고도 통렬한 도전이라는 것까지는 알아보지 못했다. 그저 주인인 데와 태수에 대한 호된 심술이라고 받아들이고, 공포보다도 분노에 몸을 떨었다.

"황공하오나."

하고 무시로다 주베에가 이를 갈며 말했다.

"범인을 넘겨주십시오."

주4) 일본의 전래 동화 다로 이야기의 주인공 우라시마 다로가 용궁의 선녀에게 받아왔다는 보석 상자. 선녀가 상자를 주면서 '무슨 일이 있어도 절대 열어서는 안 된다'고 했지만, 우라시마 다로가 약속을 깨고 상자를 열었더니 상자에서 나온 연기를 뒤집어쓰고 노인이 되고 말았다.

"범인?"

"방금 하신 말씀으로, 세 사람이 이곳에서 목숨을 잃은 것은 분명해졌습니다. 이것이 보통의 경우라면 쇼군의 따님의 저택에서 어떤 처벌을 받든 그저 황공할 따름이지만, 이번 일에 있어서만은 범인을 찾아야만 합니다."

"왜지?"

"그들쯤 되는 자들이 설마 보통의 아녀자에게 당할 리도 없습니다——아가씨, 설마 아시는 것은 아니겠지요——라고 말씀드리고 싶은 참이지만, 지금 들은 말씀으로 보아서는 무섭게도 전부 다 아시고 한 일이라고 볼 수밖에는 없겠습니다. 참으로 천마(天魔)에 홀리셨는지, 곁에 사나다 사에몬노스케의 입김이 닿은 여자가 숨어 있을 터, 그들을 친 자는 그 여자라고밖에는 생각할 수 없습니다."

센히메는 미소를 지었다.

"잘 꿰뚫어 보았다."

그리고 돌아보며 말했다.

"천마, 나오너라."

뒤에 대기하고 있던 네 명의 여자 중 세 명이 조용히 일어서더니, 사카자키의 사자들 앞에 앉았다.

"네놈들은…… 네놈들은……."

무시로다 주베에와 구로사와 슈젠은 센히메와 눈앞의 여자들이 지나치게 대담하여 할 말을 잃었다.

그들은 처음부터 사나다의 여자가 몇 명이나 있는지, 그 수까지는 알지 못했다. 그것이 세 명이나 있다는 것에 기가 막히기는 했지만, 심지어 그자가 히데요리의 씨를 밴 닌자라는 것을 알았다면 깜짝 놀라 기절했을지도 모른다. 그 정도이니——센히메 뒤에 단 한 명 남은 또 한 명의 시녀가 이때 소매에서 손 안에 들어갈 만한 보현보살상을 차례차례 꺼내어 앞에 늘어놓기 시작한 것을 눈치채지 못했다.

"사나다의 여자냐!"

하고 그제야 절규한 것은 세키 도노모노스케다.

"실례."

사납게 일어섬과 동시에 그 주먹에 무언가 번득였다. 처음부터 두 자루의 칼[주5]은 옆방에 두고 왔지만, 품에 숨겨 가지고 있던 단도다.

그러나 그는 단도를 높이 쳐든 채, 이때 뒤로 비틀거렸다. 동시에 구로사와 슈젠과 무시로다 주베에도 마찬가지로 단도를 움켜쥔 자세로 허우적대고 있다. 마치 장님이 된 것처럼, 세 여자 사이를 비틀거리며 빠져나가 한쪽 손으로 허리 부근을 쓰다듬었다.

하쓰네는 무슨 일이 일어난 것인지 알 수 없었다. 세 남자의 눈에는 이때 마치 방이 밤안개에 휩싸인 것처럼 어두워지고 그 안에 수많은 하얀 여자의 맨살이 서로 얽혀 있는 것처럼 보이기 시작했지만, 하쓰네에게는 아무것도 보이지 않았다. 보이지 않는 만큼, 공포에 떠밀려 하쓰네 또한 일어서기는 했지만 멍하니 눈을 크게 뜰 뿐이다.

세 남자는 단도를 떨어뜨리고 몸을 꿈틀거렸다. 눈이 급격하게

주5) 2자 이상의 큰 칼과 그보다 짧은 칼. 에도 시대의 무사들은 이 두 자루의 칼을 함께 차고 다녔다.

취한 것처럼 충혈되어 빛나기 시작하고, 거친 숨을 쉬고, 입에서 침이 흐르기 시작했다. 뭐가 뭔지 모르는 채로, 그것은 하쓰네가 처음으로 보는, 개처럼 난잡한 남자의 모습으로 보였다. 이것은 어떻게 된 일일까, 저 도노모노스케 님까지.

센히메 뒤에서 혼자 보현보살상을 장기처럼 조종하는 여자――오마유의 닌자술 '환보살'이었다. 세 남자는 환상의 여자의 헐떡임을 맡고, 환상의 여자의 혀를 빨고, 환상의 여자의 유방에 짓눌리고, 환상의 여자의 가느다란 손에 희롱당했다.

"오요."

하고 센히메가 불렀다.

"예."

하고 얽게 웃으며 시녀 중 한 명이 일어선다. 눈 같은 뺨과 턱에 동백꽃잎 같은 입술이 젖어 있어, 숨을 삼킬 정도로 육감적인 풍만한 미녀였다.

"데와 놈, 성가신 놈이구나. 이 네 사람을 처치하면 또 흥분하고 더욱 열중하여, 새로운 사람을 보내올 것이 분명하다. 무언가 이것을 마지막으로 포기하게 할 만한 방법은 없겠느냐?"

"지불당으로 보내주십시오. 저는 먼저 가서 기다리고 있겠습니다."

"무엇을 하려고?"

"한 사람만, 남자의 혼을 뽑아 쫓아 보내겠습니다."

하고 그녀는 웃는 얼굴로 묵례하더니 먼저 달려나갔다.

그 뒤를 쫓듯이 허공을 움켜쥐면서 정원으로 비틀비틀 가는 세 남자를,

"앗, 잠깐!"

하고 처음으로 악몽에서 깬 것처럼 하쓰네는 불렀다. 그 목소리와 몸짓에 오마유가 깜짝 놀라 얼굴을 들었다.

"저자는."

하고 하쓰네를 가리키며 소리쳤다.

"여자입니다!"

그것은 하쓰네의 미모보다도 그 '미소년'이 환보살의 요술에 걸리지 않은 것을 깨달은 찰나의 닌자의 직감이었다.

치맛자락을 밟은 두 명의 시녀는 하쓰네에게 달려들었다. 하쓰네는 툇마루 끝에서 돌아보고, 두 자루의 단도의 섬광을 보자마자 반사적으로 그 소매에서 사슬을 튕겨냈다. 옥쇄(玉鎖)라는, 사슬 끝에 추를 단 무기다. 하쓰네가 세키 도노모노스케를 따라온 것은 그만한 각오가 있어서였다.

"앗."

오히려 여자임을 안 것이 추격자에게 불운이었다. 어지간한 여자 닌자도 이 생각지 못한 반격과 무기에 당황하면서 단도로 쳐냈지만, 추는 단도를 튕겨내며 그대로 한 여자 닌자를 둘둘 감고는 그 복부를 세게 쳤다. 그녀는 신음하며 툇마루에 엎드렸다.

하쓰네는 툇마루를 걷어찼다. 그 그늘에서, 또 한 명의 여자 닌자의 손에서 유성이 선을 그으며 하카마로 날아갔다. 정원으로 뛰어

내린 하쓰네는 달리려다가 벌렁 뒹굴었다. 허공에 펄럭인 하카마 자락이 단도에 꿰찔린 것이다.

하쓰네는 버둥거리다가 붙잡혔다. 하카마에서 뽑아낸 단도가 땅을 움켜쥐는 손등에 똑바로 꽂혀 꼼짝도 못 하게 되었다.

"읏."

화려한 나비처럼 몸부림치는 하쓰네의 품에 여자 닌자가 손을 쑤셔 넣었다.

"오쿄——여자냐?"

하며 툇마루까지 나와 있던 센히메가 이쪽으로 얼굴을 향했다. 그녀는 옥쇄에 맞고 엎어져 있던 여자 닌자를 안아 일으키고 있었다.

"여자입니다."

센히메는 이쪽의 대답에는 답하지 않고, "오유이, 오유이, 정신 차려라" 하며 품에 안은 여자 닌자를 흔들고 있었다. 여자 닌자는 눈을 뜨고 일그러진 미소를 지었다.

"실수했습니다…… 부끄럽습니다."

"배를 이 추에 맞은 것 같은데…… 아기는 무사할까. 나보다도 소중한 몸이다. 당장 의원을 불러 치료를 하게 할 테니, 잠시 저쪽에서 쉬고 있어라. ……저 얄미운 여자는 반드시 내가 처치해주마."

고통으로 기다시피 하며 오유이가 떠나자, 센히메는 정원으로 내려와 하쓰네를 내려다보았다.

"여자. ……여자의 몸으로 사카자키의 사자들 사이에 낀 것은 무엇 때문이냐."

"오라비를, 어찌하셨습니까."

하고 하쓰네도 손바닥의 아픔에 이를 악물며 말했다.

"오라비?"

"일전에, 저택에 찾아온 세 사람 중 한 명——."

역시 조금 기세가 죽어, 센히메는 침묵했다. 하쓰네는 손을 꿰뚫린 채 그쪽으로 떨리는 얼굴을 향했다.

"오라비를 어찌하셨습니까. 그리고…… 방금 그 세 사람, 그들은 어디로 갔습니까. 그중에는 저와 곧 혼인할 남자도 있습니다. 제발 그 남자의 곁으로 저를 보내주십시오. 죽을 거라면 함께 죽고 싶습니다."

"얘야."

하고 센히메는 낮게 중얼거리듯이 말했다.

"생각하면 이번 일은 나도 여자의 마음이라는 것을 모르는 남자에 대한 원망으로 가담한 일이니…… 여자인 그대를 적으로 돌리는 것은 본의가 아니다. 하지만 이 일에 관련된 이상, 가엾지만 두 번 다시 사카자키로 돌려보낼 수는 없다. 나는 이미 인간의 마음을 버리고 스스로 지옥에 떨어졌다. 하물며 저 오유이의 소중한 아기를 상하게 한 여자——만일 저래도 별일 없이 태어난다면, 도쿠가와가에 있어서 어지간히 악운에 강한 아기가 태어날 테지——어느 쪽이든, 그대는 도요토미가의 아이에게 무례한 짓을 한 벌은 받아야 한다."

센히메의 혼잣말의 의미는, 하쓰네로서는 알 수 없었다. '여자의 마음이라는 것을 모르는 남자'가 센히메의 조부 선대 쇼군을 가리키고, '오유이의 소중한 아기'가 히데요리의 아이를 가리키는 것인 줄은 설마 생각도 하지 못했다. 그러나 센히메의 고귀한 얼굴에, 올려다보니 눈을 감지 않을 수 없을 정도로 처절한 엷은 웃음이 떠올랐다.

"적어도 오라비와 미래의 남편 곁에 가서 죽어라."

그리고 오쿄를 돌아보았다.

"오쿄, 이 여자를 묶어 지불당으로 데려가거라."

3

가을빛이 쓸쓸하고 고요하게 가라앉아 있는 지불당 앞에, 한 남자가 나타났다. 처음에는 그것이 누구인지 하쓰네도 몰랐을 정도였다.

안색은 푸르다기보다 투명하고, 그런 주제에 주름투성이다. 주름 사이로 뼈가 비쳐 보일 정도로 수척했다. 눈은 푹 파이고 뺨은 쑥 꺼져서, 그가 지불당의 열린 문으로 나왔을 때는 혹시 유령이 기어 나온 건가 생각했다.

"……무시로다 님!"

자신이 묶여 있는 것도 잊고, 하쓰네는 외쳤다.

그러나 무시로다 주베에는 바로 눈앞을 걸어가는데도 하쓰네 일행의 모습도 보이지 않고 그 절규도 들리지 않는 듯, 실에 조종되는 인형처럼 문 쪽으로 비틀비틀 걸어갔다. 뼈가 덜걱덜걱 울리는 소리가 똑똑히 들렸다.

이어서 문 앞에 오요가 나타났다. 하얀 햇빛이 그 주위에만 빛보라가 되어 소용돌이치고, 반짝반짝 흘러 떨어지는 것처럼 보일 정도로 사치스럽고 오만한 모습이었다.

"오요."

하고 센히메는 불렀다.

"방금 그 남자를 어떻게 했느냐?"

"방금 그 남자는 이미 사내가 아닙니다. 남자의 정(精)은 고사하고 피도 거의 말랐지요. 시나노 닌자술 관 말리기——저자는 남자의 정과 피를 빨린 대신, 제가 불어넣어 준 말대로 사카자키로 돌아가 명을 따르고 나면 그 후에는 정력이 다하여 죽을 뿐일 것입니다."

"나머지 두 사람은?"

"그들은 적당히 봐주지 않았기 때문에 한 방울도 남김없이 빨아냈습니다. 매미 허물이 된 몸은 우물 속에——."

"그런가. ……수고했다."

센히메는 왠지 모르게 깊은 한숨을 쉬었다. 그리고 나서 하쓰네의 포승을 잡은 오쿄에게, 두 사람의 얼굴에서 눈을 피하며 말했다.

"그 여자를 우물로…… 벌은 벌이라도 가능한 한 여자는 죽이고 싶지 않다. 나는 생각을 조금 바꾸었어. 오유이의 아기가 유산되지 않는다면——그리고 내년 1월, 모두의 아기가 무사히 태어난다면, 목숨만은 살려서 이 저택에서 내쫓아 주고 싶구나."

에도성에서 간다의 야나기와라로——겨우 그만큼의 거리를 걸어, 무시로다 주베에가 사카자키의 저택으로 돌아온 것은 이미 밤중의 일이었다. 주베에가 돌아왔다는 말을 듣고, 자지도 않고 기다리고 있던 데와 태수와 가신들은 뛰쳐나갔다.

"주베에?"

모두 우두커니 서서 안색이 창백해졌다. 이 바싹 마른 노인이 그 강건한 무시로다 주베에일까?

그 남자는 마치 마른 잎이 무너지는 듯한 소리를 내며 앉았다.

"——영주님……."

실처럼 가늘지만, 틀림없이 무시로다 주베에의 목소리다.

"——센히메 님께, 상관하지 마십시오……."

"무, 무슨 소린가. 무시로다, 그 모습은 어찌 된 일인가? 슈젠과 도노모노스케는 어찌 되었나!"

"——센히메 님께 상관하시면, 사카자키가가 멸망합니다……."

그 말에 발끈한 것이 아니라, 주베에의 동굴 같은 눈구멍 속에 희게 드러난 눈과 얼핏 눈이 마주친 찰나, 데와 태수는 주베에가 요괴로 변하기라도 한 것 같은 공포에 사로잡혀 정신없이 칼을 뽑아 베었다.

"이놈, 마물에 씌이기라도 한 게냐!"

무시로다 주베에는 소리도 없이 앞으로 쓰러졌다. 어깨에서 가슴으로 비스듬히 엇베였으나 터져 나오는 피는 한 방울도 없었다.

4

떠밀리듯이 지불당에 들어가 뒤에서 문이 닫히자, 안은 캄캄했다. 하지만 바로 발밑에서 끼익 하고 두꺼운 판자를 일으켜 세우는 소리가 나더니, 거기에서 흐릿하게 요사스러운 푸른 빛이 비쳤다.

"자, 그 안에 그대의 오라비도 남편도 있다. 염불을 외며 얌전히 지내고 있으면, 조만간 아가씨의 자비가 있을 것이야. 먹을 것은 던져 넣어주마——."

그런 오쿄의 목소리가 나더니, 동시에 하쓰네는 그 푸른 구멍으로 떠밀려 떨어졌다. 양팔과 함께 가슴을 몇 겹이나 되게 묶인 하쓰네는 데굴데굴 구르면서 십 미터 이상이나 떨어져 갔다. 떨어짐과 동시에, 마치 팽이의 끈을 전부 푼 것처럼 밧줄이 몸에서 사라졌다.

푸른 빛 속에서, 그 밧줄은 슬슬 끌어올려졌다. 그리고 머리 위 높은 곳에서 판자가 탕 떨어지고 구멍에 뚜껑을 덮는 것이 보였다. 하쓰네는 그 판자에서 주위로 동공이 확대된 눈을 옮기며 점점 내려보았다. 주위는 이끼로 미끌거리는 좁은 돌벽이었다. 그리고 그녀는 자신의 하반신도 미끌거리는 진흙에 잠겨 있는 것을 처음으로 깨닫고, 아래를 내려다보며 형언할 수 없는 비명을 지르고 있었다.

지불당의 중앙에 우물 입구의 넓이만큼 뚫려 있던 구멍을 원래대로 막자, 주위는 다시 검은 어둠으로 칠해졌다.

성큼성큼 문 쪽으로 걸어가려다가, 오쿄는 문득 얼굴에 안개 같은 것이 덮쳐오는 것을 느꼈다. 퍼뜩 걸음을 멈춘다. 지불당에는 이상한 밤꽃 같은 냄새가 숨막힐 정도로 가득 차 있다. 그녀는 살짝 어깨로 숨을 쉬었다. 그것이 무슨 냄새인지, 그녀는 알고 있다.

그러나 방금 이곳에서 펼쳐진 오요의 닌자술 '관 말리기'의 비밀스러운 그림을 머릿속에 그려보고, 오쿄는 목구멍 안쪽에서 깔깔 웃음소리를 내며 그대로 지불당을 나갔다.

고요히 햇빛이 가득 찬 정원에 색비름이 피어 있다. 갸름한 눈, 입술을 다문 오쿄의 소위 말하는 맵시 있는 자태는 그 가을 햇빛보다도 맑고 고왔다.

하쓰네는 하반신이 오물투성이가 된 채 일어섰다. 이것은 죽은 자의 늪이었다.

장딴지까지 파묻힌 발치에는 세키 도노모노스케와 구로사와 슈젠의 시체가 있었다. 둘 다 몸이 반투명해지고 바싹 말라, 방금 전까지 보았던 얼굴 생김새와는 다른 사람 같다. 그러나 그것을 보고 하쓰네가 처음의 비명 외에 다음에는 목소리도 숨소리도 내지 않은 것은, 그것이 누구인지 몰랐기 때문이 아니라 너무나도 처참하기 그지없는 주위의 광경에 목구멍도 머리도 마비되어버렸기 때문이었다.

그 두 사람을 제외하면, 아래에 겹쳐져 있는 시체는 꽤 오래되었다. 청보라색으로 변한 사지, 둥글게 부풀어 오른 배, 안구가 흘러 떨어져 두 개의 구멍이 되고 군데군데 살이 붙은 채 이를 드러낸 얼굴, 빠진 머리카락은 다시마처럼 펼쳐져 있다. 움직이는 것은 없는데도 간헐적으로 소리라고도 할 수 없는 소리가 조용히 울리는 것은 뚝뚝 떨어지는 고름에 썩어 문드러진 시체가 미끈거리며 부글부글 거품을 내고 있기 때문이었다. 그 안에 떠 있는 것으로 보아, 아무래도 이것은 목수, 미장이를 업으로 하는 남자들인 것 같았다.

그렇다 해도, 이 지옥 그 자체 같은 땅 밑의 구멍에 이상하게 푸른 빛이 깜박거리는 것은 무엇일까. 가끔 반딧불처럼 흐릿하게 밝아졌다가 다시 어두워진다. ——그것은 시체에서 나오는 도깨비불이었다.

타오르는 귀화(鬼火) 속에, 하쓰네는 그녀 자신이 죽은 자가 된 것처럼 꼼짝 않고 서 있다. 그 장딴지에서 허벅지로 슬슬 기어 올라오는 하얀 구더기도 알아채지 못하고.

머리 위에서 소리를 들은 것은 그때였다. 우물의 구멍이 열려 있었다. 거기에서 밧줄 하나가 술술 던져졌다. 하쓰네가 그것에 매달리려고도 하지 않은 것은 자신을 구하러 와줄 사람이 있을 리가 없다는 자각보다도 이미 탈출할 기력도 의지도 상실했기 때문이었다.

밧줄을 타고 한 남자가 내려왔다. 옥색의 닌자 두건을 푹 뒤집어 쓰고 눈만 내놓았으며, 같은 색의 통소매옷에 닷쓰케하카마[주6]를 입고 날밑이 큰 닌자도를 한 자루 차고 있다.

발이 시체의 늪에 닿을 듯한 위치에서, 그는 하쓰네를 내려다보았다.

"이봐."

"…………."

"너는 뭐지?"

"…………."

그는 한 팔로 밧줄을 불쑥 붙잡은 채 다른 한쪽 손으로 기절한 듯한 하쓰네의 턱에 손을 대고 위로 쳐들게 했지만, 깜박거리는 도깨비불에 그 아름다운 얼굴의 곡선을 들여다보고는,

"――어?" 하고 의아한 듯한 목소리를 내더니 별안간 허리에 찬 도를 번득였다. 가슴에서 하카마에 걸쳐, 머리카락 한 올 차이의 능숙한 솜씨로 옷만 베여 하쓰네의 유방에서 복부까지 드러났다.

"앗."

이때 처음으로 하쓰네는 제정신으로 돌아온 것 같았다. 당황하며 찢어진 옷을 그러모았지만, 이미 두건을 쓴 남자는 희미한 날밑 소리를 내며 도를 검집에 넣고 있었다.

"역시 여자인가?"

주6) たっつけ袴(닷쓰케하카마), 통은 크고 단은 좁게 만든 바지. 주로 추운 지방에서 남녀 구분 없이 입었으며, 여행용으로도 입었다.

사나운 눈이 웃고 있다.

"나는 지금까지 위의 지불당 천장에 있었다. 이 구멍에 살아 있는 인간이 던져 넣어진 것을 수상하게 여기고 들어왔는데, 너는 누구냐."

그의 눈은 이미 우물 밑바닥의 수많은 시체를 보았을 테지만, 그 눈동자에 동요의 그늘은 잔물결만큼도 일지 않았다.

하쓰네는 쉰 목소리로 말했다.

"주, 죽여라——."

"바란다면 죽여주겠지만, 그 전에 내가 묻는 말에 대답해라. 너는 어째서 이런 곳에 던져 넣어진 거지? 아까 지불당에서 빈 껍데기가 되어 죽임을 당한 남자들의 동류냐."

"죽여라——."

"그래, 그 여자, 남자 중 한 명한테 센히메 님께 손대지 말라고, 돌아가서 주인인 데와 태수에게 말하라고 하더군. 데와란, 그 사카자키를 말하는 것인가?"

"당신은 누구십니까."

"나는 스루가[주7]의 선대 쇼군 님께서 요즘 들이신 이가 사람이다. 아마마키 잇텐사이라는 것이 내 이름이지. 자, 너도 정체를 밝혀라."

"앗, 그럼 스루가의——."

하쓰네는 생각 없이 몹시 기뻐했다. 살았다고는 생각하지 않았지

주7) 駿河(스루가), 현재의 시즈오카현을 가리키는 옛 지명.

만, 무엇보다 이것으로 오라비와 도노모노스케가 무참하게 죽은 이유가 선대 쇼군 님의 귀에 들어갈 거라고 생각했다. 사나다의 여자가 센히메 님께 씌었다는 것을 알면 선대 쇼군 님도 내버려 두지 않으실 테고, 오라비나 도노모노스케의 죽음도 진심으로 가엾게 여기실 테지. ――그녀는 자신이 알고 있는 것을 전부 이야기했다.

"그런가. 사카자키에서는 어떻게 그것을 알았지?"

아마마키 잇텐사이는 하쓰네의 이야기를 듣고도 태연했다.

"그래서, 그 사나다의 여자가 히데요리의 아이를 밴 것을 알고 있나?"

"앗, 그것이……."

"아하, 거기까지는 모르나? 그야 그렇겠지……."

잇텐사이는 어딘가 건성으로 중얼거렸다. 두건 사이에서 묘하게 황금색으로 빛나는 눈이 하쓰네의 얼굴에서 가슴으로 기어 내려갔다가 다시 기어 올라온다.

"계집, 살고 싶나?"

"네…… 아니요."

"오라비도 남편이 될 남자도 죽었으니, 자신도 죽고 싶다고 했지. 어느 쪽이든 원하는 대로 해주겠지만."

하쓰네의 등을 오싹한 차가운 바람이 덮쳤다. 상대 닌자의 눈이 아무런 동정도 없는 잔인함 그 자체 같은 불꽃을 튀긴 것을 눈치챈 것이다.

가엾게도 하쓰네가 아무리 용감한 처녀였다 해도, 스스로 뛰어든 것이 선대 쇼군조차 고뇌할 정도인 도쿠가와가의 비밀의 구렁임은, 그리고 순식간에 휘말린 닌자끼리의 사투의 소용돌이가 얼마나 비정한 것인지는 몰랐다.

"살든 죽든, 우선 내 말을 듣는 것이 먼저다."

하며 그는 긴 팔을 뻗어 하쓰네의 어깨를 잡았다. 찢어져 있던 옷은 쉽게 벗겨지고, 하쓰네는 하얀 나신을 비틀거렸다.

"은어 같은 몸으로, 죽은 자의 연못에 숨어들 셈이냐."

하며 아마마키 잇텐사이는 그 팔을 움켜쥐고 웃었다. 하쓰네는 순식간에 그에게 끌려갔다.

이때 잇텐사이는 밧줄에서 한 손을 떼고 시체 위에 서 있었다. 본래 조금은 물도 고여 있었던 듯한 낡은 우물 바닥에 썩어 문드러진 시체가 겹쳐 쌓여 있어서 마치 질척질척한 늪 같은데, 기괴하게도 그는 복사뼈도 담그지 않고 유유히 그 위에 서 있었다. 그는 한 손으로 두건을 벗었다. 입이 찢어진 것처럼 크고, 이도 귀도 뾰족하고, 늑대와 닮은 무서운 얼굴이 나타났다. 그는 하쓰네의 가슴을 끌어올리다시피 하며 위에서 덮쳐 누르고 쉰 목소리로 말했다.

"아까 나는 지불당의 천장에서 묘한 것을 구경했다. 여자가 세 명의 남자를 범하더군. 세 명의 남자가 여자를 범하는 게 아니다. 오오, 그중에는 네 남편이 될 남자도 있었다고 했지. 과연 어느 놈이었을까? 아니, 어느 놈이나 마찬가지였다. 여자에게 짓눌려, 온몸을 쥐어 짜내는 듯한 황홀한 신음을 흘리고 있었지. 계집, 그러니 죽은 남자에게 지조를 지키는 건 어리석은 일이다."

그는 얼굴을 가까이 하더니 하쓰네의 입술을 날카로운 이로 물었다. 공포 때문에 다시 마비된 듯하던 하쓰네의 몸에 그때 어떤 반응을 느꼈는지, 잇텐사이의 손이 소리도 없이 번개처럼 스치자, 하쓰네의 하얀 턱이 툭 떨어지고 입을 벌렸다.

"혀를 깨물려고 했군. 그렇게는 안 되지."

하쓰네의 턱이 어긋나 있었다. 잇텐사이는 아무 일도 없었던 것처럼 말을 이었다.

"그래, 온몸을 쥐어 짜내는 듯한 목소리——실로, 세 남자들은 그 여자에게 한 방울도 남김없이 남자의 정기를 빨린 것이다. 처음에는 할 수 있다면 이쪽도 함께 향응을 누리고 싶다고 생각하며 천장에서 침을 흘리고 있었다만. 그러다가 남자들이 차례차례, 마치 매미 껍질처럼 되어 결국에는 숨도 끊어져 버리는 것을 보고 오싹했지. 하마터면 위험할 뻔했어. 그건 평범한 여자가 아니다. 그자야말로 도쿠가와가에 적대하여 해를 입힐 사나다의 닌자야. ……천장에서 단칼에 베어 쓰러뜨리는 건 쉽다. 하지만 내가 선대 쇼군 님으로부터 죽이라는 명령을 받은 여자 닌자는 따로 있어. 그들을 남김없이 베어 죽일 가망이 생기기 전에는, 경솔하게 한 사람한테만 손을 댈 수는 없지."

혼잣말처럼 말하면서, 잇텐사이는 하쓰네의 한쪽 팔에 밧줄을 감고 있었다.

"나는 닌자다. 그것도 여자를 상대로 절묘한 기술을 갖고 있지. 이가 닌자술 '사랑에 빠지기'와 '구멍 열림'……'구멍 열림'이라는 것은 나와 한 번 교합한 여자는 나를 사랑하게 되고 발정이 난 암캐처럼 되어, 다시 한 번 하고 싶어서 광기에 빠지는 것이다. 하지만 두 번째로 교합했을 때…… 여자는 죽는다!"

잇텐사이는 다른 한쪽의 하쓰네의 팔에 밧줄을 감았다.

"하지만 그 '구멍 열림'이 그 여자에게는 소용없어. 매미 껍질처럼 되었다간 끝장이니까. 그걸 안 것만으로도 목숨을 건진 것이지. 그래서 나는 또 하나의 닌자술 '사랑에 빠지기'를 펼쳤다. 내 정기를 뒤집어쓰게 해주었지. 그건 여자의 피부에 스며들어, 내게 범해진 것과 같은 효과를 발휘하거든. 여자는 몸부림치기 시작하고 마음이 어지러워져, 이윽고 내 '사랑에 빠지기'를 뒤집어쓴 장소를 암캐처럼 냄새 맡으며 찾아다니다가, 사흘도 지나지 않아 이 지불당으로 돌아올 것이다……."

하쓰네는 양팔이 높이 끌어올려져, 몸을 뒤로 젖히는 듯한 자세가 되어 있었다. 활처럼 휜 가슴에 봉긋하게 솟아오른 유방이 깜박거리는 도깨비불에 비쳐 푸르게 빛나며 헐떡이고 있다.

"돌아올 터이긴 하지만, 나도 이 기술은 오랜만에 쓰는 것이다. 함부로 여자를 죽일 수도 없으니까. 그런데 그 중요한 여자를 상대로 만에 하나 실수를 했다간 큰일이지. 그래서 너로 한번 시험해볼까 한다. 다만 이 우물의 이런 요에는 누울 수도 없고 움직이는 것도 뜻대로 되지 않지. 그러니──."

잇텐사이는 광포하게 이를 딱딱거렸다. 이미 그는 처음에 자신의 이름을 댔을 때부터 이 처녀는 어차피 살려둘 수 없다고 생각하고 있었다. 다만 그것은 사나다의 여자 닌자를 모두 쓰러뜨리고 나서다.

그 여자들을 처치하는 데에 이쪽의 손길이 닿았다는 것을 센히메가 알아서는 안 된다——는 것이 스루가의 선대 쇼군이 붙인 조건이었다. 실은 센히메는 이미 그 손길이 미치기 시작했다는 것을 알고 있으며 눈을 부릅뜨고 방어전을 시작했지만, 잇텐사이는 아직 그 사실은 몰랐다. 조건이 어려우면 어려울수록, 그것을 극복하고 명령을 수행하는 것에 닌자의 긍지가 있다. 그는 데와 태수 사카자키 일당도 센히메의 신변에 사나다의 여자가 있다는 것을 알아냈음을 알았다. 그렇다면 그 사나다의 여자를 차례차례 쓰러뜨려 간 자는 사카자키의 사람이었다고 센히메로 하여금 생각하게 하자. 그것은 간단하다. 전부 끝난 후, 이 처녀를 이 우물에서 내보내어 칼이라도 들려주고 저택 안을 어슬렁거리게 하면 된다. 두 번 다시 교합해 주지 않으면, 그 무렵에는 이 처녀는 아마 광란에 빠져 있을 것이다. 아마 센히메는 단숨에 이 처녀를 죽이지 않은 것을 이를 갈며 후회할 테지만, 그것은 뒤늦은 후회다.

그것을 위한 꼭두각시이기는 했다. 또한 지금 자신의 입으로 닌자술의 실험이라고 말했다. 그러나 사실은 아까 지불당에서 남녀가 교합하는 죽음의 만다라를 내려다보고, 곧 찾아올 것이 틀림없는 사나다의 여자 닌자를 이제나저제나 기다리고 있던 잇텐사이의 짐승의 피가 미쳐 날뛰는 것이었다.

"이제 곧, 나를 너는 사랑하게 된다. 너는 나를 사랑하게 된다. 죽어서 다시 한 번 교합하고 싶다고, 울며 몸부림치게 될 것이다!"

털투성이의 잇텐사이의 팔이, 젖혀진 하쓰네의 새하얀 몸에 감기며 바싹 조였다.

5

──사흘 후.

지불당에 한 여자가 비틀비틀 들어왔다. 머리카락을 흐트러뜨리고 옷깃을 풀어헤치고, 띠를 질질 끄는 미친 여자 같은 이 모습을, 누가 그 단정한 오쿄라고 생각할까. 눈은 취한 듯한 빛을 띠고, 입은 크게 벌어져 헉, 헉, 하고 짧은 숨을 내쉬고 있다.

"괴롭다…… 괴로워…… 몸 속에 불이 타고 있는 것 같아. 죽는다, 나를 안아줄 남자가 없으면, 나는……."

어둠 속에 넘어져 무릎을 꿇더니 그대로 네 발로 엎드려, 그녀는 암캐처럼 기어다녔다.

"여기…… 여기…… 여기다. 나를 부르는 목소리가 들리는 것은 여기야……."

어둠 속에서 누구에게도 보이지 않을 터였지만, 단 한 사람 그 비참한 모습을 내려다보며 엷게 웃고 있는 눈이 있었다. 지불당 구석에 어슴푸레하게 서 있는 그림자다.

"여기다."

하고 그는 쉰 목소리로 말했다.

오쿄의 두 팔이 그 다리에 얽혔다. 피부에 손톱을 세우다시피 하고, 떨면서 점차 기어 올라간다.

"나다. 네 핏속에서 너를 불러준 건 나야."

속삭이는 추괴한 입을, 덥석 물듯이 오쿄의 입술이 빨고 있었다. 손도 발도 아교처럼 감겨, 굶주린 사람처럼 몸부림친다.

"기쁘냐?"

아마마키 잇텐사이는 이미 반라인 오쿄의 옷을 벗겼다. 바닥에 눕혀진 것만으로, 오쿄는 벌써 허리를 꿈틀거리며 헐떡이기 시작했다. 그것은 정욕만 남은 한 마리의 아름다운 짐승 같았다. 이때 잇텐사이는 여자가 적이라는 것조차 잊었다. 그는 부러뜨릴 듯이 여자를 껴안고 덮쳐들었다. 하지만 여자의 입술과 혀를 탐하고, 파도치는 유방을 만지고, 사지를 서로 얽고 구르다가——미칠 듯한 열기의 순간, 오쿄의 높은 망아(忘我)의 신음이 꼬리를 끈 찰나——잇텐사이는 갑자기 제정신으로 돌아와 그 황홀한 얼굴을 들여다보며 처음으로 승리의 말을 내뱉었다.

"사나다의 여자. ……내 승리다."

"……?"

"나는 스루가에서 보낸 이가 사람, 아마마키 잇텐사이. 이런 인연을 맺고 곧 헤어지는 것은 슬프지만, 너는 가야 한다. 저세상으로."

오쿄의 갸름한 눈이 크게 뜨여 잇텐사이의 얼굴을 보았다. 그 목에서 갑자기 고통의 목소리가 새어 나오고 사지가 부들부들 경련했다. 어둠 속이지만 잇텐사이의 닌자의 눈에는 여자의 안색이 납빛으로 스윽 바뀐 것이 보였다.

한 번 교합하고, 두 번 교합하면 여자가 죽는다. ――이것을 현대 의학으로 굳이 설명하자면, 아나필락시 현상일까. 항원성을 가진 물질로 동물을 예민하게 만들면, 일정한 잠복기를 거치고 나서 그 물질에 대해 처음과 다른 과민한 반응을 일으켜 심하면 쇼크 증상에 빠지고 질식사할 때가 있다.

오쿄의 입술이 떨렸다.

"시나노 닌자술――천녀패(天女貝)――."

잇텐사이는 깜짝 놀라 사지를 떼려고 했다. 오쿄의 팔다리는 달라붙어 떨어지지 않는다. 잇텐사이의 손이 움직였다. 털썩, 하는 소리를 내며 여자의 손이 잇텐사이의 등에서 떨어졌다. 이어서 여자의 허리 부근에 손이 스치자, 또 기분 나쁜 소리가 울리고 잇텐사이의 허리에서 여자의 다리가 떨어졌다. ――그런데――두 사람의 몸은 아직 떨어지지 않는다!

아마마키 잇텐사이는 갑자기 깜짝 놀란 듯 고통의 비명을 질렀다. 그는 무서운 결박을 감각했다. 그것은 한 지점에서 마치 마(魔)의 조개껍질을 닫은 것처럼 그를 조여왔다.

"읏."

격통의 충격이 달군 부지깽이처럼 온몸을 꿰뚫었다. 잇텐사이의 얼굴은 온통 보라색이 되고, 팔다리는 비틀렸다.

"이, 이놈——."

그는 몸부림치면서 오쿄의 목을 졸랐다. 경추가 부러지는 소리가 났다. 그러나 그 이전에 오쿄는 이미 절명했다. 꿈처럼 감미로운 죽음의 미소를 띠고.

——그런데도 잇텐사이는 그녀에게서 떨어질 수가 없다!

고통의 비지땀을 뚝뚝 흘리는 잇텐사이의 귀에, 그때 정원 쪽에서 부르는 목소리가 들렸다.

"오쿄 님—— 오쿄 님—— 아가씨께서 부르셔요."

잇텐사이는 당황했다. 사력을 다해 질질 기기 시작했다. 몸 밑에 오쿄의 몸을 단 채, 기괴한 소라게처럼.

그 우물의 뚜껑 위에서 칼을 잡았지만, 베어낼 수는 없었다. 그것은 자기 자신을 베는 것이 된다.

"오쿄 님——, 오쿄 님——."

목소리는 가까이 다가온다.

잇텐사이는 뚜껑을 열었다. 뚜껑 안쪽에는 갈고리를 단 밧줄이 늘어뜨려져 있었다. 그것에 매달려 뚜껑을 덮을 때까지, 아마마키 잇텐사이는 머리카락의 모근에서 한 올도 남김없이 혈장이 뿜어져 나오는 기분이었다. 한 번 뽑았던 도신(刀身)은 바르작거리는 몸과 뚜껑 사이를 뚫고 우물 바닥으로 떨어지고 말았다.

밧줄에 매달린 잇텐사이는 밑에서 부르는 목소리를 들었다.

"잇텐사이 님…… 잇텐사이 님…… 빨리, 하쓰네에게——."

시체의 늪 밑바닥에서 머리카락을 흐트러뜨린 채 올려다보고 있는 하쓰네였다. 지금은 잇텐사이를 사랑한 나머지 미쳐서 결국 잇텐사이를 우물에서 도망쳐 나가게 했을 정도로 질척거리는 여자로 변해 있었지만, 그 목소리가 문득 멈추었다.

"그건…… 당신과 함께 있는 여자는."

오쿄는 잇텐사이의 몸에서 나긋나긋하게 늘어뜨려져 있다. 목, 어깨, 허리 등 모든 관절이 빠져, 그것은 하얀 화환이나 영락[주8] 같았다. 완전히 죽었지만, 그래도 잇텐사이를 포로로 삼고 있다. 등뼈가 뽑힐 것 같은 무게와 아픔에 잇텐사이는 짐승처럼 신음하면서, 이 죽은 여자를 설령 토막토막 베어 버리더라도 그를 붙든 조개의 살이 썩어 무너지기 전에는 떨어지지 않으리라는 것을 알고, 저도 모르게 닌자답지 않은 공포의 비명을 지르고 있었다.

"세상에, 다른 여자와—— 미워, 분하다, 잇텐사이 님!"

분노로 얼굴을 붉게 물들이고, 하쓰네는 몸을 꿈틀거렸다. 손에 아까 떨어져 내려온 칼을 움켜쥐고 번쩍 쳐들었다.

아마마키 잇텐사이는 몇 분 동안 더 허공에 떠 있었다. 그 몸에는 알몸의 천녀 같은 미녀를 매단 채. ——그 괴기한 거미와 나비를 도깨비불의 각광(脚光)이 푸르게 비추었다. 하지만 마침내 힘이 다해, 이 이가의 닌자는 죽은 사나다의 닌자와 서로 얽힌 채 미친 여자의 웃음소리에 흔들리는 한 자루의 도 위로 일직선으로 떨어져 갔다.

주8) 瓔珞(영락), 본래는 인도 귀족의 장신구로, 불상의 머리나 목, 가슴에 거는 구슬을 꿴 장식품.

닌자술 '소라게'

1

1615년 9월 29일, 이에야스는 슨푸를 떠나 에도로 향했다. 이 행차를 따라가는 자는 이에야스의 열 번째 아들인 좌근위부(左近衛府) 중장(中將) 요리노부를 비롯해 고즈케의 차관 혼다, 다지마 태수 아키야마, 내선사[주1]의 장관 이타쿠라, 난코보 덴카이[주2] 등의 중신이다. 쇼군 히데타다가 보낸 사자(使者)로서 하코네까지 쓰시마 태수 안도가 마중을 나오고, 오다와라까지 우타 태수 사카이가 마중을 나왔으며, 10월 10일, 선대 쇼군은 행장도 무겁게 에도성으로 들어왔다.

5월에 오사카를 공격해 함락시키고 나서, 처음으로 이에야스가 에도로 들어온 것에는 여러 가지 목적이 있었다. 표면적으로는 오사카의 싸움 때문에 중지했던 에도성 본성의 본격적인 확장 공사의 지진제[주3]에 참석하기 위한 것과 무사시노[주4]의 매 사냥을 위해서이지만, 실은 손주 센히메의 동태를 살피러 왔다는 것이 그에 뒤지지 않는 중요한 목적이었다.

센히메의 신변에 히데요리의 씨를 품은 여자가 있다. 그자를 없

주1) 內膳司(내선사), 율령제에서 왕의 식사 조리를 담당하던 부서.

주2) 南光坊天海(난코보 덴카이), 1536(?)~1643. 아즈치 모모야마 시대부터 에도 시대 초기에 걸쳐 살았던 천태종의 승려. 난코보(南光坊)는 존호(尊號)이다. 도쿠가와 이에야스의 측근으로 에도 막부 초기의 조정 정책, 종교 정책에 깊이 관여했다.

주3) 地鎭祭(지진제), 토목이나 건축 공사를 시작하기 전에 공사가 무사히 끝나기를 기원하며 여는 의식. 토지신을 축원하며 땅을 이용하는 것에 대한 허락을 얻고, 공사가 끝난 후의 안태(安泰)를 기원한다.

주4) 武藏野(무사시노), 간토 평야의 일부. 사이타마현 가와고에 이남에서 도쿄도 후추(府中) 사이에 펼쳐진 지역이며, 넓은 뜻으로는 옛 무사시 지방 전역을 가리키기도 한다.

애기 위해 슨푸에서 보낸 두 명의 이가 닌자는 결국 돌아오지 않았다. 상상도 할 수 없는 일이지만, 아마 그들은 무언가 실수를 하여 쓰러진 것이 틀림없었다. 하지만 그렇다 해도 목표로 했던 여자는 어찌 되었는지, 다섯 명의 여자 중 몇 명을 처치했는지 아니면 완전히 실패한 것인지 전혀 알 수 없고, 게다가 센히메의 저택이 오래된 늪처럼 고요한 것 같다는 것이, 어지간한 이에야스에게도 잠자코 있을 수 없을 정도로 으스스하게 느껴졌던 것이었다.

이미 선대 쇼군이 슨푸를 떠난다 하여 길에는 차례차례 각로[주5]급 중신을 보내 마중하게 할 정도로 마음을 쓰고 있는 히데타다다. 이에야스가 서성[주6]에 들어가기 전후의 소란도 보통이 아니었으나, 이에야스는 기분이 좋지 않았다. 마중 나온 사람들 중에 가장 중요한 손녀 센히메의 얼굴이 보이지 않은 것이다.

"오센은 어찌 된 것이냐."

하고 그는 물었다. 히데타다는 황공해하며 대답했다.

"오센은 병중이라 마중을 나가지 못하지만, 할아버님께는 건승을 빌며 느긋하게 머무르시기를 바란다, 그리고 평소부터 자주 안부를 묻는 사자를 보내주셔서 고맙게 여기고 있다는 인사를——."

이에야스는 손톱을 깨물었다. ——세키가하라의 싸움이 예측하기 어려운 형세에 있었을 때도, 그는 손톱을 깨물곤 했다. 마음에 쉽

주5) 閣老(각로), 에도 막부의 관직명. 쇼군에 직속하여 막부의 정치를 통괄하였으며, 멀리 떨어진 영토를 직접 다스리기도 했다.

주6) 西成(서성), 에도성의 성곽. 본성의 서남쪽에 있으며 1592년에 창건되었다. 은퇴한 쇼군이 지내는 곳, 세자가 지내는 곳으로 사용되었다.

지 않은 울적한 일이 있을 때의 이에야스의 버릇이다.

——25년 전, 이에야스가 히데요시에게 영지를 옮기라는 명령을 받고 처음으로 에도에 왔을 때는 주위는 온통 무성한 풀밭이었고, 성이라고 해도 형태밖에 없다고 할 수 있을 정도였다. 그 후 성은 지속적으로 수리와 확장을 되풀이해왔으나 히데요시의 눈에 흙이 들어가기 전에, 또한 오사카에 히데요리가 있고 도요토미가의 은혜를 입은 영주들이 의혹의 눈길을 보내고 있었을 무렵과 지금과는 사정이 완전히 달라졌다. 이것은 명실공히 미래영겁에 걸쳐 막부의 상징으로서, 이제 누구를 꺼릴 것도 없는 거성(居城)이 될 운명의 성이었다.

성에 들어온 다음 날에는, 이에야스는 벌써 정정한 안색으로 서성과 후키아게[주7)]를 나누는 쓰보네사와[주8)]에서 계곡 안쪽에 있는 모미지야마(紅葉山)산을 향해 걷고 있었다. 일대는 정말로 그 이름처럼 단풍으로 채색되어, 마치 깊은 산처럼 가을의 작은 새가 끊임없이 울고 있다. 비늘구름이 빛나며 흐르고 있었다. 이 계곡, 이 산, 그 돌 하나 나무 한 그루도 이에야스의 장대하고 견실한 축성안(築城眼)에는 의미가 있는 것이었다. 그는 일일이 지팡이를 들어 그것을 설명했다. 뒤에는 히데타다 부부를 비롯해 십여 명의 중신과 여관(女官)들이 따르고 있었다.

주7) 吹上(후키아게), 에도성 서쪽 일곽의 북서쪽에 있는 정원.

주8) 局澤(쓰보네사와), 에도성 내의 지명. 에도성의 정문과 중간문 사이에 있는 니주바시(二重橋) 다리 주변에서 후키아게 정원에 걸쳐 있었다.

이에야스는 그 도중부터 그것들 사이에 있는 심상치 않은 눈빛을 한 한 남자를 눈치챘다. 틈만 있으면 자신에게 달려올 것 같은 기척을 느끼고, 일부러 시치미를 뗀 얼굴을 하고 있었다. ——얼굴 전체가 불에 타 짓무른 데와 태수 사카자키다.

이에야스는 그 약속을 잊지는 않았지만 그것을 지키는 것은 완전히 불가능하다고 생각하고 있다. 약속을 했을 때는 진심이었으나, 얼굴이 저렇게 되어서는 아무리 뭐라 해도 센히메를 아내로 주는 것은 지나치게 잔인하다고 생각했다. 저런 추한 얼굴이 된 것도 그 약속 때문이라고 생각하면 데와 태수에게도 조금 미안한 기분이 들지만, 어쨌든 무엇보다 센히메가 받아들일 것 같지 않다. 애초에 현재, 상대가 사카자키든 누구든 재혼은 고사하고 도요토미가에 흠뻑 빠져 이 조부에게조차 당치도 않은 도전의 화살을 겨누고 있는 센히메다.

"선대 쇼군 님."

마침내 다가왔다. 그 맹렬한 불길 속에 뛰어들 정도의 남자이니, 모르는 척 시치미를 뗀 정도로 물러날 놈은 아닐 거라고 생각하고 있었지만, 결국 참다못한 듯 데와 태수는 안색을 바꾸며 다가왔다.

"데와인가."

데와 태수는 앞에 무릎을 꿇었다. 그는 이에야스의 떫은 표정에도 무신경하게, 절박한 눈으로 올려다보며 말했다.

"황공하오나 은밀히 말씀드리고 싶은 것이 있사옵니다."

그는 이에야스의 주위에 사람이 적은 기회를 골랐겠지만, 그래도 바로 옆에 세 명의 호위 무사가 있었고 조금 떨어진 곳에 히데타다 부부, 적손 다케치요, 그의 유모 오후쿠, 난코보 덴카이 등이 서 있었다.

"데와── 복잡한 이야기라면 나중에 하게."

"아니, 저도 결심하고 말씀드리는 것입니다. 센히메 님에 대해서──."

"그 이야기인가, 그것은 좀 기다리게. 오센은 아직 마음도 상처투성이고, 아무래도 몸까지 아픈 듯하니──."

"아니요, 마음은 모르겠으나 몸은 분명히 무사하실 것입니다. 선대 쇼군 님, 아가씨께서는 실로 무서운 인간을 키우고 계십니다. 처음에 저는 아가씨도 모르실 거라고 추측하고 있었지만, 요즘 곰곰이 생각해보건대──."

"데와, 그만 되었네."

하고 이에야스는 말했다. 그 얼굴에 경악의 빛이 스친 것을 데와 태수는 보았다.

"이것은 도쿠가와가의 중요한 일이고──."

히데타다 일행이 깜짝 놀란 듯이 이쪽을 보았다. 이에야스는 더욱 당황하여,

"데와, 센히메에 대해서는 더 이상 말하지 말게. 자네가 상관할 바가 아니야. 쓸데없는 소리 하지 말게. 분명히 말했네, 물러나게."

하고 질타하며 한발 먼저 등을 돌렸다.

더욱 매달리려고 한 데와 태수 앞에, 세 명의 호위 무사가 조용히

섰다. ——그 남자들과 눈이 마주치고, 데와 태수는 저도 모르게 주춤했다. 열이 오른 그를 마치 얼음으로 바꾸는 듯한 이상한 안광을 가진 남자들이었다. 전쟁터를 오가던 데와 태수도 일찍이 본 적이 없는—— 인간이 아닌 자의 눈이다.

곧 그들은 이에야스의 뒤를 좇았다. 그것을 멍하니 지켜보며, 데와 태수는 아까의 이에야스의 경악한 표정을 떠올렸다. 물론 이에야스가 놀란 것이 데와 태수도 그 비밀을 알고 있는 것에 있었다고는 상상도 하지 못했다. 지금 처음으로 그 사실을 듣고 경악했다고 생각하고 있다. 그럼에도 불구하고, 이에야스는 자신의 입을 막아버렸다. 왜일까? ——그것은 자신과 센히메가 서로 관련되는 것을 일체 거부하고 싶기 때문이다, 라고 데와 태수는 생각했다.

그는 목 안쪽으로 신음했다.

(좋다, 더 이상 말하지 않겠다. 하지만 선대 쇼군이 그런 마음이라면, 나는 끝까지 센히메 님께 상관하겠다. 남자의 오기에 걸고, 센히메 님이 도쿠가와가에 무엇을 꾸미고 계시는지 내 손으로 알아내고 말리라.)

움직이려다가, 갑자기 데와 태수는 앞으로 뒹굴었다. 양발의 발가락이 땅에 달라붙어 있었던 것이다. 짚신의 가장자리가 어느새 두 개의 표창으로 땅에 꿰매어져 있는 것을 안 것은 그 후였다.

2

불쾌한 듯이 걷고 있던 이에야스는 문득 걸음을 멈추고 "스테베에" 하고 불렀다. 뒤를 쫓아온 세 명의 종자 중 눈에 띄게 거구에 뚱뚱한 남자가 절을 했다.

"사카자키가."

하고 이에야스는 손톱을 깨물며 말했다.

"그 일을 어디까지 알고 있는지, 어디까지 머리를 집어넣었는지 알아 오라."

스테베에라고 불린 남자는 절을 했다. 그리고 순식간에 그 거대한 몸이 마치 하늘을 떠다니는 풍선처럼 맞은편 나무숲 사이로 사라져 버렸다. 아래쪽에 관목이 빽빽하게 자라고 있는데도, 그 잎이 미풍에 살랑거린 정도로도 움직이지 않는다.

허둥지둥 뒤를 따라왔지만 여전히 망설이고 있던 히데타다를 둘러싼 무리 사이에서, 이윽고 결심한 듯이 오후쿠가 혼자 다가왔다.

"왜 그러십니까, 선대 쇼군 님."

히데타다 일행도 다가왔다. 오후쿠는 숨을 죽이며 말했다.

"방금 데와 태수가 센히메 님에 대해 무언가 흘려들을 수 없는 말을 하고, 또 도쿠가와가의 중요한 일이라고 말씀하신 것 같은데."

이에야스는 곤혹스러운 눈으로 잠시 일동을 둘러보고 있었지만, 잠시 후 옆에 있는 돌에 걸터앉았다.

"들었는가."

하고 중얼거리더니,

"좋다, 너희들에게만은 이야기해두지. 쇼군, 미다이[주9], 승정, 오후쿠, 그대들만 가까이 오라. 나머지 사람들은 저쪽에 물러나 있어라."

하고 말했다. 히데타다 부부와 난코보 덴카이, 오후쿠만이 이에야스 앞에 모였다.

아니, 그 이외에도 쇼군 곁에서 떨어지지 않는 자가 있다. 방금 전에 한 명이 어디론가 달려갔지만, 뒤에 남은 두 명의 호위 무사다. 슨푸에서부터 따라온 두 사람이지만, 물론 대대로 도쿠가와 가문을 섬겨온 신하는 아니다. 한 사람은 피부가 희고 키가 큰 젊은이, 한 사람은 새하얀 머리카락을 묶어 어깨에 늘어뜨린 노인인데, 다른 가신들과는 크게 색깔이 달랐다. 야성적이고 사나운 기가 온몸에 떠돌고, 에도 성내에 있지만 오가는 중신이나 귀부인에게 눈인사도 하지 않을 뿐만 아니라 어딘가 사람을 깔보는 듯한 엷은 웃음마저 띠고 있다. 특히 여관들에게 향하는 눈에는 불손한 흥미가 있었다. 처음부터 오후쿠는 그들의 정체를 수상하게 생각하고, 또 불쾌하게 느끼고 있었다.

"선대 쇼군 님."

"왜 그러는가."

"저자들은 어떤 사내들입니까?"

하고 그녀는 생각다 못해 물었다.

주9) 御台(미다이), 미다이도코로(御台所). 쇼군의 아내에 대한 경칭.

오후쿠가 가스가노쓰보네[주10)]라는 칭호를 받은 것은 훨씬 나중의 일이고, 이때 그녀는 아직 서른일곱 살, 피부가 희고 풍만한 자태에는 아직 색향이 풍기고 있었지만, 그것을 거의 상대에게 의식하게 하지 않는 재기와 위엄이 가득 차 있었다. 단순히 적손 다케치요의 유모라는 자격만이 아니다. 오히려 차남 구니치요 쪽을 사랑하여 남몰래 후계로 결정하고 있었던 히데타다 부부에게 저항하고, 다케치요를 미래의 3대 쇼군 자리에 앉히기 위해 선대 쇼군으로 하여금 결단을 내리게 한 것은 오후쿠의 활약에 의한 것이다. 그 이후, 오오쿠[주11)]에서는 미다이도코로보다도 오히려 오후쿠의 힘이 더 강할 정도였다. 아니, 그 오오쿠의 엄숙한 제도 자체를 만들어낸 것도 이 오후쿠다. 지금 이에야스가 지금까지 쇼군에게조차 비밀로 하고 있던 센히메의 그 일을 털어놓을 마음이 든 것도 오후쿠에게 한 수, 두 수 접어주고 있었기 때문이다. 그렇다기보다 정치를 좋아하는 이 재녀(才女)가 냄새를 맡은 이상은 더 숨기려고 해도 어차피 불가능하리라고 체념하고, 오히려 여러 가지 달갑지 않은 일이 일어날 것이라 판단했기 때문이었다.

"이자들 말인가. ——별것 아닐세."

하며 이에야스는 가볍게 손을 흔들었다. 두 남자는 그 바보 취급하는 듯한 불손한 눈으로 오후쿠를 올려다보고 내려다보며 태연한

주10) 春日局(가스가노쓰보네), 쓰보네(局)란 대궐 내의 칸막이가 있는 방, 또는 그런 방을 가지고 있을 정도로 중요한 위치에 있는 여성에 대한 경칭이다. 오후쿠가 조정으로부터 '가스가노쓰보네'라는 호칭을 얻게 되는 것은 1629년 10월의 일.

주11) 大奧(오오쿠), 에도성의 중심부 중 쇼군의 부인인 미다이도코로와 측실들이 머물던 곳. 남자는 이 곳에 들어갈 수 없었다.

얼굴을 하고 있었다.

이에야스는 센히메가 오사카에서 데리고 돌아온 다섯 명의 여자에 대해 이야기하기 시작했다. 히데타다 부부, 오후쿠는 물론이고 오래된 늪 같은 괴승(怪僧) 덴카이마저 안색을 바꾸었다.

"그 사나다의 입김이 닿은 여자들이 모두 히데요리의 아이를 배고 있다는 말씀이십니까. ——그것은 참으로 도쿠가와가의 중요한 일이군요."

하고 히데타다는 주먹을 떨며 신음했다.

"그걸 알면서 도쿠가와에 맞서다니, 아무리 한 번은 도요토미에 주었던 제 딸이라지만 참으로 엉뚱한 녀석이군요. 이제 일각의 유예도 없습니다. 즉시 토벌대를 보내 그자들을 죽여야 합니다——경우에 따라서는 오센도 함께 처벌하게 되더라도 어쩔 수 없습니다."

"……그걸 쉽게 할 수 있었다면, 내가 이렇게 고생할 것 같으냐."

하며 이에야스는 씁쓸하게 웃고는,

"오센은 죽여서는 안 된다. 그 아이는 나에게 지금 다케치요, 구니치요보다도 사랑스러운 아이다——."

하고 중얼거렸다. 센히메의 젊은 인생을 희생했다는 죄책감은 히데타다 부부에게도 있는 만큼, 여기에는 아무 말도 없이 고개를 숙였을 뿐이다. 이에야스는 비늘구름을 올려다보며 말했다.

"본래 오센의 마음은 병들어 있었다. 병들어 있으니, 이쪽이 어떻게 나가느냐에 따라서는 무슨 짓을 저지를지 알 수 없지. ……화풀이로 죽을지도 모른다. 나는 그게 가장 무섭구나. 그래서 지금까지 오센에게 보냈던 닌자에게도, 그 사나다의 여자를 죽이는 데 이쪽의 손길이 미쳤다는 것을 오센이 알게 해서는 안 된다고 단단히 명령해두었다. 그런데 두 명을 보냈는데 둘 다 돌아오지 않아. 아무래도 그자들이 실패한 듯한 것은, 그러한 재갈을 물렸기 때문이었을까. 아니면 저 사카자키까지 냄새를 맡은 듯하니, 데와 놈들이 쓸데없는 참견을 해서 뻔히 알고도 오센이 그물을 치고 기다리게 한 것일까——."

요컨대 그 여자들은 반드시 죽여야 한다. 그러나 센히메는 절대 죽여서는 안 된다. 따라서 그 여자들이 스스로 죽음을 선택한 것처럼 보이게 해야 한다는 것이 이에야스의 희망이었다. 그 마음은 잘 알지만, 참으로 어려운 희망이라고 해야 할 것이다. 히데타다는 물었다.

"그래서 어찌하실 생각이십니까."

"그래, 그것 때문에 고민이 되어, 좋은 지혜라도 없을까 하고 이렇게 털어놓은 것이다."

무릇 목적을 위해서는 마왕처럼 지략을 짜내는 이에야스가 이토록 진퇴양난에 빠져 있는 것은 말할 것까지도 없이 센히메에 대한 사랑이라는 약점이 있기 때문이었다.

"여기에 있는 것은 그 이가 닌자의 생존자다. 본인들은 발을 구르며 투지를 불태우고 있지만, 어쨌거나 이미 보낸 두 사람이 돌아오지 않는 것이 이상하여 당분간 내가 막고 있다."

하며 이에야스는 두 명의 이가 사람을 턱짓으로 가리켰다. 젊은 쪽이 쓰즈미 하야토이고, 늙은 쪽이 한냐지 후하쿠였다.

"그 여자들은 다섯 명이라고 하셨지요."

하며 오후쿠가 얼굴을 들었다.

"다섯 명. 다만 먼저 보낸 두 명의 닌자가 빈손으로 허무하게 죽었을 리는 없다고 이자들은 말하고 있다. 그렇다면 지금 몇 명이 남아 있는지 자세한 것은 알 수 없지."

"그 얼굴도 모르는 것이겠지요."

오후쿠는 초조한 듯이 양손을 움켜쥐고 생각에 잠겨 있다가 말했다.

"우선 그 여자들을 센히메 님의 저택에서 끌어내야 합니다."

"끌어낼 방법은 있는가."

"선대 쇼군 님, 잠시 편찮으십시오."

"뭣이, 나더러 병에 걸리란 말인가. 그건 또 무엇 때문인가."

하며, 이에야스는 오후쿠의 당돌함에 조금 어이없는 표정을 했다. 오후쿠의 눈은 빛나기 시작했다.

"열흘 후에, 성을 수리하기 위한 지진제가 있사옵니다."

"흠."

"이것은 도쿠가와가 천년의 초석이 될 행사이니, 도쿠가와가의 피를 이은 자는 한 명도 빠짐없이 참석하라고 하시고, 선대 쇼군 님도 병을 무릅쓰고 가마를 타고 나오십시오. 그러면 센히메 님도 오시지 않을 수는 없을 것입니다."

"흠."

“한편으로 이 지진제의 무녀를 도쿠가와 일문을 모시는 처녀들 중에서 고를 것이니, 그때까지 어느 일문에서든 모든 시녀를 성으로 보내라고 하십시오.”

“흠.”

“그것이 몇천 명이든, 진실로 노리는 것은 센히메 님의 시녀이니――조사하기가 힘들지는 않을 것입니다. 5월에 아이를 밴 여자라면 6월에 윤달이 있었으니 지금은 그럭저럭 6개월, 아무리 교묘하게 옷으로 덮어도 부른 배를 숨길 수는 없겠지요. 또한 만약을 위해 그자가 진짜 처녀인지 아닌지 보겠다――라는 구실로 제가 알몸으로 벗겨놓고 조사해도 될 것입니다. 그중에 아이를 밴 자가 있다면――.”

하고 말하며 오후쿠는 미소를 지었다. 무서운 미소였다.

“잠깐.”

하고 이에야스는 막았다.

“오센이 그 여자들을 보낼까?”

“만일 아가씨께서 보내신 시녀 중에 아이를 밴 여자가 보이지 않는다면, 저택에 숨겨두고 계시다는 무엇보다 큰 증거입니다. 그때는――지진제 당일, 아가씨가 성에 들어오신 후, 저택에 쳐들어가 그 여자들을 붙잡지요. 아니요, 선대 쇼군 님, 그것을 아셨을 때 센히메 님이 어떤 행동을 하실지, 그것이 마음에 걸리신다는 말씀은 잘 알겠습니다. 하지만 그때는 이 오후쿠, 목숨과 바꾸어서라도 아가씨를 막도록 하겠습니다. 여자끼리라면 또 마음을 푸는 방법도 있다는 말씀입니다. 그것에 대해서는 선대 쇼군님, 저를 믿어주십시오. 아가씨가 그렇게 무서운 모반에 가담하고 계시는 것은 오로지 곁에 암여우가 붙어 있기 때문, 그것을 떼어내면 그 후에는 이쪽의 생각대로 될 것입니다."

"그래서——만일 일이 잘되어 붙잡거나, 아니면 오센이 보낸 시녀들 중에서 그 암여우들을 찾아냈을 때는 어찌할 텐가?"

"아무것도 모르는 얼굴로 처녀 취급을 할 것입니다."

"뭐?"

"그리고 다른 진짜 처녀를 대여섯 명, 또는 일고여덟 명 골라, 합쳐서 열 명을 성의 인주[주12)]로 삼아 산 채로 땅속에 묻어버리지요."

"인주로——."

"만일 그 암여우들만을 죽인다면 아가씨도 가만히 계시지 않겠지만, 다른 처녀와 섞어 엄숙하게 인주로 삼는다면 아가씨는 몹시 놀라시고 마음이 흐트러져, 당장은 돌이킬 수 없는 행동을 하실 기력이 생기지 않을 것이라고 저는 생각하옵니다."

이 무슨 전대미문의 생각인가. 확실히 인간의 심리로서는 그럴 수 있을지도 모른다, 며 그제야 이에야스도 고개를 끄덕이려고 했다.

"하지만 오후쿠, 그——죄 없는 다른 처녀들은 어디에서 구할 텐가?"

"제가 부리는 여자들 중에서."

하고 오후쿠는 태연하게 대답했다.

주12) 人柱(인주), 어려운 공사를 할 때 신의 마음을 달래기 위해 사람을 생매장하는 것, 또는 그 사람.

"제가 부리는 여자들은, 이자들은 신께 맹세코 진짜 처녀들뿐입니다만, 인주――그야말로 성뿐만 아니라 도쿠가와가의 안태를 위한 인주가 되는 것에 기쁨의 눈물을 흘릴 것입니다."

통통하고 하얀 웃는 얼굴에 눈만 가을 서리처럼 차가운 것을 보고, 어지간한 이에야스도 등줄기가 스윽 차가워지는 것을 느꼈다.

그때, 바로 가까이에서 올빼미 같은 목소리를 내며 웃는 자가 있었다.

3

오후쿠는 날카롭게 돌아보았다. 이가 닌자 중 노인 쪽이 다른 쪽을 보며 웃고 있다.

"후하쿠, 무엇이 우스우냐?"

하고 이에야스가 책망했다. 한냐지 후하쿠는 갑자기 진지한 표정이 되어 대답했다.

"아니, 아무것도 아닙니다."

"왜 웃으셨는가, 내가 한 말에 우스운 점이라도 있었다는 건가."

하고 오후쿠는 날카로운 목소리로 그 늙은 닌자에게 따지고 들었다. 후하쿠는 오후쿠를 빤히 보며 또 씩 웃었다.

"그렇다면 말씀드릴까요. 우스웠던 것은 당신이 부리시는 여자들이 신께 맹세코 진짜 처녀뿐이라고 하신 것이오."

"그게 왜 우습지? 내가 부리는 여자들 중에 처녀가 아닌 자가 있기라도 하다는――."

"그렇습니다. 게다가 아이를 배고 있소."

하며 한냐지 후하쿠는 콧방귀를 뀌었다.

"무슨 소리냐. 그게 누구지?"

"이름은 모르오. 하지만 가리킬 수는 있지."

"가리켜 보아라."

"저 여자요."

하며 후하쿠는 멀리 한 덩어리가 되어 이쪽을 바라보고 있는 가신과 여관들 쪽으로 뼈가 앙상한 손가락을 들었다.

"저 커다란 은행나무 밑에 모여 있는 여인 중 가장 왼쪽 끝의――저, 지금 쪼그려 앉아 은행잎을 주운 여자요."

오후쿠는 숨을 삼켰다. 그것은 그 처녀가 가장 젊고, 가장 영리하고, 오후쿠가 누구보다도 총애하고 있는 오쓰카이방[주13)]의 처녀였기 때문이었다. ――그를 가리키며 바라보고 있는 이쪽의 모습에, 여관들은 일제히 하얀 얼굴을 돌렸다.

"기쿄, 이리 오너라――."

땅에 쪼그리고 있던 그 여관은 부르는 소리에 당황하며 일어나 주위를 두리번거리며 둘러보다가, 동료들에게 떠밀려 서둘러 달려왔

주13) 御使番(오쓰카이방), 오오쿠(大奧)의 여관(女官)의 직명. 오히로시키(御廣敷)의 출입구인 오조구치(御錠口)의 관리를 담당했다. 오오쿠와 외부의 중개 역할로 외부에서 들어오는 편지나 선물을 전달하고, 드나드는 사람들을 감시하는 역할이기도 했다.

다. 웃는 얼굴의 이가 희고 싱그러웠다.

"무슨 일이신지요."

하고 숨을 헐떡이며 풀 위에 무릎을 꿇는다.

오후쿠는 그 모습을 내려다보며 잠시 침묵하고 있었다. 이 처녀가 아이를 뱄다고? ——어떻게 보아도 그런 것은 믿을 수 없다. 그런 단정치 못한 짓을 할 여자가 아니고, 무엇보다 몸매부터가 날씬하고 앳되다. 이 정체를 알 수 없는 이가의 늙은 닌자가 되는 대로 지껄인 말을, 순간적이기는 하나 진심으로 들은 것이 말도 안 되는 일이었다. ——그러나 이미 불러들인 이상, 뒤로 물러날 수는 없었다.

"이 노인이."

하고 쓴웃음을 지으며,

"그대가 아이를 뱄다고 하는데."

하고 말을 꺼냈을 때, 기쿄의 뺨에서 핏기가 가셨다. 그것을 본 순간, 오후쿠의 얼굴도 밀랍 가면처럼 굳었다. 그렇다면 늙은 닌자가 한 말은 사실일까. 사실이라면——

오후쿠는 화가 치밀었다. 속았다는 분노보다 선대 쇼군 앞에서 터무니없는 실수를 보였다는 공포와 당황 때문에 화가 치민 것이다. 그녀를 신뢰하여 오오쿠의 총감독을 맡긴 선대 쇼군 앞에서.

"기쿄, 설마 그런 일은 없겠지."

"……네."

하고 기쿄는 풀에 얼굴을 숙이며 고개를 끄덕였다. 한나절 후 하쿠는 웃었다.

"우선, 나는 4개월로 보고 있소."

"아직도 그런 말을――만일 그대의 말이 틀렸다면 어찌할 텐가?"

"그렇다면, 후후, 스스로 이 주름진 목을 베어내고, 머리 없는 몸으로 성의 정문까지 걸어 보이지요. 그런데 이 처녀의 말이 거짓이라면 어찌하시겠소?"

"죽이겠다."

"죽인다고? 이 처녀를 죽여도 나에게는 아무런 이득도 없소."

갑자기 이 늙은 닌자는 오후쿠의 귀에 입을 가까이 대고, 실로 터무니없는 말을 속삭였다.

"당신의 몸을 안게 해주시지요."

오후쿠는 기가 막혀서 후하쿠의 얼굴을 보았다. 이 바싹 야윈 늙은 닌자는 수염 속에서 이가 없는 입으로 씩 웃고 있었다.

"10년 동안 색기(色氣)를 뿜은 적이 없는데, 당신의 자존심 높은 그 모습을 보고 있으니 갑자기 묘한 욕심이 나는군요."

오후쿠는 분노로 떨면서 아무 말도 하지 않고 선대 쇼군 쪽으로 되돌아가려고 했다. 한나지 후하쿠는 갑자기 큰 소리로 불러세웠다.

"이보시오, 정말로 이 여자를 죽이실 거요?"

"만일 오오쿠의 규칙을 깬 죄와 내게 거짓을 말한 죄가 밝혀진다면. ――단, 그대의 지시는 받지 않겠다."

"기다려 보시오. 정말로 그럴 마음이라면, 지금 내가 자백하게 해 보이지."

오후쿠는 돌아보았을 때, 가을 햇빛에 후하쿠의 입에서 민들레 홀씨 같은 것이 기쿄의 얼굴로 뿜어져 간 것을 보고 흠칫했다.

이에야스는 그것이 전에 슨푸 성내에서 우스즈미 도모야스가 고초라는 시녀에게 불었던 바늘——최면액을 바른 취침이라는 것을 곧 꿰뚫어 보고 저도 모르게 소리를 지르려다가 간신히 억눌렀다. 이 늙은 닌자가 아까부터 하던 이상한 말에 대한 호기심이 모든 것을 누른 것이다.

기쿄는 앗 하고 비명을 지르며 잠시 얼굴을 덮고 있었지만, 이윽고 그 손을 치웠을 때 얼굴은 온통 담홍색으로 물들어 있었다. 눈도 젖고, 입술도 젖어 크게 벌어지고, 어깨가 파도치기 시작했다. 그리고 흐물흐물 몸을 흐느적거리며——지금껏 오후쿠가 본 적도 없는 요염한 자태로 한냐지 후하쿠 쪽으로 앉은걸음으로 다가갔다. 그리고 차가운 바위 같은 노인의 팔 안으로 몸을 비비적대며 하얀 이가 살짝 엿보이는 아름다운 입술을 반쯤 벌려 후하쿠에게 향했다.

부끄러워하는 빛도 없이, 한냐지 후하쿠는 그 입을 자신의 수염으로 덮었다. 비명을 지르려고 한 것은 오후쿠만이 아니었지만, 이때 그것을 보고 있던 사람들은 동시에 후하쿠에게, 후하쿠의 배 언저리에서 목을 향해 혹 같은 것이 파도치다 사라진 것도 발견하고 깜짝 놀라 눈을 부릅떴다.

어느새 한냐지 후하쿠는 쥐어 짜내듯이 기쿄를 일으켜 세우고 있었다. 늙은 닌자와 젊은 여관은 몇 분 동안 서로 얽힌 채 서 있었다.

갑자기 후하쿠는 기쿄에게서 스윽 떨어졌다. 기쿄의 팔은 여전히 허공에 원을 만들며 누군가를 껴안고 있는데, 노인은 연기처럼 그것을 빠져나와 대여섯 발짝 뒤로 물러난 것이다.

"이가 닌자술——해그림자 달그림자."

하고 그는 낮게 중얼거렸다.

사람들은 숨을 삼켰다. 그에 덧씌우듯, 굵직한 쉰 목소리를 들었기 때문이다.

"자, 나는 이제부터 어찌할 것인가."

그 목소리가 기쿄의 입술에서 새어나온 것은, 그녀를 응시하고 있지 않았다면 아무도 믿지 못했을 것이다. 그것은 바로 한냐지 후하쿠의 목소리였다.

"……후, 후하쿠……."

하고, 이에야스는 저도 모르게 신음하며 지팡이를 움켜쥐었다.

"이건 대체 어찌 된 일인가."

"또 한 명의 후하쿠를 이 여자의 몸속에 불어넣은 것입니다. 달이 해에 비추어지듯이, 저 여자는 제 혼의 반사를 받고 있지요. 이 제가 해그림자라면 저 여자는 달그림자 같은 것이고——."

하고 노인은 낮게 중얼거렸다. 그리고 달그림자라기에는 너무나도 무서운——옷자락을 넓게 벌린 채 우뚝 서 있는 기쿄를 물끄러미 바라보고 있었지만, 이윽고 자신의 허리에 찬 산도(山刀)를 뽑아 툭 던졌다. 기쿄는 그것을 한 팔로 받아 들었다. 기분 나쁜 굵은 목소리로,

"나는 이제부터 어찌 할 것인가."

하고 다시 한번 말했다. 후하쿠는 엷게 웃으며 대답했다.

"배 속 아기는 곤란하게 되었지."

"그렇다, 남자인 내가 품고 있다."

하며 기쿄도 씁쓸하게 웃는다. 후하쿠가 말한다.

"남자에게는 내보낼 구멍이 없으니. 더 이상 자라면 더욱더 처리하기 곤란할 것이다. 차라리 지금——아기를 내보내는 편이 뒤탈이 없겠지."

기쿄는 고개를 끄덕였다. 산도를 입으로 가져가 칼집의 입구를 물어 끊더니, 스르륵 뽑았다. 그리고 순식간에 날을 소매로 싸서 거꾸로 쥐고, 아무렇지도 않게 아랫배에서 가슴으로 스윽 그어 올렸다.

옷이 세로로 찢어졌다. 뱃가죽도 세로로 찢어졌다. 화려한 옷과 새하얀 맨살이 뒤얽혀 보인 것도 잠시, 통에서 간장이 넘치듯이 피보라가 풀에 쏟아졌다.

사람들이 뭐라고 외쳤는지는 알 수 없다. 그러나 모두 발은 대지에 딱 달라붙어 있었다. 그 앞에서, 기쿄는 자못 기쁜 듯이 씩 웃으며 한쪽 손을 피투성이 배에 집어넣고, 그리고 정체를 알 수 없는 것을 끄집어냈다.

마치 그것을 끄집어낸 자신의 손힘에 밀려 쓰러진 것처럼, 기쿄는 앞으로 엎드려 네발로 섰다. 사지가 부르르 경련했다. 하지만 그 경련하는 손가락 사이에 꽉 움켜쥐고 있는 것을 깨닫고, 어지간히 다부진 오후쿠도 눈앞이 스르륵 어두워지는 것을 느꼈다.

"우선 묻고 싶네."

하고 이에야스가 간신히 물은 것은 서성으로 돌아오고 나서였다. 두 닌자 외에는 덴카이와 오후쿠만이 동석하고 있었다.

"후하쿠, 애초에 그대는 어찌 그 여자가 회임한 것을 꿰뚫어본 겐가?"

"예. 그곳에는 서른두 명의 인간이 모여 있었습니다. 하지만 심장 소리는 서른셋이 들렸지요. 그래서 심장 소리를 두 개 내고 있는 인간은 누구인지 귀를 귀울여보니, 그 소리가 나는 곳은 그 여자였습니다."

하고 한냐지 후하쿠는 아무렇지도 않게 대답했다.

"뭣이, 심장 소리가 두 개?"

"성인과 달리 톡, 톡, 톡—— 하고, 소리의 세기는 모두 같고, 맑고 빠르고——하나는 그 아기가 내는 소리였습니다."

대낮의 에도 성내에 소리는 없었다. 이에야스도 덴카이도 오후쿠도, 맑은 가을 대기가 얼음 밑바닥처럼 느껴져 잠자코 있으면 얼어붙어 움직일 수 없게 될 것만 같은 공포에 사로잡혔다.

잠시 후, 이에야스는 갑자기 크게 소리쳤다.

"그래서 그 일을 처리할 방법이 생겼네."

하며 손뼉을 치고는 말했다.

"오후쿠, 센히메의 시녀들을 모두 조사할 필요는 없네. 일동을 불러내 이 후하쿠에게 심장 소리를 들려주게."

오후쿠는 창백한 얼굴로 고개를 끄덕였다. 이 재녀로서는 보기 드물게 말수가 적다.

"그리고 그 여자에게――이 후하쿠가, 해그림자 달그림자의 닌자술을 걸게 하면 되겠지. 그 여자는 스스로 배 속의 아기를 끄집어내고 죽을 걸세."

"제가 필요없는 살생을 보여드린 것은."

하고 후하쿠는 침착하게 말했다.

"그렇게 생각했기 때문이옵니다."

4

'음모'는 오후쿠의 안(案)대로 실행되었다. 사흘째부터 도쿠가와 일문의 모든 집안을 모시는 여자들이 속속 에도성에 모여, 오후쿠의 지시하에 각각 몇 명의 무녀 후보자가 선택되고 나머지는 돌려보내졌다. 며칠이 지나, 또 그중 대부분은 그럴듯한 이유를 붙여 낙숫물처럼 차례차례 성에서 물러갈 것을 허락받았다. 남은 것은 명문가 하나당 두 명씩의 젊은 시녀뿐――직접 오오쿠에서 일하는 여자들 중에서 뽑힌 아홉 명과 합해, 스무 명 정도다. 물론 진짜 목적은 그 아홉 명과 나머지 '한 명'――실은 그 '한 명'에 있었다.

그 한 명은 센히메가 보낸 시녀 중에서 뽑혔다. 한냐지 후하쿠가 찾아낸――아니, 듣고 알아낸 '심장 소리를 두 개 가진 여자'가 한 명뿐이었기 때문이다. 오후쿠의 수하 중에서 아홉 명의 하녀가 뽑힌 것은 그 때문이었다.

——목표로 하는 히데요리의 씨를 밴 여자가 센히메 곁에 몇 명 있는지 분명하지 않았기에, 지금 당장은 더 이상 어떻게 할 수도 없었던 것이다.

사실은 센히메 저택에 해당하는 자는 세 명 있었지만, 그중 한 사람만 보내고 나머지 두 명을 숨긴 것은 센히메 쪽에서도 이 그럴듯한 호출에 일말의 의혹을 품었기 때문으로, 센히메 자신은 세 명 다 숨기려고 했지만 한 사람이 스스로 바랐기 때문에 그녀만 성으로 보낸 것이다. 결과는 그것이 좋았다.

스무 명 남짓의 여자들은 신관으로부터 지진제 의식의 절차를 배우고 임시 무녀 강습을 받았으나, 또 며칠 후에 이르러 그 인원은 깨끗이 둘로 나뉘었다. 한쪽의 열 명이 오후쿠의 입으로 엄숙하게 지진제의 인주가 될 운명을 선고받은 것은 당일의 전날 밤의 일이었다. 이미 이때 그녀들이 들어간 서성 오오쿠의 방은 삼엄한 분위기에 둘러싸여 있었고, 게다가 보이지 않는 어둠의 바깥 세계는 핫토리 한조가 지휘하는 이가, 코가 사람들이 쇠고리처럼 둘러싸 그녀들의 탈주를 불가능하게 하고 있었다.

오오쿠는 본성에도 서성에도 있다. 서성은 은퇴한 쇼군 또는 세자가 있는 곳으로, 평소에는 다케치요가 살고 있지만 지금은 선대 쇼군도 이곳에 머물고 있었다. 물론 본성도 그렇고 후세처럼 방대한 것은 아니고, 하물며——은퇴하고도 수십 명의 애첩을 두고 있었던 후대 쇼군의 시대와 달리 지금 열두 살의 세자 다케치요가 살고 있을 뿐인 서성은 여관(女官)의 수도 육칠십 명에 지나지 않았지만, 그래도 오오쿠와 바깥의 구별은 엄격하여 주인 이외의 남성이 오오쿠에 한 발짝이라도 들이는 것은 허락되지 않았다. 그런 것에는 이상할 정도로 엄격한 오후쿠가 만들어낸 계율이다.

"하야토."

——그 오오쿠와 바깥을 가르는 오조구치[주14)]의 삼나무 문 바깥에 있는 이가 사람의 대기소에서 한냐지 후하쿠가 쓰즈미 하야토에게 말을 걸었다. 평소 이곳에 있는 이가 사람은 모두 나나쓰구치[주15)]와 그 밖의 곳의 경호를 맡고 있어, 그때 대기소에 있었던 것은 두 사람 외에는 같은 쓰바가쿠레 계곡에서 온 시치토 스테베에뿐이었다.

"내일은 드디어 인주 소동이네만."

"음."

"바보 같은 일일세. 나는 내가 찾아낸 여자의 얼굴도 보지 못했어."

"당신이 멀리서 심장 소리를 구분하는 술법을 보였기 때문이지요."

"커다란 방에 모아놓은 여자들 중, 그 여자가 있는 곳을 당지문 바깥에서 찾았을 뿐일세. 게다가 그 오후쿠라는 여자, 입신출세의 욕

주14) 御錠口(오조구치), 막부나 영주의 저택에서 안과 밖의 경계에 있는 출입구. 삼나무로 만든 판자문을 세우고 시간을 정해 자물쇠를 채웠는데, 에도성의 경우 문의 너비는 2간(약 2.6미터)이고 오전 8시경에 열었다가 오후 6시경에 닫고 자물쇠를 채웠다고 한다. 이 안으로는 남자가 드나드는 것이 금지되었다.

주15) 七つ口(나나쓰구치), 에도성 오오쿠의 나가쓰보네(長局)로 들어가는 출입구. 오후 4시에 폐쇄되었다.

망의 화신이더군. 자신의 공을 나에게 빼앗기지는 않을까 하고, 그 것만 신경 쓰고 있어. ──분하지만 나는 그 여자한테 조금 반했네."

"우후후, 후하쿠옹(翁)이 대체 어찌 된 거요? 그렇게 잘난 척하는 우바자쿠라[주16)]한테."

"그대는 젊으니 웃지만, 나는 그 우바자쿠라의 잘난 척하는 모습에 반한 걸세. 요전에 그 쓰보네사와에서 슬쩍 집적거렸더니, 그 여자, 더욱 나를 멀리하려고 하는 모양이야. ──뭐, 그건 좋네만."

"음."

"내가 마음에 걸리는 것은 센히메 저택으로 간 우스즈미 도모야스와 잇텐사이일세."

"그건 나도 마찬가지요. 그자들이 그대로 소식이 끊긴 것은 뭐라고도 판단할 수가 없소."

"그 소식을 물어야 하는데, 모처럼 목표로 하는 여자를 붙잡았는데도 이 삼나무 문 안쪽에 갇혀 있고 내일은 그대로 땅속에 묻혀 버리다니, 참으로 아까운 일이 아닌가."

"나도 그렇게 생각하지만, 지금 같은 경우는 어찌할 수도 없소."

"아니, 그래서 아까부터 생각하고 있었네만, 나는 이 안쪽에 잠깐 들어갈까 하네. 그리고 심장 소리가 두 개 들리는 여자에게 물어야겠어."

"호, 아무리 후하쿠옹이라도 이 두꺼운 삼나무 문은 어떻게도 되

주16) 姥櫻(우바자쿠라), 처녀로서 한창때가 지났어도 여전히 아름다움이 남아 있는 중년 여인. 또는 여자로서 한창때인 중년 여인.

지 않을 텐데. 이 삼나무 문 맞은편에는 오조구치를 지키는 여자들이 버티고 있소. 다른 출입구에는 이가 닌자의 눈이 번득이고 있고."

"뭐, 해그림자인 나는 이곳에 앉아 있을 걸세. ――저기, 달그림자가 왔군."

하며 후하쿠는 웃더니, 느릿느릿 대기소에서 나갔다.

작은 등롱을 든 시동을 데리고, 오후쿠가 복도를 조용조용 걸어왔다.

"지나가겠습니다."

하고 시동이 말을 건다.

세 명의 닌자는 얌전히 엎드렸지만, 우선 한냐지 후하쿠가 몸을 일으키자 바람도 없는데 손에 든 작은 등롱이 훅 꺼졌다. 등롱뿐만 아니라 대기소를 밝히고 있던 몇 개의 등불도 일제히 꺼졌다.

"앗, 어찌 된 일이지."

하고 시동은 당황하여,

"불을――부싯돌을 가져오너라."

하고 외쳤다. 어둠 속에서 대기소로 돌아가는 발소리가 나고, 그 안에서 "부싯돌이 어디에 있을까. 신참은 모르겠구만" 하며 허둥거리는 하야토의 목소리가 들렸다. 시동은 초조해져서 자신도 그쪽으로 달려갔다.

등불은 3, 4분 후에 켜졌다. 오후쿠는 삼나무 문 앞에 위엄 있게 서 있고, 한냐지 후하쿠는 그 발밑에 납작 엎드려 있다.

삼나무 문이 열리고, 오후쿠는 남자가 금지되어 있는 안쪽으로 혼자 들어갔다. 시동은 되돌아가려다가 문득 작은 등롱의 불빛에 반짝이는 것을 복도 위에서 발견했다. 저도 모르게 멈추어 서서,

"바늘인가?"

하며 들여다보았지만, 여자뿐인 오오쿠는 삼나무 문 한 장 너머에 있다. 오후쿠 님이나 다른 도시요리[주17)]가 떨어뜨리고 간 것이겠지, 하고 곧 생각하고,

"위험하니 주워 두어라."

하고 엎드려 있는 노인에게 턱짓을 하고는 바깥쪽으로 돌아갔다. 그 뒤도 돌아보지 않고, 노인은 삼나무 문을 마주 보며 어쩐지 기분 나쁜 웃음을 지었다.

5

눈에 보이는 창살은 없었지만 시선의 창살이 있었다. 하얀 옷이 입혀져 한 방에 갇힌 열 명의 젊은 처녀들은 복도로 나가는 것도 단독으로는 허락되지 않았고 서로의 대화조차 금지되었다. 그녀들은 곳곳에 거미줄 같은 감시의 눈이 있는 것을 의식했지만, 그중 단 한 사람만은 다른 아홉 명과 달리 그 이상으로 보이지 않는 눈을 느꼈

주17) 年寄(도시요리), 오오쿠에 있던 궁중 여관(女官)의 중책. 궁중 살림을 관장하였다.

다. 먼 나무숲 안, 지붕 위, 모든 출입구에서 빛나는 수많은 이가 닌자들의 눈이다.

아홉 명의 처녀들은 자신들이 단 한 명의 여자를 파묻기 위한 흙에 지나지 않는 것은 모르고 이번 성 수리의 인주를 명령받았다고 믿고 있었지만, 그것을 정말로 명예로 생각하는 사람은 한 명도 없었을 것이다. 오후쿠의 생각지 못한 선고에 그저 놀라고 슬퍼할 뿐이었지만, 이윽고 이 시대의 여자답게 이제 피할 방법은 없다고 체념하고 나서는 다들 가엾게도 조용했다. 한 여자는 처음부터 에도성의 인주가 되겠다는 마음은 전혀 없어서 탈주의 의지를 품고 있었지만, 점차 그 자신감을 잃기 시작했다. 적어도 자신은 설령 죽임을 당하더라도, 어떻게든 해서 배 속의 아기만은 살리고 싶다! 그녀는 몸부림쳤다. 주위가 여자뿐인 것이 오히려 그녀의 능력을 공기 같은 것으로 만들고 있었던 것이다. 한 명이라도 옆에 남자가 가까이 와주지 않을까?

——그 남자가 들어왔다, 고 느끼고 그녀는 돌아보다가 눈을 크게 부릅떴다. 방에 들어온 것은 남자가 아니라 오후쿠였다.

여자들 사이에서 저도 모르게 비명을 지른 자가 있었다. 이 오후쿠가 참으로 무서운 사람인 것은 이번 일로 깨달았지만, 그렇다 해도 지금 들어온 오후쿠는 한 번 본 것만으로 비명을 지르고 싶어질 정도로 기분 나쁜 모습이었다. 말없이 우뚝 서서 날카롭게 여자들을 둘러본 눈은 짐승처럼 붉게 빛나고 있었던 것이다.

오후쿠는 성큼성큼, 단 한 명의 여자 앞으로 걸어왔다.

"사나다의 암여우."

하고 부른다.

"우스즈미 도모야스, 아마마키 잇텐사이를 어찌했느냐?"

여자는 얼굴을 들고 오후쿠를 응시한 채 잠자코 있었다.

내심 그녀는 아연실색해 있었다. 이번 인주가 정말로 지진제를 위한 것일까, 설마 자신을 죽이기 위해서라는 이유만으로 죄도 없는 아홉 명의 처녀를 산 제물로 삼을 거라고는 상식적으로 생각할 수 없어서 9할까지는 그렇게 믿고 있었지만, 나머지 1할은 혹시, 하는 각오도 하고 있었다. 그래서 '사나다의 암여우'라고 불려도 새삼 놀라지는 않았지만, 그녀를 경악이라기보다 정체를 알 수 없는 혼란에 빠뜨린 것은 오후쿠의 목소리가 여자라고는 생각되지 않는 굵고 쉰 목소리였다는 것이고――그리고 그녀가 아까 들어왔을 때, '남자다'라고 생각한 자신의 이상한 감각이었다.

"그 슨푸에서 온 두 명의 닌자."

하고 중얼거리면서, 그녀는 소매에서 작은 것을 끄집어내어 앞에 늘어놓았다. 몇 개의 보현보살상이다.

"죽었습니다."

"뭣이, 죽었어?"

그렇게 대답했을 때, 오후쿠의 몸에 이상한 변화가 일어났다. 갑자기 허공을 응시하더니 움직이지 않게 된 것이다. 잠시 후, 입술이 무언가를 빠는 듯한 모양이 되고 양손으로 배꼽 언저리를 쓰다듬으며 크게 숨을 쉬기 시작했다.

남자의 눈에만 여체의 구름이 보이는 닌자술 '환보살'——여자는 오마유였다.

오후쿠는 갑자기 허우적거리듯이 걷기 시작했다. 오마유가 그 뒤를 쫓는다. 쫓으면서, 닌자술을 건 당사자인 오마유는 뭐라고도 판단할 수 없는 기괴함에 사로잡혀 있다. 이 오후쿠는 여자일까, 남자일까?

"예, 어디로든 모시겠습니다. 무엇이든 물으십시오."

방을 나가 복도를 걸으면서, 오후쿠는 되풀이했다. 요소요소에서 있던 감시를 맡은 여자들은 오후쿠가 오마유의 손을 끌고 어디론가 서둘러 가는 모습을 보았다. 또 그 말을 듣고 서로 얼굴을 마주본 채 지나쳐 보냈다.

어둡고 사람이 없는 방으로 꾀어들였을 때, 오마유는 오후쿠에게 매달렸다. 오후쿠는 광기처럼 오마유의 입술을 빨고, 끌어안고, 몸부림쳤다.

"여자인가…… 이것이 여자인가?"

목소리는 짐승 같은 신음 소리다.

오마유의 손이 오후쿠의 옷자락을 헤치고 지방으로 미끈거리는 허벅지를 더듬다가——갑자기 멈추었다.

"여자인가…… 이것은 여자다!"

그것은 망연한 오마유의 중얼거림이었다.

말로 들린 것은 오직 그것뿐이었다. 이윽고 칠흑 같은 어둠의 밑바닥에 감미로운 헐떡임인지 고통의 신음인지도 알 수 없는 목소리가 서로 얽히고, 끊어졌다 이어지기 시작했다. ……한동안 죽은 듯이 끊어지는가 싶으면, 다시 파도처럼 높아지고, 울음소리가 되고, 사라져 간다. ――대체 두 여자는 무엇을 하고 있었던 것일까.

나중에 안 것이지만, 그 방의 다다미에는 실로 엄청난 양의 핏자국이 남아 있었다. 그럼에도 불구하고 죽은 자도, 다친 자도 한 명도 없었다는 것도, 나중에 밝혀진 일이었다.

"오후쿠 님, 오쓰카이방으로서 오히로시키[주18)]에 다녀오겠습니다."

그렇게 말하며 오조구치를 지키는 자들에게 안쪽에서 삼나무 문을 열게 한 여자가 있었다. 흑자색에 은실로 화조(花鳥)를 새긴 가이도리에, 머리카락을 길게 늘어뜨리고 아욱 문양[주19)]이 새겨진 서찰함을 든 여자는 열린 삼나무 문을 통해 밖으로 나왔다.

"후하쿠."

하고 바깥의 이가 사람들 대기소에 있던 쓰즈미 하야토와 시치토스테베에는 당황하여 복도 벽에 기대어 있던 한냐지 후하쿠를 흔들어 깨웠다. 밤도 깊었는데, 후하쿠는 그런 곳에서 졸고 있었던 것이다.

"아……."

하고 얼굴을 든 후하쿠는 거기에 환상처럼 서 있는 여관의 모습을

주18) 御廣敷(오히로시키), 오오쿠와 관련된 사무를 하는 관리들의 대기소. 오오쿠에서 유일하게 남자가 있던 곳이었다.

주19) 아욱 문양은 도쿠가와 가문의 문장(紋章).

보고는 당황하여 납작 엎드렸다. 가이도리로 보아도 상당히 신분이 높은 여관인 것은 분명했다.

"임무를 하느라 수고가 많네."

하고 여관은 세 사람에게 인사하고 조용히 바깥쪽으로 나갔다.

——후하쿠는 다시 멍하니 앉아 있다.

"이봐요, 어찌 된 거요, 후하쿠옹. 설마 자고 있을 줄은 몰랐는데."

"이상하군. ……나는 잠들어 있었나? 뭔가 기절이라도 해 있었던 것 같은 기분이 드네."

"뭐라고——기절? ——오조구치를 맡고 있으면서 미덥지 못하군. 방금 그 여관 이외에는 아무도 통행하는 자가 없었으니 망정이지, 아직 잠에 취한 얼굴을 하고 있지 않소."

"아니, 깨었네. 방금 그 여관의 심장 소리가 하나인 것도 똑똑히 들었어. 하하하하."

하고 후하쿠는 겨우 웃으며 일어서서 대기소 쪽으로 걸어가려다가 웃 하며 아랫배를 눌렀다.

"아무래도, 묘하게 아프군. 마치……."

"마치, 뭐요?"

"억지로 굵은 막대라도 쑤셔 넣고…… 그렇지, 강간이라도 당한 것 같은."

하며 얼굴을 과장스럽게 찌푸리는 것에, 두 이가 사람은 껄껄 웃기 시작했다. 백발투성이의 노인이 강간당한 것 같다는 형용을 한 것에 실소를 금할 수 없었던 것이다. 후하쿠는 웃지도 않고 말했다.

"아니, 묘한 꿈을 꾸었네. 처음에는 뱀이 가득한 통처럼 여자가 서로 얽혀 있는 지옥에 떨어졌지. 버둥거리고 있는 사이에 그것이 정체를 알 수 없는 핏덩이인지 태아인지로 변하고, 앗 하고 생각했을 때부터 뭐가 뭔지 알 수 없게 되고 말았네."

"――후하쿠, 요전의 기쿄인가 하는 여자를 비명에 죽였기 때문 아니오?"

"그건가――."

하고 후하쿠는 중얼거리더니 갑자기 깜짝 놀란 듯 얼굴을 들었다.

"그보다 내가 아까 건 달그림자――그 오후쿠 님이 신경 쓰이네."

그 오후쿠가 오조구치에 나타난 것은 그로부터 반각[주20)]쯤 후의 일이었다. 어찌 된 일인지 하얀 옷으로 바뀌어 있었고, 게다가 광인(狂人)으로밖에 보이지 않는 흉포한 눈빛이었다. 굵은 목소리로 삼나무 문을 열라고 명령하니 오조구치를 지키던 자들은 어안이 벙벙했지만, 오오쿠에서 제일가는 권세를 자랑하는 오후쿠가 틀림없어서 허둥지둥 삼나무 문을 열었다.

세 명의 닌자가 엎드린 앞을, 오후쿠는 인사도 하지 않고 저승을 헤매는 듯한 발걸음으로 지나쳐 갔다. 손에 무언가 종이를 한 장 움켜쥐고 있었다.

"후하쿠. ……아직 술법이 걸려 있소. 지금 빨리 불러세워서 안쪽에서 들은 것을 알아내지 않으면, 무엇 때문에 달그림자로 만들었

주20) 1일을 48등분한 것이 1각(刻)이다. 1각은 30분에 해당.

는지 알 수 없지 않소?"

하고 스테베에가 빠른 말투로 속삭였다. 하지만 후하쿠는 아직도 멍하니 오후쿠의 모습을 지켜보고 있었다.

"무엇을 하고 있소. 불러세우시오, 아니면 닌자술을 풀든가."

"글쎄."

"저 모습을 선대 쇼군이라도 보게 된다면, 선례가 있는 만큼 당신 짓이라는 걸 알 거요. ──오, 이러고 있는 사이에 저쪽에 이가 사람들 같은 그림자가 보이는군. 빨리 푸시오."

이미 달그림자 오후쿠에게서 이야기를 들을 시간이 없었다. 후하쿠는 입을 크게 벌렸다. 무언가를 도로 빨아들이듯이──목에서 아랫배로 이상한 혹 같은 것이 움직여 갔다.

저편의 오후쿠가 멈추어 섰다. 그 온몸을 무장하고 있던 사나운 윤곽이 스윽 흐려지고, 순식간에 여자다운 선으로 바뀌었다. 여자답다기보다 큰 병에 걸린 사람처럼 초췌한 뒷모습이다. 그 손에서 종잇조각이 떨어졌다.

"아…… 무언가를 떨어뜨리고, 깨닫지 못하고 가버리는군!"

하며 하야토가 일어서서 달려 나가려고 했을 때 한냐지 후하쿠가 갑자기 쥐어 짜내듯이,

"큰일났다."

하고 신음했다.

"왜 그러시오, 후하쿠."

"내가 지금까지 무릎을 꼬집고 있었던 것은──오후쿠 님의 심장

소리가 두 개 들렸기 때문일세. 이, 이, 이것은 대체.”

오후쿠의 모습은 이미 복도 저편으로 사라지고 없었다. 잠시 동안 후하쿠의 얼굴을 물끄러미 바라보고 있던 시치토 스테베에와 쓰즈미 하야토가,

“설마…… 아까 그 오쓰카이방의 여자가——.”

“바보 같은, 배 속의 아기가 다른 여자에게 옮겨 가다니——.”

하며 눈을 부릅뜨고 헐떡이다가 갑자기 사납게 달려가기 시작했다. 반각 전에 도망친 여자를 지금 쫓아가도 소용없는 짓이었지만, 그보다 오후쿠가 떨어뜨리고 간 종잇조각의 붉은 것이 눈을 찔러, 뛰어넘으려던 두 사람의 발이 딱 멈추었다.

종이에는 피로 쓴 글씨로 ‘시나노 닌자술, 소라게’라고 적혀 있었다.

닌자술 '관 말리기'

1

다케치요의 유모 오후쿠는 자신의 몸에 무슨 일이 일어난 것인지 몰랐다. 기억하는 것은 오오쿠로 돌아가려고 오조구치의 삼나무 문 앞에 서 있었을 때, 갑자기 등불이 꺼졌다는 것뿐이었다. 정신이 들어보니 여전히 오조구치 바깥의 복도를 몽유병자처럼 휘청휘청 걷고 있었다. 다만 구역질이 나고, 배가 당기고, 온몸에 심한 피로감이 있고, 두통이 나고, 그리고 피부는 악몽에서 깬 것처럼 땀에 젖어 있었다.

그러나 오후쿠는 이 몸의 이상에 대해서 스스로 확인할 여유가 없었다. 서성은 그때, 마치 땅울림 같은 낭패와 혼란에 빠져 있었기 때문이다.

——도망쳤다!

——인주 처녀 중 한 명이 보이지 않는다!

——도망친 것은, 센히메 님이 보내신 여자다!

고함 소리 속에 깜짝 놀라 걸음을 멈추고 자신의 귀를 의심한 것도 잠시, 곧 오후쿠는 제정신으로 돌아왔다. 그녀는 분노로 발끈했다. 오후쿠는 순식간에 본래의 명민한 오후쿠로 돌아와 있었다.

그 센히메가에서 보낸 시녀의 모습이, 오오쿠는 물론이고 서성의 어디에도 보이지 않는 것이 확인되고, 그 여자가 오조구치에서 오쓰카이방의 여관으로 둔갑해 유유히 탈출해버린 듯하다는 것이 판명되었을 때, 오후쿠는 분노로 차가워진 숨을 가라앉히며 물었다.

"오조구치를 지키고 있던 이가 사람은 누구냐."

그렇게 말한 순간, 오후쿠의 머리를 갑자기 정체를 알 수 없는 두려움이 스쳐 지나갔다. 그때까지 사라진 여자를 수색하느라 분주하던 이가 사람 중 한 명이 무릎을 꿇으며 대답했다.

"예, 대기소에 있던 것은 핫토리의 수하가 아닙니다. 선대 쇼군 님이 손수 데려오신 쓰바가쿠레 무리로——."

그 순간 오후쿠는 지금 자신을 덮친 공포의 이유를 알았다. 그렇다, 아까 자신이 오오쿠에 들어가려고 했을 때 삼나무 문을 지키고 있던 것은 그 불유쾌한 닌자였다. ……동시에 그때 갑자기 불이 꺼지며 어둠 속에서 누군가에게 껴안기고, 소리를 지르려고 한 입을 터부룩한 수염으로 덮인 것이 떠올랐다. 그러나 그것을 끝으로, 그 뒤의 기억은 없다. 그 후로 무슨 일이 일어난 것일까. 분명 자신은 오오쿠로 돌아가려고 했을 텐데 오오쿠에 들어간 기억은 없고, 그 동안 마치 중유[주1]의 어둠에 가라앉아 있었다고밖에는 생각되지 않는 것이 오한을 불러일으키는 것 같아 불안했다.

"그 남자들이 지키고 있었다고?"

"예, 도망친 여자는 당신의 오쓰카이방이라고 말하며 바깥으로 나갔다고 합니다."

"그건 들었다. 하지만 내가 부리는 자 중——그런 여관을 보낸 기억은 없다. 멍청한 놈들이——."

주1) 中有(중유), 불교에서 사람이 죽은 뒤 다음 생을 받을 때까지 이승과 저승 사이를 헤매는 49일 동안을 가리키는 말. 이 동안에 다음 삶에서의 과보(果報)가 결정된다고 한다.

하고 오후쿠는 창백한 입술을 깨물며 중얼거렸다. 그러고 나서 이가 사람을 가만히 바라보며 말했다.

"그 멍청한 놈들에게 이 실수의 죄를 보상하게 해야 한다."

"예——?"

"배를 가르라고 전해주어라."

이가 사람은 망설였다.

"아니, 지당하신 말씀이시옵니다만, 그 쓰바가쿠레 무리는 선대 쇼군님께서 직접 슨푸에서 데려오신 자들이라——."

"선대 쇼군 님께는 내가 그렇게 말씀드려두겠다. 그 여자를 놓친 일로, 선대 쇼군 님께서 고심하신 일이 모조리 물거품이 되었다. 이 오후쿠가 분부한 처벌을 칭찬하시는 일은 있을지언정, 나무라실 리는 없어. 스스로 배를 가르지 않는다면 죽여도 지장은 없을 것이다. 똑똑히 말했느니라."

하고 오후쿠는 내뱉더니, 이가 사람의 대답도 기다리지 않고 등을 돌려 성큼성큼 걷기 시작했다.

오후쿠가 갑자기 그 닌자들을 죽이라고 명령한 것은 확실히 지금 자신이 말한 것과 같은 이유에서임이 틀림은 없고, 포로로 잡고 있던 여자가 센히메에게 도망쳐 돌아간 이상, 앞으로의 대처를 지극히 어렵게 만들어버렸다는 실수의 책임은 피할 수 없었다. 하지만 그것을 선대 쇼군의 의향도 묻지 않고 독단으로 명한 것은 이 실수와 자신의 기억의 공백에 무언가 관계가 있고, 그것을 그 닌자들이 알고 있는 것이 아닌가 하는 막연한, 그러나 무서운 상상이 작용했기 때문이었다. 과연 총명한 오후쿠다. 이 상상은 적중했다.

자신에 대한 불안의 근원을 알아내기보다 우선 그것을 아는 자를 말살하고 싶다는 것은 그녀다운 자아이고, 허영심이다. 과연 거기에 희미한 양심의 아픔이 있어, 오후쿠는 어느 방으로 도망쳐 들어가 멀리서 비명의 목소리가 들리기를 초조하게 기다렸다.

깊은 밤이다. 방에 불빛은 없었지만, 들어올 때 열어둔 당지문 사이로 복도 벽에 늘어서 있는 촛불이 진주 그물 너머로 방바닥에 불빛의 띠를 만들고 있다——비틀거리듯이 앉아 문득 그 방바닥에 눈길을 주다가, 그녀는 눈을 부릅떴다.

핏자국이 있었다. 점점이 셋, 복도에서 그녀가 앉아 있는 위치까지. ——처음으로 깨달은 것이다. 그러나 그녀는 자신의 달거리는 아직 시작될 시기가 아닌 것을 알고 있었다.

"……?"

그러나 그러고 보니 하복부에 이상한 감각이 있다. 분명히 자신이 흘린 피다. 잠시 가만히 그 피를 바라보고 있던 오후쿠는 갑자기 일어서서 당지문을 닫았다. 방은 어두워졌다. 그 안에서 오후쿠는 우치카케를 벌리고 옷자락을 걷어 올린 후 한 손을 밀어 넣어 보았다. 오후쿠가 아니어도, 다른 사람 누구에게도 보여서는 안 될 여자의 모습이었다.

"거기까지, 거기까지."

갑자기 목소리가 들렸다.

"닌자는 어둠 속에서도 똑똑히 보이니 말이오."

다른 목소리가 이번에는 뒤에서 말했다. ——오후쿠는 부끄러운 자세를 한 채 경직하고 말았다. 목소리는 높은 천장에서 내려온다. 오후쿠가 이 방에 들어온 후, 아무도 그 뒤를 좇아 들어온 그림자는 없다. 처음부터 거기에 있었던 것은 분명하여, 순간 어둠 속에서 반듯하게 자세를 바로 하고는,

"누구냐."

하고 오후쿠는 외쳤다. 그러자 또 떨어져 있는 천장 한쪽 구석에서,

"지금 당신이 배를 가르라고 하신 당사자들이오만."

하고 대답한 웃음을 머금은 목소리가 틀림없이 한냐지 후하쿠의 것임에, 오후쿠는 다시 온몸을 꼼짝달싹도 할 수 없게 되고 말았다.

"그런 당치도 않은 지시를 내리고 당신이 걸어 나간 첫 번째 발길의 방향, 발걸음의 안색으로 보아 아마 이 방으로 들어가실 거라고 짐작하고, 먼저 와서 기다리고 있었습니다."

"교활한 놈, 거기 누구——."

"선대 쇼군이 부르신 우리를 그리 말하다니 놀랍군. 누구——라고 불러봐야, 속인(俗人)들과 어울리느라 기술이 둔해진 핫토리 일당의 손에 당할 우리가 아니라오."

하며 후하쿠는 비웃었다.

"게다가 오후쿠 님, 다른 사람을 부르지 않는 편이 당신을 위한 길일 것이오. 다른 사람이 들었다간 돌이킬 수 없는 내밀한 이야기가 있거든."

목소리가 높은 공중에 떠 있는 곳——겨우 어둠에 익숙해진 시각에 흐릿하게 비치는 그림자로 보아, 오후쿠는 세 명의 닌자가 각각 천장의 세 귀퉁이에서 박쥐처럼 거꾸로 매달려 있는 것을 깨달았다.

"매정하게도 우리에게 죽음을 명한 당신의 마음은 밉지만, 오조구치를 감시하고 있었으면서 보기 좋게 속은 우리의 죄는 확실히 있소. 게다가 나는 당신에게 조금 반해 있기도 하고. 그러니——."

"쓸데없는 말 하지 말고 내밀한 이야기인지 뭔지를 빨리 해보아라."

하고 오후쿠는 떨리는 목소리로 말했다. 분노로 숨은 가빴지만, 아까의 자신의 불안을 떠올리고 그의 사연 있는 듯한 말투에 반발하면서도 귀를 사로잡힌 것이다.

"오후쿠 님, 당신의 달거리는 언제쯤입니까?"

"내——."

오후쿠는 그 무례하기 짝이 없으며 예상치 못했던 물음에 할 말을 잃었다.

"그 시기가 왔는데 당신의 달거리가 없으면 큰일이오."

"후하쿠, 그건 무슨 소리냐."

"당신의 복중에서 또 하나 심장 소리가 들립니다. ——그렇다는 것은, 즉 당신이 배고 계시는 아기의 심장 소리."

"멍청한 놈, 내가 아이를 뱄다니, 무, 무, 무례한——."

"오후쿠 님, 배를 쓰다듬어 보십시오. 묘하게 부풀어 있지는 않습니까. 그 부근의 상태에 변화는 없으시오? ——그 방바닥의 피는 월경혈이 아니오. 닌자술 소라게의 수법(修法)을 당한 흔적의 피."

"닌자술 소라게——."

"그렇소, 오후쿠 님, 우리가 노리는 여자는 닌자였다는 것을 잊으시면 안 될 것이오. 아까 나는 보기 좋게 속았다고 말했지만, 올바르게 말하자면 속은 것은 내 귀이고, 오조구치를 나간 그 여자의 심장 소리는 단 하나였기 때문에 깜박 놓친 것이오. 그 대신, 당신에게서 지금 심장 소리가 두 개 들리오. 즉, 그 여자는 당신의 배 속에 아기를 버리고 도망쳤다는 것이지."

오후쿠는 백치처럼 되어 있었다. 머리에서 사지까지는 텅 빈 구멍이 되어 있었다. 피도 살도, 모든 것이 복부에만 무서운 덩어리가 되어 모인 것 같았다. 거기에서 움찔, 움찔, 전해져 오는 것이, 태동이 아니면 무엇일까.

한냐지 후하쿠의 목소리가 쓴웃음을 지었다.

"미래의 3대 쇼군의 유모, 도쿠가와가 제일의 충신으로 평판이 높은 당신의 배에 있는 것은, 도요토미 히데요리가 남긴 씨요."

아무 말도 하지 않고, 오후쿠는 단도를 뽑아 배를 찌르려고 했다. 그 순간 공중에서 바람이 얼굴을 때리고 그 손이 움켜잡혔다.

"해그림자 달그림자의 닌자술도 걸지 않았는데 기쿄처럼 배를 가를 것은 없소."

"후하쿠, 놓아라. 이런 몸이 되어서 살아 있을 수 있을 것 같으냐. 히데요리가 남긴 씨를 이대로 찔러 죽여주마."

"기다리시오. 조급해해서는 안 되오. 아니, 다른 사람을 저주하면 내 몸에는 구멍이 두 개 뚫린다는 것은 이것을 말하는 것이지. 다른 사람에게 경솔하게 배를 가르라고 명령한 응보로, 자신이 배를 갈라야 하는 처지가 된 것이다. ──라며 비웃고 싶지만, 나는 비웃지 않겠소. 아까 말했다시피 당신에게 약간 반해 있는 약점이 있으니. 오후쿠 님, 히데요리의 씨를 배었다고 해서 자기 자신도 죽일 것까지는 없소. 들어가는 구멍이 있으면 나오는 구멍도 있는 법. 아기는 흘려보내면 될 일이오."

비린내 나는 숨결이 오후쿠의 얼굴에 닿았다.

"어둠에서 어둠으로──그러면 당신은 아무렇지도 않은 얼굴을 하고 영광의 자리에 앉아 있을 수 있지. ──다만, 아기는 이미 6개월, 벌써 손톱도 나고, 머리카락도 났을 거요. 당신이 멋대로 이상한 잔꾀를 부렸다간 당신의 목숨도 흘려보내게 될 것이 분명하오. 또, 설마 성에서 함부로 치료를 했다가 만일 남의 눈, 남의 입에 걸리게 된다면 모든 것이 엉망이 될 거요. 이 내가 아기를 흘려보내 드리지요. 나를 믿으시오."

손은 떨어졌지만 오후쿠는 꼼짝도 하지 않았다. 후하쿠는 속삭였다.

"무엇이 어찌 되었든, 여기에서는 아무것도 할 수 없소. 우리가 지내고 있는 핫토리 한조 님의 저택으로 오시오. 오늘 밤이라고는 하지 않겠지만, 좋은 일과 아기를 지우는 일은 서둘러서 나쁠 것은 없다고 말해두겠소."

2

가을의 등불 속에 세 여자가 앉아 있었다. 조용히 떠도는 향 연기의 맞은편에 불단(佛壇)이 엷게 빛나고 있다. 센히메 저택의 지불당이다.

여자는 오요와 오마유와 오유이다. 오요의 육감적인 화려함, 오마유의 싱그러운 사랑스러움, 오유이의 안개처럼 환상적인 아름다움——누가 이 여자들을 무서운 전대미문의 비법을 익힌 닌자로 볼까. 그러나 지금 불빛을 받은 세 사람의 얼굴 한쪽에는 근심과 초조의 그늘이 흔들리고 있었다.

"내 생각이 모자랐어요."

하고 양손을 비틀며 오마유가 중얼거렸다. 다른 두 사람은 잠자코 있다. 그 말을 긍정하는 것 같다. 침묵을 견디다 못한 듯이, 오마유는 또 중얼거렸다.

"나는 오오쿠에서 도망칠 생각은 하지 않았어요. 다만, 나는 죽더라도 배 속의 아기만은 남기고 싶다고 생각했지요. 그런데 생각지 못하게도 그 오후쿠의 몸에 소라게의 닌자술을 쓸 수 있었고, 그 후에는 설령 서성을 나가기 전에 내가 죽더라도 아기만은 살려서 갈 수 있다고 생각하니 기뻐서, 나도 모르게 닌자술 소라게라고 장난스러운 글을 써서 남기고 온 것은 말씀하신 대로 제가 경솔했어요. ——저로서는 만일 제가 무사히 도망칠 수 있다면 오후쿠가 몸의 이변을 깨닫기 전에 어떻게든 다시 아기를 되찾을 생각이었지만,

그게 히데요리 님이 남긴 씨라는 것을 알면 역시 그 여자는 죽든가, 아기를 지우든가, 오히려 아기한테는 무참한 운명이 다가올 것이 분명하지요. ――아아, 저는 어찌하면 좋을지."

오마유는 몸부림쳤다. 그로부터 이레가 지났다. 그동안 그녀는 다시 오오쿠로 돌아가 오후쿠의 복중에 남긴 아기를 되찾으려고 얼마나 고민했는지 모른다. 그러나 오마유의 얼굴은 이미 오오쿠에 알려져 있다. 다시 들어가는 것은 호랑이굴에 들어가는 것이나 마찬가지였다.

다만 지금까지 오후쿠의 기색에 달라진 것은 없는 듯하다. 그 이튿날, 성 수리를 위한 지진제는 막힘없이 이루어졌다. 아홉 명의 처녀는 예정대로 인주가 되어 땅속에 묻혔는데, 그 무서운 의식에 오후쿠는 창백한 안색이나마 참석하여 냉정하게 지켜보고 있었다고 하고, 그 후로 의원을 찾아갔다는 이야기도 없을뿐더러 앓아누웠다는 소문도 없다. 그것은 센히메가 은근슬쩍 아무것도 모르는 오오쿠의 여자를 통해 알아낸 것이다. 이상하게도――아니, 그것이 당연할지도 모르지만, 그 지진제에 센히메가 나가지 않은 것에 대해서도, 무녀로 보낸 시녀 한 명이 모습을 감춘 것에 대해서도, 성에서는 센히메가에 어떠한 힐문도 하지 않았다. 어쨌든 지금으로서는 아기가 무사한 것은 확실한 듯하다. 그러나――

"센히메 님은 잠시 기다리라고 하시지만."

"아기는 벌써 6개월, 7개월째가 되면 더 이상 산 채로 되찾기는 어려워요."

하고 오요와 오유이도 고뇌의 한숨을 쉬었다.

그때, 지불당의 문이 열리고 센히메가 들어왔다. 심상치 않은 안색이다.

"큰일이다."

하고 소리치며 입술을 떨었다.

세 여자는 돌아보았다.

"아가씨, 왜 그러십니까."

"오후쿠 그년이 성에서 나갔다는구나."

"예? 오후쿠가, 어디로?"

"그것을, 알 수가 없다."

하고 센히메는 분한 듯이,

"어제 오후, 오추로[주2] 다키야마의 이름으로 한조문[주3]을 나간 가마가 있었다고 하는데, 그게 지금 찾아 나간 자의 이야기로는 아무래도 오후쿠인 것 같다고 한다. 어디에 가든 누구에게도 거리낄 것이 없을 오후쿠가 다른 사람의 이름을 빌려 외출한 것이야말로 수상하지. 게다가 더욱 수상한 것은——한조문을 나가고 나서 에도의 어느 방향으로 갔는지, 그 행방을 전혀 알 수 없다는 것이다."

세 여자는 멍하니 센히메를 올려다볼 뿐이었다.

오후쿠가 지금까지도 배의 이상을 알아채지 못한다는 것은 있을

주2) 御中臈(오추로), 궁중 여관(女官)의 직책. 쇼군 담당, 미다이도코로 담당이 있었으며, 각각 쇼군과 미다이도코로의 시중을 드는 일을 담당했다.

주3) 半藏門(한조문), 에도성에 있는 문 중 하나. 성의 서쪽 끝에 위치하였으며, 곧장 고슈 가도(甲州街道)로 통해 있었다.

수 없는 일이다. 그 오후쿠가 이름을 바꾸고 몰래 성을 나갔다고 하는 이상, 반드시 그것과 관련된 일이 틀림없다. 그러나 대체 그녀는 어디로 간 것일까.

서로 마주 본 네 여자의 눈은 초조함으로 타들어갔다. 그때, 지불당 문 밖에 탕, 하고 무언가가 꽂히는 듯한 소리가 났다.

"아……."

소리치며, 곧 센히메가 나가려고 했다. 그것을 제지하고 먼저 달려가 문을 연 것은 오마유였다.

바깥은 해 질 녘이다. 창망한 하늘에 바람이 분다. 술렁거리는 잡목림 위를 수많은 은행잎이 작은 은빛 부채 같은 요광(妖光)을 반짝거리며 날고 있었다. ──오마유는 곧 문을 닫았다.

"오마유, 무슨 일이냐."

"이것이 문밖에."

하며 오마유는 손에 쥔 것을 내밀었다. 종이에 싼 표창이다. 팔방에 못을 낸 닌자 특유의 철제 도구로, 그 못 중 하나가 문에 꽂힌 것이었다. 하지만 세 명의 여자 닌자가 깜짝 놀란 듯 들여다본 것은 그 표창이 아니라 그것을 싼 종이였다. 그것은 구겨지고 못의 수만큼 구멍이 뚫려 있었는데, 새까맣게 두 줄의 글자가 보였다.

"泊横⿰火紫鐄⿰亻赤⿰身紫熿僙⿰亻黑潢⿰身色⿰身黄錆
⿰土色潢⿰身色⿰火青柏⿰身黑⿰土黑⿰身白⿰亻黑⿰火黑鉑⿰木赤⿰亻色"

센히메는 무슨 말인지 알 수 없었다. 읽을 수조차 없었다.

오유이가 읽었다.

"오늘 밤 씨 헛되이 하리라

핫토리 저택에서 보라."

센히메는 아직도 알 수가 없다.

"그것은 무슨 주문이냐."

"오늘 밤이야말로 씨를 낙태할 것이다. 핫토리 저택에서 지켜보아라——라고 적혀 있습니다."

세 여자의 안색이 숙연해진다. 센히메도 비로소 지금 그 표창이 가슴에 꽂힌 듯한 표정이었다.

"그럼 오후쿠는."

"그렇습니다. 이것으로 오후쿠의 행방을 알았습니다. 한조문을 나가서, 에도의 어디로 갔는지 알 수 없었던 이유가 이것입니다. 오후쿠는 한조문 바로 옆에 있었으니까요."

하고 오요가 말했다. 센히메는 다시 한번 그 종이의 괴상한 문자를 들여다보며 물었다.

"이것을 던진 자는 누구냐."

"닌자입니다. 이 목화토금수(木火土金水)의 오행에 사람 인 변을 더하고 청(靑), 황(黃), 적(赤), 백(白), 흑(黑), 자(紫)에 색을 더해 49개의 글자를 조합한 것이 바로 닌자끼리만 통하는 비밀 글자. ——오마유가 오조구치를 도망쳐 나왔을 때 그곳에 있던 세 남자가 평범한 이가 사람이라고는 보이지 않았다고 했는데, 아마 그것이 슨푸에서 온 닌자겠지요. 이 글을 던진 것도 그들 중 하나일 것이 틀림없습니다."

"오후쿠가 핫토리 저택에 들어갔다고 했지. 그리고 배 속의 아기를 오늘 밤에 지우겠다는 것이로군. 그, 그렇다 해도 그들은 왜 그것을 우리에게."

"물론 이 닌자 글자를 사용한 이상, 글을 던진 상대는 우리입니다. 우리가 닌자라는 것을 알고, 거기에 싸움을 걸어온 것이겠지요. 오지 않을 테냐, 보러 오지 않을 테냐, 오늘 밤, 히데요리 님의 씨를 낙태할 것인데 그것을 잠자코 못 본 척할 셈이냐, 하고."

갑자기 오마유가 일어섰다.

"제가 가겠어요."

창백한 얼굴에 눈이 검은 불꽃처럼 타오르고 있었다. 그녀가 자신이 뿌린 씨를 스스로 거둘 결의를 한 것은 분명했다. 그러나 그것은 대놓고 도전해온 적 닌자의 덫에 스스로 몸을 던지는 것이 아닐까. 그렇지 않아도 목적지는 이가 사람들의 우두머리 핫토리 한조의 저택이다.

센히메가 목을 경련시키며 외쳤다.

"오마유는 적에게 얼굴이 알려져 있다."

"그래도 뻔히 보면서 히데요리 님의 씨를 없앨 수는 없습니다."

"아기는 아직 오유이, 오요의 배 속에도 있다."

"아니요, 이가 닌자의 도전장을 피한다면, 사나다 닌자의 불명예입니다."

잠자코 오마유를 올려다보고 있던 오요가 말했다.

"안 돼요."

"아니, 어째서요? 제 목숨은 어찌 되어도 상관없습니다."

"당신의 목숨 이야기가 아니에요. 가장 중요한 아기님의 목숨."

"…………."

"당신은 다시 한번 오후쿠와 마주 안아야 해요. 오후쿠는 오마유를 알고 있지요. 그런데 무사히 아기를 되찾을 수 있을 거라고 생각하나요?"

"…………."

"제가 가지요."

오마유는 오요를 내려다보며 눈을 크게 부릅떴다.

"오요의 배는 막혀 있어요. 어떻게 또 한 명의 아기를 넣을 수 있단 말인가요? 배가 비어 있는 것은 저뿐이에요."

오요는 씩 웃으며 중얼거렸다.

"그러니 지금 내 아기를 당신에게 드리지요."

만일에 대비해 오유이가 지불당 바깥에서 보초를 서고, 센히메가 오요와 오마유의 곁에서 돌보았다. 만일 이것이 센히메의 비원(悲願)인 도요토미가의 대를 잇는 '의식'이 아니었다면, 그녀의 눈동자는 캄캄해지고 실신했을 것이다. 그날 저녁 히데요리의 영을 모신 지불당의 등불 아래에서 펼쳐진 '소라게'의 비밀스러운 의식만큼, 이 세상 것이 아닌 처참하고 요염한 광경은 없었다.

두 여자 닌자는 몸에 걸친 것을 전부 벗어던졌다. 네 개의 팔과 네 개의 다리는 여덟 마리의 하얀 뱀처럼 서로 얽히고, 그리고 오요의 부푼 배는 오마유의 잘록한 허리에 바싹 닿았다. 그것은 마주 안은 두 여자라기보다 기괴한 만화경의 꽃 같은 모습이었다. 이윽고 오요의 허리가 율동을 개시했다. 그것은 파도처럼 밀려가고, 점차 광란의 양상을 띠었다. 어지간한 일이 있어도 비명을 지르지 않는 여자 닌자의 입에서 억누를 수 없는 신음이 새어 나오고, 밀착한 네 개의 유방은 점차 높게 파도치고, 그 사이에서 하얀 땀이 뚝뚝 떨어지고, 그리고 전율하고, 경련하는 네 개의 사지 틈에서 피와 양수가 흘러 떨어지기 시작했다.

얼마나 시간이 지났을까——도취와 같은 시간이 지나고——보고 있을까, 수정처럼 꼼짝도 않고 크게 뜨인 센히메의 눈은 보고 있을까, 아니, 그것은 그저 꿈을 꾸고 있는 것이나 마찬가지였다. 이 무슨 해괴한 일일까, 위에 있는 여자의 복부의 하얀 융기는 서서히 내려가 사라져 가고, 아래에 있는 여자의 복부가 점차 봉긋하게 부풀어간다.

3

핫토리 한조의 죽은 아버지, 이와미 태수 핫토리가 삼천 석의 녹봉과 함께 에도성 바로 옆에 저택을 하사받은 것은 이에야스가 에도에 들어온 것과 거의 때를 같이 하고 있었다. 그 이후 그 부근을 한조초(半藏町)라 하고, 그에 면해 있는 성문도 한조문이라고 부르게 된 것도 참으로 초창기인 이 시대답다.

한조는 지금도 소위 말하는 구로쿠와모노[주4]의 우두머리였다. 구로쿠와모노란 표면상으로는 작사봉행[주5]의 지배에 속하며 성의 구축, 도로 개착, 전시에는 시체 수용 등을 맡는 자인데, 한편으로는 적진의 화공(火攻), 파괴, 척후, 유언(流言), 암살 등의 특수 임무를 맡았고, 이것이야말로 닌자의 독무대라 핫토리가는 그 '그림자의 구로쿠와모노'의 종가(宗家)라고도 할 수 있는 가문이었다. 후에 이 구로쿠와모노에서 또 선발된 오니와방[주6]이 소위 말하는 은밀한 역할을 맡게 된다. ——이 일대는 그 핫토리가를 중심으로 모조리 이가 출신의 닌자가 사는 구로쿠와모노의 숙사였다.

고요한 늦가을의 한낮. 이 으스스한 닌자 거리에 한 대의 가마가 들어왔다. 푸르게 옻칠을 한, 분명히 부잣집 여자가 탈 법한 가마가 이 거리에 들어오는 것도 드문 일이지만 검문하는 자는 아무도 없다. 그도 그럴 것이 서성을 나왔을 때부터 이것을 메고, 이것을 따르고 있는 몇 명의 남자는 모두 구로쿠와모노뿐이었다.

핫토리가에 도착한 가마가 현관에 멈추자, 안에서 한 여자가 고개

주4) 黑鍬者(구로쿠와모노), 구로쿠와란 본래 토목 일이나 단단한 땅을 일굴 때 쓰던 괭이의 일종. 구로쿠와모노는 에도성 안의 경비, 소방, 토목, 청소 등에 동원되던 인부를 가리킨다. 쇼군이 외출할 때는 그 짐을 운반하기도 했다.

주5) 作事奉行(작사봉행), 막부의 건물을 짓거나 수리하는 일을 총괄하였던 부서.

주6) 御庭番(오니와방), 에도 막부의 직책 중 하나로, 에도성 안뜰의 파수꾼이면서 쇼군의 은밀한 일을 맡아 했다. 쇼군으로부터 직접 명을 받아 여러 영주들의 동정을 조사, 보고하기도 했다.

를 숙이고 나와 현관 마루에 섰다. 쓰개를 뒤집어쓰고 있지만 살짝 엿보인 눈은 분명히 오후쿠의 것이다.

안내도 청하지 않았는데, 주인인 핫토리 한조가 손을 짚고 절을 했다.

"쓰바가쿠레 무리는."

하고 오후쿠는 낮은 목소리로 물었다.

"안쪽에 있습니다."

하고 한조가 대답한 것은, 부하인 구로쿠와모노에게 가마를 실어 나오게 했을 정도이니 이미 사태를 알고 하는 것이다. 그렇다 해도 오오쿠 제일의 권세가를 부른 당사자들이 마중도 나오지 않는 것은, 어느 모로 보나 예를 모르는 그들답다.

한조에게 이끌려 안쪽으로 걸어가면서 오후쿠는 더욱 불안한 듯이 말했다.

"핫토리 님, 이 일은 선대 쇼군 님께는 부디 비밀로."

"물론입니다. 뜻하지 않은 재난을 당하신 것을 진심으로 안타깝게 생각하고 있습니다."

"그 말을 제가 믿어도 되겠지요."

"닌자의 입은 자신이 결심했을 때는 절대로 열리지 않습니다."

하고 핫토리 한조는 엄숙하게 대답했다.

——하지만 이 사건이 있고 나서 얼마 후, 이 한조 마사히로가 미치광이라는 혐의로 가문이 단절되는 쓰라린 일을 겪게 된 것은 우연일까. 이것으로 그는 두 형에 이어 떠도는 몸이 되고 핫토리는 방

랑의 일족이 되었으나, 그는 평생 오후쿠의 비밀에 대해 입을 열지 않았다.

자신이 정한 오오쿠의 법도 중 하나, 폐문 시간까지는 귀성해야 한다, 하며 오추로 다키야마의 이름으로 나온 만큼, 오후쿠는 속으로 초조해하면서 핫토리 저택 안에 혼자 방치되었다.

그녀를 부른 쓰바가쿠레의 닌자들은 어디에 있는 것인지 모습을 보이지 않는다. 그 무례함에 화를 내기보다도 그들이 나타나는 것이 일각이라도 늦었으면 좋겠다는 모순된 소원도 있었던 것은, 그들이 자신의 몸에 하려는 일이 일인 만큼 어지간한 오후쿠에게도 당연한 심리였다. 이레 전, 성에서 한냐지 후하쿠에게 기억에 없는 임신 이야기를 들었어도 나중에는 설마 하고 생각하며 오늘까지 갈팡질팡 생각하다가 끝내 예정된 달거리가 시작되지 않는 것에 희망이 끊겨 후하쿠의 권유에 따를 마음이 든 것이지만, 마음이 무거운 것은 어쩔 수 없다.

생각해보면 악운의 별 아래에 태어난 자신이었다. 그렇게 생각하며 오후쿠는 그녀답지도 않은 저주의 한숨을 쉬었다. 그녀의 아버지는 아케치 제일의 중신이자 미쓰히데[주7]의 시체와 함께 아와다구치[주8]에서 책형을 당한 사이토 구라노스케였다. 그녀의 숙모는 조소

주7) 明智光秀(아케치 미쓰히데), 오다 노부나가를 섬겼던 아즈치모모야마(安土桃山) 시대의 무장. 오다 노부나가로부터 모리(毛利)를 공격하라는 명령을 받았으나 군사를 돌려 혼노지(本能時)에 있던 노부나가를 공격하여 자결하게 했다. 그러나 그로부터 불과 13일 만에 야마사키(山崎)에서 도요토미 히데요시에게 패하고, 농민에게 살해당해 죽었다.

주8) 粟田口(아와다구치), 현재의 교토에 있는 지명.

카베 모토치카[주9)]의 아내로, 오사카 싸움에서 도요토미 쪽에 가담하여 바로 얼마 전에 산조가와라에서 베여 죽은 유무 뉴도 모리치카[주10)]의 어머니였다. 본래 같으면 역적 일족의 여자로서 몰락의 바람에 흩어져야 했을 오후쿠다. 그런데 지금 도쿠가와가 오오쿠의 총감독이라고도 할 수 있는 지위에 오른 것은, 그녀 자신의 필사적인 노력 이외의 그 무엇 때문도 아니다. 그런 만큼, 한 번 움켜쥔 이 권력을 잃지 않으려는 그녀의 욕망은 망집(妄執)이라고 할 수 있을 정도로 강렬했다.

역경의 반생(半生), 또한 근자의 도쿠가와가 후계를 둘러싼 정치적 암투, 그것을 타고난 능력과 기상으로 멋지게 타개해온 오후쿠도, 이번에 저도 모르는 사이에 자신의 복중에 들어온 태아에게만은 완전히 때려눕혀졌다. ——다만, 자신의 권위를 지키기 위해서는 어떤 일을 당하더라도 이것을 어둠 속에 처리해야 한다, 는 이성만은 차갑게 불타고 있다.

어떤 일을 당하더라도? ——'당신에게 약간 반해 있는 약점이 있으니', '당신의 몸을 안게 해주시지요'——불쾌한 후하쿠의 목소리는 아직도 귓불에 남아 있는데도, 그녀는 굳이 이곳에 찾아왔다. 무서운 낙태의 보수로 한냐지 후하쿠가 어떤 것을 바라든 각오한 터다.

주9) 長宗我部元親(조소카베 모토치카), 전국 시대의 무장. 시코쿠를 통일하였으나 도요토미 히데요시에게 항복하여, 히데요시의 규슈 평정에 출병하였다.

주10) 長宗我部盛親(조소카베 모리치카), 아즈치모모야마 시대의 영주. 조소카베 모토치카의 넷째 아들로, 친형 지카타다를 죽인 일로 이에야스의 분노를 사 영지를 몰수당한 후, 교토로 가서 은거하며 다이간 유무(大岩祐夢)라는 이름으로 14년을 보냈다. 오사카 겨울 전투 때 오사카에 입성하여 싸웠으나 패주하고, 오사카성이 함락된 후 붙잡혀 참수당했다. 조소카베 가문은 이 모리치카를 마지막으로 멸망했다. '뉴도(入道)'는 출가한 사람을 가리키는 말.

일찍이 영달을 위해 가난한 남편을 버린 후, 한창때의 여자의 육체를 차가운 대리석으로 바꾸며 여념이 없었던 오후쿠는, 지금 마찬가지로 영달을 위해 기분 나쁜 늙은 닌자에게 그 차가운 육체를 내주는 것도 마다하지 않을 생각이다. ——혼자서 고요히 방에 앉아 있는 오후쿠의 밀랍 가면 같은 얼굴을, 점차 저녁 어스름이 감싸기 시작했다.

본래 핫토리 한조 이외에 한조초의 이가 사람들은 오늘 밤 핫토리 저택에서 무슨 일이 벌어지는지는 모르고 있다. 다만 오후쿠를 서성에서 싣고 나올 것을 명령받고, 그 후 수상한 자가 한조초로 들어오는 것을 보면 당장 보고하도록, 때와 경우에 따라서는 즉시 죽여도 상관없다는 명령을 받았을 뿐이다.

얼핏 보면 거리 어디에 누가 서 있는 것으로 보이지도 않는다. 경계조차 은밀하게 하기 위해 사람 수는 열 명 내외였지만, 그리고 나무 그늘, 돌 밑, 흙담의 그늘 등 거리 요소요소에 서 있는 회색 두건은 저녁때부터 흐려지기 시작한 대기에 녹아 보통 사람의 눈에는 보이지 않았지만, 이것은 개미 한 마리도 지나가지 못하는, 선대 이와미 태수 핫토리의 독창적인 '내박진(內縛陣)' 배치였다.

바람이 불기 시작했다. 한조초의 하늘에도 표표하게 낙엽이 날고 있다.

한 그루의 커다란 팽나무 위에 있던 그중 한 사람이 하늘의 낙엽을 문득 올려다보고——그 구름 속에서 문득 묘한 것을 보았다. 여자다. 구름의 탁류를 알몸의 여자가 헤엄치고 있다. ——깜짝 놀라 그리로 빨려들어 간 눈이 갑자기 안개 같은 것에 덮였다. 안개에 향기가 있었다. 체온이 있었다. 다음 순간, 그 이가 사람은 가지에 걸터앉은 자신과 가슴을 바싹 맞대고, 역시나 가지에 걸터앉아 있는 한 알몸의 여자를 느꼈다.

가슴에서 유방이 숨을 쉬었다. 입은 부드러운 입술로 덮였다. 옷도 두건의 천도 투명해진 것 같은 생생한 감각이었다. 어지간한 닌자도 순간 그 쾌감에 황홀해져서 성대도 온몸도 마비되는 것을 느꼈지만, 입 안을 꿈틀거리는 조갯살 같은 혀를 빨면서 소리도 없이 도를 뽑아 든 것은, 역시 오늘 밤 특별히 한조에게 경계를 명받은 자답다고 할 것이다.

"이 요괴!"

그는 신음함과 동시에 그 도신을 뒤에서 돌려 껴안은 여자의 등에 꽂았다.

비명은 그의 입에서 일었다. 도는 여자의 가슴을 안개처럼 뚫고 그 자신의 가슴을 찌른 것이다. 그대로 닌자가 굴러떨어진 후의 나무 위에는 여전히 그저 낙엽이 바스락거리며 불어닥치고 있을 뿐. ——나신의 여자의 그림자도 없었다.

몇 분 후, 그러나 풀숲 속에서 다시 스윽 하고 회색 두건이 일어섰다. 아무 일도 없었던 것처럼 가볍게 다시 나무 위로 올라간다. 전과 똑같이 가지에 걸터앉아 해가 저물어가는 한조초를 둘러보더니, 품에서 꺼낸 것은 몇 개의 작은 보현보살상이었다. 그는 '내박진'의 닌자 배치와 비교해보면서 그것을 굵은 가지 위에 늘어놓기 시작했다.

——그는, 아니, 옷은 아까 굴러떨어진 이가 사람의 것이었지만 두건에서 엿보이는 것은 흑요석과도 같은 오마유의 눈이었다.

4

한냐지 후하쿠가 오후쿠 앞에 모습을 나타낸 것은 밤이 되고 나서였다.

"지금까지 무엇을 하고 있었느냐. 벌써 성의 폐문 시간도 가까운데."

하고 오후쿠는 초조한 눈으로 노려보며 말했다.

"애타게 기다리셨소?"

하며, 후하쿠는 수염 사이에서 이가 없는 입으로 씩 웃었다.

"실례했구려. 볼일이 좀 있어서."

"나를 불러놓고, 무슨 볼일."

"그건 나중에 말씀드리지요. 다만, 아기를 받는 대신 성에 선물을 가지고 돌아가 주십사 하는 말씀만 드려두겠소."

"나에게, 무슨 선물이냐."

"아니, 당신에게가 아니오. 선대 쇼군 님께인데."

하고 후하쿠는 수수께끼 같은 말을 내뱉더니, 그것을 마지막으로 입을 다물고 오후쿠의 모습을 물끄러미 바라보았다. 웃고 있는 눈이 점차 노인답지 않은 짐승 같은 빛을 띠었다. 빗소리가 지붕을 때리기 시작했다.

선대 쇼군조차 두려워하지 않는 오후쿠도 이 인간이 아닌 것 같은 눈에는, 각오는 하고 있었으나 공포에 머리가 저릿거리는 기분이 들었다.

"빨리, 빨리."

하고 오후쿠는 숨을 헐떡이며 말했다.

"빨리, 아기를 지워라, 어, 어찌하면 되는 것이냐."

"나와 함께 자주시오."

하고 후하쿠는 태연하게 말했다. 눈은 여전히 그녀의 몸을 훑어보고 있다. 오후쿠는 모든 옷이 벗겨지고, 맨살을 뱀이 기어다니는 것 같은 기분이 들었다.

"……그리하면, 아기가 지워지는 것이냐."

"다르오. 아기를 지운 후에 또 내 씨를 받아, 만일 오오쿠에 2대째 후하쿠라도 태어난다면 다음 쇼군 님의 유모도 당혹스러우실 테지요."

후하쿠는 실실 웃었다.

"무엇보다 아기를 지운 후에는 곧장 쓸 수 있는 몸도 아니게 되오."

오후쿠는 이를 악물었다. 그러나 지금은 어떤 수치를 당하더라도 배 속의 아이만은 지워 달라고 해야 한다. 이 궁지에 찬 여자가 안색이 붉어졌다 파래졌다 하며 떨면서 견디고 있는 것을, 한냐지 후하쿠는 즐기고 있는 것처럼 보인다. 그는 흰 수염이 난 턱으로 턱짓을 했다.

"옆방에는 이미 침실이 준비되어 있다는군. 가서 누우시오, 알몸인 편이 기쁘겠구려. 그 후에, 틀림없이 아기는 지워드리겠소. 준비가 되면 방바닥을 두 번 두드려주시오."

요의 베갯맡에 켜져 있던 등불이 꺼졌다. 방바닥을 치는 소리가 들렸다.

한냐지 후하쿠는 엷은 웃음을 띠며 천천히 일어서더니 그 방으로 들어갔다.

불은 꺼졌지만 닌자의 눈에는 불이 켜져 있는 것과 같다. 요의 발치 쪽에 무언가 수북하게 쌓여 있는 것은 이불과 벗어던져진 가이도리 등일 것이다. ……여자는 이미 체념한 것인지, 이불도 걷어내고 희끄무레한 알몸으로 누워 있다. 살집이 좋은 오후쿠이기는 하지만, 솟아오른 유방이나 풍만한 허리는 서른일곱 살의 여자라고는 생각되지 않을 정도로 요염한 색향의 이슬에 젖어 있었다. 역시 기모노 한 장을 끌어당겨 소매로 얼굴만은 덮고 있었다.

후하쿠는 내려다보더니, 다시 한번 씩 웃었다. 그도 이미 옷을 벗어 던졌다. 입술을 핥고는, 그는 여자의 몸 위에 자신의 야윈 몸을 겹쳤다.

"사나다의 여자 닌자."

하고 낮게 불렀다.

“기다리고 있었다.”

밑에 있던 여자의 배가 튕겨 일어나려는 것을 자신의 허리로 단단히 눌렀다. 여자의 허리는 바위로 눌린 것처럼 움직이지 않게 되고, 그저 상반신을 꿈틀거렸다.

“센히메 저택에 던진 글로 몇 마리가 기어나올지, 저녁때부터 감시하고 있었거든. 과연 닌자야. 사람 수는 많아도 여자 닌자는 다섯 명이라는 것을 알고 있는데, 네놈들은 쓸모없는 여자도 섞어서 열 대의 가마를 문으로 내보냈지. 어지간한 우리도 보기 좋게 따돌려졌지만, 행방을 감추고 목적지인 이 한조초로 들어온 네놈은 훌륭하다. 이곳 구로쿠와모노들이 의지할 만한 자들이 아닌 것은 알고 있었지만, 그렇다 해도 핫토리의 내박진을 용케 뚫었어. 하지만 이 한냐지 후하쿠의 눈은 속일 수 없지. 아니, 귀는 속일 수 없다. 오후쿠 님이라면 태아와 합해 두 개의 심장 소리가 들릴 터. 그런데 네놈의 가슴에서 심장 소리는 하나밖에 들리지 않아! 그렇다면 네놈은——.”

하며 한 손으로 여자의 얼굴을 덮고 있던 소매를 후려쳐 넘겼다.

“아니, 네놈은 일전에 오조구치를 빠져나간 여자가 아니로군. —그래, 그렇다면 히데요리의 아이는 어떻게 했느냐? 움직이지 마라, 이것을 봐라.”

하며 다른 한쪽 팔을 쳐들었다. 주먹 끝에서 무언가가 반짝 빛났다. 표창의 못 끝이었다.

"이 못 중 하나에는 소도 죽일 수 있는 독이 발라져 있다. 네놈도 우리가 던진 글을 보고 쳐들어온 이상은 어지간히 닌자술에 자부심이 있겠지만, 나는 걸려들지 않아. 구로쿠와의 미숙한 놈들과는 다르다. 이 한냐지 후하쿠, 멋으로 나이를 먹은 것은 아니거든."

그는 케케케, 하고 흉악하고 사나운 소리를 내며 웃었다.

"생각건대, 네놈의 배가 비어 있는 것을 보면 오후쿠 님의 아기를 되찾으러 오기라도 한 것이냐. 좋아, 그 대신 후하쿠의 씨를 뿌려주마. 삼도천에서 아기에게 첫 목욕을 시키려무나."

하고 고함치더니 손에 든 표창을 입에 물었다. 수염 사이에서 하나의 못이 튀어나와 빛나고 있다. 그는 그대로 양팔을 여자의 겨드랑이 밑에서 쇠사슬처럼 얽고, 노인이라고는 생각되지 않는 난폭한 동작으로 여자를 범하기 시작했다.

여자의 얼굴 위에는 독이 발린 못이 있었다. 후하쿠의 머리가 움직일 때마다 그것은 당장이라도 눈을 찌를 것처럼, 또는 입술에 닿을 것처럼 오르내렸다. 그 공포에도 불구하고, 이 늙은 닌자의 짐승 같은 애무가 의지와는 별개로 여자의 몸 내부에 강렬한 조수(潮水)를 밀어 올린 것인지, 그녀는 남자의 움직임에 응하기 시작했다. 별 같은 눈에는 안개가 끼어 독이 발린 못조차 보이지 않게 되었지만, 그 아래에 입술의 꽃이 벌어져 뜨거운 숨을 내쉬고 있었다.

갑자기 비명 소리가 일었다. 후하쿠의 입에서다. 동시에 얼굴을 흔들어 가볍게 피한 여자의 목을 아슬아슬하게 스치듯, 죽음의 표창은 요에 떨어졌다. 그것도 알아채지 못한 듯, 후하쿠의 신음은 꼬리를 끈다. 고통의 목소리가 아니라 쾌감의 극에 달한 비명이었다.

——설령 한쪽 팔이 잘리더라도 한냐지 후하쿠는 사납게 반격했을 것이다. 그러나 이때, 그는 엑스터시 속에서 온 생명이 흘러나가는 것을 느꼈다. 몽환의 황홀함 속에 모든 기력이 증발하는 것을 느꼈다.

넝마를 던지듯, 한냐지 후하쿠의 몸 밑에서 여자는 스르륵 빠져나왔다. 후하쿠의 피부는 순식간에 낙엽 색으로 바뀌어간다. 야윈 사지가 더욱 실처럼 가늘어져 간다. 그 사타구니에서 끝도 없이 요를 적셔가는 정액에 점차 피가 섞이고, 마침내 피의 분출 그 자체가 되었다.

자신도 하반신은 후하쿠의 피에 그물의 눈처럼 채색된 채 전라의 다리로 우뚝 서서 물끄러미 늙은 닌자의 단말마를 내려다보고 있는 여자의 모습은, 아름답다고도 무섭다고도 말하기 어려운 것이었다.

"시나노 닌자술——관 말리기."

하고 오요는 엷게 웃으며 중얼거렸다.

그러고 나서 후하쿠의 시체는 돌아보지도 않고 성큼성큼 걸어가, 요 끝자락에 뭉쳐져 있던 이불을 치웠다. 밑에서 아까 순간 몸으로 부딪쳐 쓰러뜨린 오후쿠의 실신한 모습이 나타났다.

——잠시 후, 들어왔을 때와 똑같이 호화로운 우치카케를 걸치고 쓰개를 써서 눈만 드러낸 오후쿠의 모습이 핫토리가의 현관으로 걸어 나왔다. 고개를 숙이고, 지칠 대로 지친 발걸음이다.

격렬해진 빗속에 핫토리 한조는 주먹을 움켜쥐고 서 있었다. 방금 전까지 쓰즈미 하야토도 시치토 스테베에도 거기에 있었지만, 보초를 서던 구로쿠와모노에게 무언가 이변이 생긴 듯하다는 소식이 급히 들어와서 깜짝 놀라 달려간 참이다.

"아…… 오후쿠 님."

하고 한조가 알아채고 허둥지둥 달려오려고 하기 전에, 오후쿠는 벌써 가마의 문에 몸을 반쯤 기울이고 있었다.

"일은 끝나셨습니까."

오후쿠는 고개를 끄덕였다. 불어 닥치는 비를 피해 쓰개 위로 손 차양을 만들고 있다. 한조는 바깥을 돌아보고 머뭇거리며 말했다.

"아니, 잠시 기다려주십시오. 아무래도 수상한 자가 이 거리에 숨어든 기척이 있습니다. 귀성하시는 도중에 만에 하나 무슨 일이라도 생긴다면 큰일이니."

"……폐문 시간에."

하고 그녀는 쉰 목소리로 그렇게만 말했다.

오오쿠의 엄격한 폐문 시간을 말하는 것이다. 비밀리에 외출한 용건인 만큼, 오후쿠가 자리를 비웠다는 사실이 밝혀지면 나중에 호기심 많은 여자들의 탐색이 시작될 것을 두려워하는 것이리라. 한조는 할 말을 잃었다.

오후쿠는 이미 가마에 올라탔다. 이가 사람이 이것을 짊어지고 따르며, 빗속에서 날 듯이 한조문 쪽으로 달려갔다.

5

"후하쿠, 내박진이 깨졌소."

쓰즈미 하야토와 시치토 스테베에가 안색을 바꾸며 뛰어 돌아와, 핫토리 한조를 펄쩍 뛰어오르게 한 것은 그 후였다. 핫토리가의 비전(秘傳)에 의해 배치된 십여 명의 구로쿠와모노들이 모두, 어떤 자는 침을 흘리며 넋이 나간 상태에 빠져 있고, 어떤 자는 헛소리를 하며 음란한 몸짓에 빠져 있는 것이 겨우 발견된 것이다.

"후하쿠."

"나오시오, 후하쿠."

불러도 응답이 없어 흙발로 들어갔다가, 두 닌자는 걸음을 멈추었다. 신뢰하고 있던 한냐지 후하쿠는 매미 껍질처럼 되어 숨이 끊어져 있고, 오후쿠만이 두 사람의 절규에 실신에서 깨어났다. 복중의 태아가 사라진 것을 안 것은 그 후다.

곧 아까 나간 가마에 추격자가 붙었다.

한조문까지는 한달음이었으나, 거기까지 갈 필요는 없었다. 문 앞에 덩그러니 놓인 가마는 빗속에 텅 비어 있었다. 이것을 운반하고 있던 몇 명의 구로쿠와모노가 한 사람도 남김없이 홀연히 사라진 것이야말로 꿈을 꾸는 기분이었지만, 곧 쓰즈미 하야토가 해자의 물속에서 그들을 발견했다. 그들은 모두 상처는 없는 채로 익사해 있었다.

——깊은 밤이 되어, 그 한조문을 똑똑 두드리는 자가 있었다. 코 밑에 수염을 기른 문지기가 나가 보니 억수같이 쏟아지는 빗속에 한 대의 가마가 놓여 있고, 옆에 기운없이 서 있는 여자의 그림자가 보였다. 그것을 따라온 몇 명의 남자 중 한 사람이 목소리를 낮추며 문을 열어 달라고 청했다.

"바보 같은 소리 마시게. 폐문 시간은 벌써 옛날에 지났네."

하고 문지기는 완고하게 거절했다. ——안 그래도 그보다 조금 전에 이 문 근방에서 기괴한 사건이 있었기 때문에, 그는 평소보다 훨씬 경계심을 발휘하고 있었던 것이다.

"당신은 누구시오."

"사정이 있어, 우리의 이름은 밝힐 수 없지만——."

하며 남자들은 곤혹스러운 목소리로,

"저기에 계시는 분은 오늘 낮에 이곳을 나오신, 다케치요 님의 유모, 오후쿠 님이시오."

"바보 같은 소리!"

하고 문지기는 거만하게 고개를 쳐들며, 한층 더 큰 소리를 질렀다.

"오늘 이곳을 나가신 오오쿠의 여관이라면 오추로이신 다키야마 님 한 분뿐이다. 네놈들은 여우냐, 너구리냐. 무서운 줄도 모르고 에도의 성을 홀리려 들다니 당치도 않은 놈들 같으니, 저리 가라, 꺼져, 빨리 물러나지 않으면 사람을 부르겠다!"

쿵 하고 문은 소리 높이 닫혔다. 얼어붙을 듯한 가을밤에, 오후쿠는 유령처럼 계속 비를 맞고 있었다.

——이것이 훗날 오후쿠가 천하제일의 여걸 가스가노쓰보네로 칭송받게 되고 나서, 폐문 시간에 늦은 쓰보네를 끝내 들이지 않은 문지기를 굳이 야단치지 않고 후에 두터운 상을 내렸다는 전설로 바뀌었다. 국정 교과서에도 실린 이날 밤의 일화다.

닌자술 '백야(百夜) 수레'

1

이에야스는 일어나지 못하는 병에 걸리는 그날까지 매사냥에 나갔을 정도로 방응(放鷹)을 좋아했다. 이 1615년 가을에 에도로 간 것도, 그 내밀한 용무는 제쳐두고 표면상으로는 주로 무사시노의 매사냥이라는 명목이었다. 그러나 에도에 온 지 곧 한 달이 되려고 하는데, 그는 거의 놀고 즐기는 일에 몸을 맡기려고는 하지 않았다. 맑게 갠 가을 날씨가 이어지고, 전부터 알려둔 대로 북쪽은 도다[주1], 가와고에[주2], 오시[주3]에서부터 동쪽은 후나바시[주4], 지바[주5], 사쿠라[주6] 부근까지, 매 사냥터의 준비는 갖추어졌다는 보고는 있는데 선대 쇼군이 서성에 틀어박혀만 있으니 사람들은 모두 의심했다. 나이도 나이고, 병에 걸린 것은 아닌가 하는 소문마저 성 바깥에는 퍼졌다. 서성에 있으면서 가까이에서 모시는 자들조차 선대 쇼군의 낯빛이 좋지 않은 것을 보고 그런 의심을 품었을 정도다.

그런 소문들을 알면서도, 이에야스는 몸을 움직일 기분이 나지 않았다. 실제로도 병에 걸릴 것만 같았다. 그 일이 아직 해결되지 않

주1) 戶田(도다), 현재의 사이타마현 남동부에 있는 지명. 에도 시대에는 이곳에 쇼군의 매 사냥터가 있었다.

주2) 川越(가와고에), 현재의 사이타마현 중부에 있는 지명. 소에도(小江戶)라고 불릴 정도로 예로부터 발전했다.

주3) 忍(오시), 오시번(藩)의 번청으로, 도쿠가와가를 대대로 섬겨온 영주의 거성이 된 오시성(城)이 있었다.

주4) 船橋(후나바시), 현재의 지바현 북서부에 있는 지명. 에도 시대에는 주요 가도변을 중심으로 여관마을로 발전했다.

주5) 千葉(지바), 현재의 지바현 중앙부에 있는 지명. 에도 시대에는 현재의 지바시가 있는 곳의 대부분이 사쿠라번에 속해 있었으며, 역참과 교통의 요지로 발전했다.

주6) 佐倉(사쿠라), 현재의 지바현 북부에 있는 지명. 사쿠라번의 성하마을이나 군사의 요충지로 발전했다. 사쿠라번은 막부의 중심 인물들이 영주로 임명되는 중요한 번이었다.

은 것이다. 센히메는 해저의 인어처럼 싸늘하게 몸을 숨기고 있다. 이제 웬만한 구실로는 다케바시문의 저택에서 모습을 나타내려고 하지 않는다. 센히메는 그렇다 치더라도, 그녀의 비호하에 히데요리의 아이 몇인가가 날이 갈수록 밤이 갈수록 시시각각 형태를 이루어 이 세상의 문으로 태동하고 있다. 그것은 어지간한 이에야스도 밤중에 몇 번인가 공포의 비명과 함께 벌떡 일어나지 않을 수 없는, 몽마 같은 현실이었다.

이에야스의 고뇌의 원인을 알고 있어, 히데타다도 이상하게 여겼다. 아버지는 왜 아무것도 하지 않고 시간을 허비하고 있는 것일까. 과거에 아버지의 인내의 효력을 질릴 정도로 깨달아온 히데타다지만, 이번 일에 관한 한 인내의 의미를 알 수가 없었다. 기다리면 사태는 더욱 악화될 뿐이다. 물론 아버지의 망설임이 센히메에 대한 애정 때문이라는 것은 알고 있다. 그러나 인내도 사랑도, 한 번 도쿠가와의 안위에 관련된다고 판단했을 때는 눈덩이를 화염에 던져 넣듯이 가볍게 내던지는 무서운 의지력을 발휘해온 아버지였다. 이미 한 번은 센히메를 죽도록 내버려둘 생각으로 오사카성을 공격해 함락시켰다. 그녀가 목숨을 건진 것은 천재일우의 요행이다. 지금에 와서 무엇을 망설이는 것일까.

이렇게 말하면 히데타다가 자신의 딸인 센히메의 목숨을 털끝만큼도 돌아보지 않는 것 같지만, 물론 그렇지는 않다. 아비로서 이 불행한 딸을 가엾게 여기는 마음이 깊은 만큼, 더욱 히데타다는 선대 쇼군에게 조심스러웠던 것이다. 도쿠가와가를 위해, 지금은 단호히 오센을 죽여야 한다고 생각한다. 그것은 달아오른 쇠를 삼키는 마음으로 히데타다 자신의 입으로 선대 쇼군에게 진언해야 하는 말이었다. 서성에 찾아가 이에야스에게 이 무참한 결단을 촉구할 수 있는 것은, 센히메의 아비인 히데타다 이외에는 없었다.

"안 된다, 안 돼."

하고, 이에야스는 지금 처음으로 그 무서운 말을 들은 것처럼 몸을 떨며 고개를 저었다.

"그 아이는 미쳤다. 오센을 혼자 이 성으로 끌어들이기만 하면, 분명 제정신으로 돌아오게 만들 수 있을 게야."

"아버님, 오센은 이미 마음 깊은 곳까지 도쿠가와가를 적으로 여기고 있습니다. 정말이지, 오사카의 성에서 구해내는 것이 아니었습니다."

"그래, 나는 불 속에서 그 애를 구해냈다. 지금 죽인다면, 무엇 때문에 구해낸 것인지 알 수 없지. 오센을 죽여보아라, 그 피보라 속에서 히데요리나 요도기미의 웃음소리가 들리겠지. 그것은 내가 끝내 도요토미나 사나다 사에몬노스케에게 진 것이 된다——."

정원에 하얀 햇빛이 가득 차 있는데도, 늙은 이에야스는 고뇌 때문에 먹 같은 안색이 되어 있었다. 오직 눈만이 증오로 빛나며 히데타다를 똑바로 응시했지만, 이윽고 갑자기 그 안광이 약한 잔물결을 흩뜨리며,

"히데타다, 나도 나이를 먹었다."

하고 고개를 숙이며 중얼거렸다.

“뭐랄까, 오사카성을 함락하는 데에, 나는 기력을 모조리 쥐어짜 버린 것 같구나——지금, 지금에 와서 오센을 상대로 피투성이 싸움을 하기에는 마음이 시들었다. 아니, 네가 하고 싶은 말은 알고 있다. 그래, 잠자코 있으면 히데요리의 아이가 태어난다는 것이겠지. 그것을 알면서도 내가 끙끙거리며 여자처럼 불평만 흘리고 있는 것은, 내 마음이 완전히 시들어버린 탓일지도 모르겠구나.”

이에야스는 쓴웃음을 지었다. 히데타다는 이때 처음으로 아버지가 늙은 것을 느꼈다. 일흔다섯의 노인에 대해서 이상한 말이지만, 그러나 그때까지 이 위대한 아버지는 압도적인 생명력으로 장년의 히데타다를 뒤덮고 있었던 것이다.

——늙었다기보다 죽음의 그림자라고나 해야 할 불길한 것을 얼핏 느끼고 히데타다가 순간 말을 잃고 잠자코 이에야스를 바라보았을 때, 툇마루 쪽에서 활발한 발소리가 달려왔다.

“아버님, 오셨습니까.”

하고 그제야 단정히 앉아 절을 한 것은, 이 서성에 살고 있는 적자 다케치요다.

“다케치요냐. 늘 그렇듯이 예의를 모르는 녀석이구나. 우선 할아버님께 인사하지 못할까.”

하고 히데타다는 꾸짖었다. 다케치요 뒤에서 당황한 몇 개의 발소리가 쫓아왔다.

“할아버님께는 매일 안부를 여쭙고 있습니다.”

하고 다케치요는 말했다.

"하지만 매일 부탁드려도 제 말을 조금도 들어주시지 않아서, 할아버님이 싫어졌습니다."

"이 녀석."

"매를 사냥하러 왔다고 말씀하셨으면서, 한 번도 저를 데리고 나가 주시지 않는걸요."

"히데타다, 혼내지 마라."

하고 이에야스는 손을 들어 히데타다를 막았다. 역시 뺨이 느슨해져 있다. 신경질적인 동생 구니치요에 비해 총명하다고는 할 수 없지만 기운이 넘치는 이 열두 살의 다케치요를 이에야스는 더 좋아하는 것이었다.

그리고 갑자기 강한 빛을 뿜기 시작한 눈을 히데타다에게 향하며,

"좋아, 내일 매사냥을 가자꾸나!"

하고 말했다.

"예, 내일?"

"그래, 다케치요의 불만은 지당하다. 나는 결심했느니라. ——히데타다, 즉시 오센의 저택에 토벌대를 보내라. 가능하다면 오센 하나는 살리고 싶다. 허나 오센을 살리기 위해 그 여자들을 놓칠 위험이 있다면, 상관없다, 옥석을 구분하지 마라."

그것을 권하러 서성에 왔으면서, 히데타다는 온몸의 털이 곤두서는 기분이었다. 이에야스도 침통하기 그지없는 안색으로 바뀌어 있었지만, 히데타다가 몇 번인가 과거에 보았던 그 무서운 굽히지 않는 의지는 분명히 온몸에 되살아난 것으로 보였다. 히데타다는 그

에 떠밀린 듯 일어서려고 했다.

그때 툇마루에서 "아" 하고 외치는 목소리가 났다.

"그대는!"

목소리는 다케치요를 쫓아온 오후쿠의 것인 듯했지만, 히데타다는 돌아보고 삼면이 흙벽으로 둘러싸인 정원의 하얀 모래 위에 엎드려 있는 한 남자를 보았다. 방금 전까지 거기에는 누구의 모습도 보이지 않았는데, 홀연히 검은 그림자가 앉아 있는 것이다. ——새가 걸어도 그 발자국이 새겨질 주위의 하얀 모래는 사방이 깨끗하게 쓸린 그대로인데도.

2

"쓰즈미로군."

하고 이에야스는 말했다. 그만은 놀란 표정이 아니다. 그러나 불쾌한 듯이,

"무엇 하러 왔느냐."

이가의 닌자 쓰즈미 하야토는 얼굴을 들었다. 아무렇게나 묶은 머리카락이 이마에 흐트러져 있지만 피부는 비칠 것처럼 창백하고 입술은 연지를 바른 듯 붉어, 미남이라기보다 박력 있는 남자다운 미모다. 그자가 선대 쇼군의 불쾌한 얼굴을 올려다보더니 대담하게

씩 웃었다.

"방금 그 토벌의 뜻은 잠시 기다려주시지요."

"기다리다니, 어찌하려고."

"아직 저희가 남아 있습니다."

"네놈들에게는 더 이상 의지하지 않을 것이다. 아직도 사나다의 여자들은 아무렇지도 않게 살아 있지 않느냐. 나는 네놈들을 조금 과대평가한 듯하군."

"이것 참, 저희를 고삐로 꿇어앉혀 두신 것은 선대 쇼군 님이 아니십니까."

"뭣이?"

엷은 웃음을 짓느라 쓰즈미 하야토의 입술 사이로 엿보이던 이가 사라졌다.

"선대 쇼군 님께서 저희를 업신여기시는 것도 지당하옵니다만, 우리 쓰바가쿠레의 사람들은 사나다의 여자 다섯 명 중 두 명은 이미 해치웠습니다."

이에야스는 발끈하여 정원 위의 닌자를 지켜보았다.

"죽은 우스즈미 도모야스, 아마마키 잇텐사이가 한 일이지요. 그렇다면, 제가 보기에는 남은 것은 앞으로 세 명일 것으로 생각하고 있사옵니다. ——매사냥은 다녀오십시오. 내일도, 모레도 다녀오십시오. 그편이 센히메 님도 방심하실 테지요. 다만 토벌대를 보내시는 것은 이삼 일만 기다려주십시오. 토벌대를 보내면 센히메 님도 그 암여우들과 운명을 함께하실 것은 분명하온데, 굽은 소뿔을 고치겠다고 소를 죽인다는 것은 바로 그런 것, 자포자기하기에는 아직 이르옵니다. 쓰바가쿠레의 닌자술을 얕보시기에는 아직 이르옵니다."

"——이삼 일이나 기다리라고."

"그러면 그 이삼 일 안에 제가 반드시 센히메 님의 저택에 숨어들어 나머지 세 명을 해치우거나, 적어도 센히메 님을 훔쳐내어 보이지요."

이에야스는 물끄러미 쓰즈미 하야토를 내려다보고 있었지만, 갑자기 일어서더니 툇마루 쪽으로 걸어나왔다.

"하야토, 어찌 말이냐?"

하고 작은 목소리로 말했다. 이때 그의 뇌리에 예전에 보았던 우스즈미 도모야스와 한냐지 후하쿠의 해괴한 닌자술이 떠올라 있었던 것은 분명했다. ——같은 툇마루에 오후쿠를 비롯해 다케치요를 모시는 시녀들이 앉아 있었는데, 그 오후쿠가 다시 "앗" 하고 소리치며 정원 쪽을 가리켰다.

"저기에, 또 한 사람——."

쓰즈미 하야토의 등 뒤 조금 떨어진 하얀 흙담에, 이때 스윽 하고 또 하나의 그림자가 떠올랐다. 그 그림자를 오후쿠가 '또 한 사람'이라고 부른 것은 당연하다. 시커멓게 서 있는 그 그림자 앞에는 누구의 모습도 보이지 않았으니.

담의 그림자는 옆을 향했다. 그 그림자의 형태가 정원 위에 앉아 있는 쓰즈미 하야토와 꼭 닮은 것을 깨닫기도 전에, 오후쿠는 당황하여 일어섰다. 다케치요도 눈을 크게 뜨고 있는데, 그 그림자가 분명히 남근을 내밀었기 때문이다.

"아앗."

하고 다케치요가 외쳤다. 이에야스도 당황했다.

그러나 이때, 그 그림자와 마주하여 또 하나의 그림자가 선명하게 하얀 담에 그려졌다. 시타케타보[주7]에 우치카케를 입고, 틀림없이 오오쿠의 여자의 모습이다. 그 그림자가 갑자기 단도를 뽑아 높이 쳐든 동작에서 그것이 오후쿠의 그림자라는 것을 깨닫고, 이에야스는 놀라 오후쿠를 돌아보았다. 오후쿠는 분노한 표정으로 꼼짝 않고 서 있었다. 그러나 툇마루에 드리워져 있어야 할 그녀의 그림자는 없었다. 사라진 두 사람의 그림자는 다른 쪽의 흙담으로 옮겨 가 말없는 싸움을 계속하고 있는 것이다.

그리고——쓰즈미 하야토의 그림자는 남근을 밀어올리더니 오후쿠의 그림자를 향해 높이 방뇨했다.

"무, 무슨 짓이냐."

비명을 지른 것은 툇마루 위의 오후쿠다. 얼굴 위에서 가슴까지 온통 미지근한 물보라를 뒤집어쓴 것처럼 느껴져 비명을 지르며 얼굴을 덮다가, 거기에 어떤 액체도 없는 것에 당황하며 돌아보니, 담의 그림자는 사라지고 쓰즈미 하야토는 고요히 하얀 모래에 앉아 있었다.

주7) 椎茸髱(시타케타보), 에도 시대의 궁중 시녀의 머리 모양. 시타케(椎茸)는 표고버섯이라는 뜻으로, 좌우의 살쩍을 밖으로 튀어나오게 묶은 것이 표고버섯과 비슷한 모양이었다.

하야토와 오후쿠와——그 발밑에 있어야 할 그림자가 원래대로 드리워져 있는 것을 보고, 이에야스는 숨을 삼켰다.

"하, 하야토——방금 그 그림자는?"

이에야스의 목소리는 갈라져 있었다. 하야토는 씩 웃었다.

"두 사람의 마음의 그림자이옵니다. 이가 닌자술——백야(百夜) 수레——."

"백야 수레?"

"그렇습니다, 오노노 고마치[주8)]의 집에 백일 밤을 드나들었던 후카쿠사노 쇼쇼[주9)]의 수레라는 뜻으로, 여자가 아무리 싫어하더라도 제 마음은 그 그림자의 수레를 타고 백일 밤이든 천일 밤이든 여자의 집을 찾아갑니다. 그림자는 여자의 마음의 그림자를 꾀어내어—여자의 마음이 화를 내면 그 그림자를 괴롭히고, 여자의 마음이 넘어오면 그 그림자와 부부의 연을 맺습니다. 그림자와 마음은 하나이기 때문에, 그림자가 맺어지는 것은 곧 마음이 맺어지는 것이지요."

주8) 小野小町(오노노 고마치), 헤이안 시대에 살았던 가인(歌人)으로 절세의 미인.

주9) 深草少將(후카쿠사노 쇼쇼), 오노노 고마치를 연모하여 99일 밤을 그녀의 집에 다녔다고 하는 전설상의 비련의 인물.

3

둘러보면 온통 노란 잎의 잡목림과 하얀 참억새의 파도였다. 그 들과 언덕이 구불구불하게 이어지는 끝에 또렷하게 지치부[주10]의 산들이 이어져 있다.

평소 같으면 그 나무들과 풀잎이 스치는 소리 외에는 아무런 소리도 없는 무사시노의 대지에, 오늘은 때아닌 인마(人馬)의 고함이 있다. 참억새보다도 수많은, 햇빛에 반짝이며 떠올랐다 사라졌다 하는 것은 몇 백 개나 될지 모르는 몰이꾼의 전립이다.

행차를 따라온 여자들은 언덕 위에서 이 광경을 내려다보고 있었다.

"오후쿠."

하고, 여자들 사이에서 제자리걸음을 하며 다케치요가 소리쳤다.

"이제 나는 구경은 싫다. 나도 가고 싶어. 할아버님한테 가자."

"지당하신 말씀입니다."

하고 유모 오후쿠는 미소를 지으며 고개를 끄덕였다. 선대 쇼군을 따라왔다기보다 다케치요를 따라 이 매사냥 구경을 하러 온 것이지만, 활발한 다케치요의 성격으로 보아 도저히 구경만으로 참을 수는 없을 것이라는 사실은 잘 알고 있었던 것이다.

"선대 쇼군 님은 아무래도 저 숲 너머에 계시는 것 같네요. 자, 그

주10) 지치부(秩父), 현재의 사이타마현 서쪽 끝에 있는 지명. 지치부 분지의 중심에 있어 예로부터 물자의 집산지였으며, 지치부 신사를 중심으로 신사마을로 번성했다.

럼 저리로 가시지요."

오후쿠는 네다섯 명의 시동만을 데리고 나머지 여자들에게는 이곳에서 기다리라고 명령한 후, 벌써 달리기 시작한 다케치요의 뒤를 좇아 부지런히 옷자락을 걷어 올리며 언덕을 내려갔다.

해가 약간 기울고 바람이 불기 시작했다.

넓은 하늘을 나는 수많은 나뭇잎은 모두 수천 마리의 작은 새처럼 보이지만, 그 안에 오차라곤 없는 암갈색 탄도를 그리며 활주하는 수십 마리의 매는 곳곳에서 사냥감에게 날아들어 서로 얽히며 떨어져 갔다. 그 꼬리깃에 달린 방울이 무사시노에 때아닌 아름답고 용맹한 울림의 비를 내렸다. 그것을 좇아 매사냥꾼들이 흩어지고, 또 그것에 이끌려 하타모토[주11)]들도 사방으로 달려간다.

"역시 매는 좋군."

하며, 죽림의 그늘에서 이에야스는 곁에 있는 근신 중 한 명을 돌아보았다. 얼굴은 이전의 정정한 혈색을 되찾았다. 이에야스는 진심으로 매사냥을 나오기를 잘했다고 만족하고 있었다. 이때 그는 현재의 단 하나의 걱정거리인 센히메에 대해서도 잠시 잊고 있었다――.

달그락달그락――하고, 죽림 안쪽에서 이상한 소리가 세차게 울린 것은 그때였다. 놀라서 돌아보기도 전에, 이에야스 주위에서 두세 명의 종자가 피보라를 뿜으며 몸을 젖히고 낙엽 속에 쓰러졌다. 그 가슴과 목덜미에 2미터는 될 것 같은 청죽(靑竹)이 꽂혀 있었다.

주11) 旗本(하타모토), 쇼군가에 직속되어 있는 봉록 만 석 미만의 무사.

"앗."

소리를 지르며 선대 쇼군을 둘러싼 몇 명의 무사 앞에 또 대여섯 자루의 죽창이 죽림 안쪽에서 동시에 날아와, 그중 한 사람의 가슴에서 등으로 뚫고 나왔다.

"수상한 자다!"

절규했지만, 멀리서 가까이서 매와 새를 쫓는 매사냥꾼의 고함에 섞여서인지 당장 알아채는 자도 없었다. 죽림 안으로 뛰어들려 해도, 이때 이에야스의 주위에서는 하타모토들이 흩어져 있어, 주인을 남겨두고 다른 사람을 쫓기에는 인원이 너무 적었다.

그때, 단 한 명 풀 속에서 날아오르듯이 달려와 죽림으로 뛰어들어 간 커다란 그림자가 있었다.

"스테베에."

하고 이에야스가 외쳤다. 이가의 닌자 시치토 스테베에였다.

눈부시기만 한 늦가을의 햇빛을 가로막으며 군데군데 푸른 반점을 드리우고 있는 것 외에는 어두울 정도로 빽빽하게 자란 숲속이었다. 그러나 어둠 속에서도 고양이처럼 사물을 구분하는 스테베에의 눈에는 대나무잎 한 장 한 장까지 똑똑히 보였다. 그런데도——숲속에는 누구의 그림자도 보이지 않는다. 이 죽림을 뚫고 동시에 몇 자루의 죽창을 던지고, 거기다 몇 사람을 멋지게 꿰어 죽여버린 무시무시한 속도로 보아 수상한 자는 바로 가까이에, 그것도 적어도 몇 명은 있을 것이라고 생각되었는데, 숲은 고요하고 희미하게 잎이 스치는 소리를 내고 있을 뿐이었다.

"수상한 자는 어디에 있나."

그제야 죽림 안에 일고여덟 명의 근신들이 들어왔지만, 흐트러진 듯한 숨소리에 비해 그들의 동작은 굼떴다. 숲은 그만큼 깊었고, 휘두르는 도나 창이 더욱 그들을 방해했다.

시치토 스테베에는 그들을 기다리려고도 하지 않고 달리기 시작했다. 거대한 통처럼 뚱뚱한 몸이 마치 죽림을 단순한 환영처럼 어려움도 없이 뚫고 나아가는 것이다.

숲이 끝나자 다시 황야가 펼쳐져 있었다. 온통 억새가 무성하게 덮인 들에 참억새꽃이 반짝거리며 피어 흔들리고 있는 것 말고는, 매가 무서워서인지 새의 그림자조차 보이지 않았다. 아연실색하며 무작정 달려 나가려던 시치도 스테베에는 갑자기 그 발을 멈추었다. 바로 옆에 누군가가 앉아 있는 것을 느꼈기 때문이다.

엄청난 풀과 낙엽에 덮여 있어 그 퇴적 중 하나처럼 보였지만, 분명히 오두막이다. 이런 곳에 인간의 손으로 지어진 오두막이 있고, 그 앞에 한 인간이 앉아 깜짝 놀란 듯이 이쪽을 바라보고 있었다.

"네놈은 뭐냐."

스테베에는 달려가 뚫어져라 내려다보다가,

"여자냐."

하며 당황한 눈을 했다.

그 인간은 거적 위에 앉아는 있지만, 그래도 여전히 작은 산처럼 솟아올라 보였다. 머리에서 턱까지 쓴 수건 밑으로 쑥 같은 머리카락이 엿보이고, 얼굴은 때와 진흙에 덮여 남녀의 구별은 고사하고 짐승인지 인간인지도 구분할 수가 없다. 다만 가슴도 팔다리도 넝마 사이로 드러난 가운데, 멋지게 솟아오른 거대한 유방이 비로소 그자가 여자임을 알게 할 뿐이었다.

여자는 곧 스테베에에게서 유유히 흐르는 흰 구름으로 졸린 듯한 눈을 옮겼다.

"거지."

스테베에는 고함쳤다.

"지금 이 숲에서 도망친 수상한 자의 모습을 보지 못했나."

여자 거지는 말없이 고개를 저었다.

"한 명이 아니다. 네다섯 명은 있었을 거야. 거짓말을 하면 그대로 두지 않을 것이다."

"나는…… 지금까지 자고 있어서요."

하고 그녀는 귀찮은 듯이 대답하고, 그러고 나서 허벅지만큼 두꺼운 양팔을 하늘로 치켜들고 당당하게 큰 하품을 했다. 고함치려다가 스테베에는 그 때와 넝마 덩어리 같은 여자 거지의 이가 진주처럼 깨끗한 것과, 복부가 이상하게 부풀어 있는 것에 시선을 멈추었다.

——임신한 여자!

머리에 번득인 것은 센히메 저택의 임신한 여자다. 하지만 이 여자 거지가 그것과 관련이 있다고 생각한 것은 아니다. 사나다의 여자 닌자 중 살아남은 것은 세 명이고, 그중 두 명의 여자는 에도성 오오쿠의 오조구치와 핫토리 저택에서 얼핏 보았다. 아직 그 모습을 본 적이 없는 것은 한 명이지만, 선대 쇼군의 이야기나 또 그 후 자신과 쓰즈미 하야토가 알아본 바로도 센히메의 신변에 이렇게 덩치 큰 여자가 있지는 않았다. 뿐만 아니라 지금의 투창으로 보아 수상한 자는 분명 여러 명 있을 거라고 짐작하고 있었기 때문에, 이 여자가 그 수상한 자일 거라고도 생각하지 않았다. 그런데도,

"조금 수상하군. 이봐, 이쪽을 보아라."

갑자기 그런 말을 꺼낸 것은, 자신 정도 되는 닌자의 눈을 속이고 여러 명의 수상한 자가 사라졌다는 기괴함과 이 여자 거지의 부푼 배가, 역시 갈고리처럼 마음에 걸렸기 때문이었다.

"너는 임신했군. 남편은 어디에 있느냐."

"……죽었습니다."

"죽었다고? 언제?"

"올해 5월 19일에."

몹시 정확하게 대답했지만, 그렇게 말하며 여자 거지가 씩 웃은 것은 역시 이상했다. 때투성이인데도 의외로 단정한 얼굴 생김새라고 보고 있었는데, 갑자기 기분 나쁘게 이완된 표정이 되었다.

그때, 겨우 죽림을 빠져나와 전립을 쓴 하타모토들이 나타났다.

"수, 수상한 자는?"

하고 얼빠진 목소리로 소리치며 달려온다. 시치토 스테베에는 잠시 물끄러미 여자 거지를 보고 있었지만,

"이 여자 이외에 수상한 자 같은 그림자는 보이지 않소. 만약을 위해 조사해주시지요."

하고 말했다.

"이 여자를?"

하타모토들은 약간 질린 듯했지만, "거기, 일어서라" 하며 양쪽에서 여자 거지의 팔을 움켜쥐었다. 일으켜 세우니 하타모토들은 물론이거니와 거한인 스테베에보다도 큰, 올려다보아야 할 정도로 덩치가 큰 여자인 것에 모두 깜짝 놀랐다. 인간이 아닌, 암컷 짐승 같은 강렬한 체취가 주위에 흩어졌다. 그는 자신에 대한 혐의의 무서움을 모르는 것인지, 관리에게 쫓기는 데는 익숙한 것인지, 아니면 역시 조금 모자란 것인지, 실실 엷은 웃음을 띠며 저항하지 않고 걸어갔다.

4

여자 거지는 이에야스 앞에 끌려나왔다. 곧 다케치요와 오후쿠도 그리로 와서 불안한 듯이 서 있었다. 물론 그들은 모여든 가신들에게 몇 겹으로 에워싸여 있었다.

"저것은 무엇이냐."

여자라니, 이에야스에게도 의외였던 모양이다. 스테베에가 무릎을 꿇고 아뢰었다.

"이 숲 너머에 오두막을 짓고 살던 거지이옵니다. 아무것도 모른다고 말하고 있지만, 이 여자 외에 수상한 자 같은 모습은 보이지 않습니다. 조금 우둔한 듯 보이옵니다만, 그렇게 꾸미고 있는 것인지도 모르기에——."

"뭣이, 달리 아무도 눈에 띄지 않는다고? ——여자 혼자서 한 짓이 아니다."

하며, 이에야스는 아직도 거기에 푸른 죽창을 가슴에 꽂은 채 쓰러져 있는 서너 명의 시체를 바라보았다.

"전혀 관련이 없는 자인가도 싶습니다만, 다만 저 여자는 아이를 배고 있습니다."

"뭣이라."

이에야스는 들여다보고는 불현듯 불쾌한 표정이 되었다. 센히메가 슨푸에 들렀을 때 그 시녀들 중에 이렇게 덩치가 큰 여자가 없었던 것은 알고 있었기 때문에, 이 여자가 설마 그 일과 관련이 있을 거라고는 생각하지 않았다. 하지만 요즘 '아이를 밴 여자' 때문에 병에 걸릴 정도로 고민하고 있었기 때문에, 온몸의 피가 먹물로 변한 것 같은 기분이 들었던 것이다.

"좋다, 관아로 끌고 가서 엄격히 조사하라."

하고 그는 말했다. 그러고 나서 스테베에를 보며 물었다.

"하야토 쪽은 어찌 되었느냐. 내버려 두어도 지장은 없겠느냐."

스테베에는 씩 웃었다.

"도와줄까 하고 물었더니 일소하였습니다. 그래서 저도 일부러 떨어져 이쪽에 와 있는 것입니다. 황공하오나 잠시 하야토의 체면을 세워주시지요. 아니, 아마 오늘 내일이라도 길보를 가지고 사냥터로 달려올 것 같사옵니다."

"흠."

하고 이에야스는 고개를 끄덕였지만, 역시 벌써 흥미가 식었는지,

"가자."

하며 뒤를 돌아보았다. ——이 찰나, 스테베에는 번갯불처럼 이상한 살기를 피부에 느끼고 있었다.

"어?" 하며 고개를 돌리려고 했을 때,

"세상에, 이 여자는."

하고 외치는 목소리가 들렸다. 지금까지 말없이 여자 거지를 응시하고 있던 오후쿠가 앞으로 나선 것이다. 동시에 이상한 살기가 스윽 사라졌다.

"그대, 아는 자인가."

하고 이에야스는 아무것도 눈치채지 못하고 쓴웃음을 띤 눈을 오후쿠에게 향하고 있었다. 그 물음에 대답하기도 전에 여자 거지가 기쁜 듯이 크게 소리쳤다.

"이것은, 하아, 오후쿠 님, 반갑습니다."

오후쿠는 당황하며 날카로운 눈으로 여자 거지를 노려보고 나서 선대 쇼군 쪽을 돌아보며,

"아니요, 아는 자라고 할 정도는 아니옵니다. 지난 몇 년 동안 성의 돌담 등의 공사장을 어슬렁거리고 있던 거지인데, 거기에서 일하는 남자들에게 희롱당하고 있는 것을 두세 번 도와주거나, 과자

같은 것을 준 적이 있을 뿐입니다. 배 속의 아이도, 분명 그런 남자들 때문에 밴 것일 테지요. 금수에 가까운 어리석은 자입니다."

하고 빠른 말투로 말했다. 여자 거지는 실실 웃으며 오후쿠의 얼굴을 보고,

"친절하신 오후쿠 님. 또 과자를 주셔요."

하며 다가오는 바람에 이에야스는 당황하여 손을 저으며,

"여봐라, 가까이 오지 마라, 내쫓아라."

하고 명령했다. ――이 여자에 대한 혐의는 어쨌든 풀린 것이다. 그러고 나서 다시 한번,

"가자."

하고 중얼거리며 앞장서서 걷기 시작했다. 돌아간다고 해도 성은 아니다. 이 매사냥 부대의 병영은 이 근처에 있는 고시가야[주12)]에 설치되어 있고, 내일은 가사이[주13)]까지 갈 예정이었다.

해가 지기 시작한 하늘에 소라고둥을 부는 소리가 울려 퍼졌다. 매사냥의 몰이꾼들은 참억새의 물결 저편으로 떠나간다. ――정적으로 돌아온 숲 앞에, 시치토 스테베에는 혼자 팔짱을 끼고 서 있었다. 아무리 생각해도 아까 투창으로 습격한 수상한 자의 정체를 알 수 없어 그곳을 떠나기가 어려웠던 것이다.

"시치토라고 했느냐."

주12) 越ガ谷(고시가야), 사이타마현 남동부에 있는 지명. 에도 시대에는 닛코 가도(日光街道)의 역참으로 발달했다.

주13) 葛西(가사이), 현재의 도쿄 동부를 가리키는 지명. 도요토미 히데요시의 간토(關東) 정벌 이후로 도쿠가와 이에야스의 지배에 놓이게 되었다. 에도 시대에 이 가사이에 있던 도네가와(利根川)강의 대규모 치수 공사가 이루어지면서 현재의 에도가와강이 생겼다.

갑자기 뒤에서 목소리가 났다. 어찌 된 일인지, 오후쿠가 혼자 되돌아와 서 있었다. 심상치 않은 안색이다.

"부탁이 있다. 상은 원하는 대로 주마."

"무엇인지요?"

"방금 그 여자 거지를 죽여주었으면 한다."

스테베에는 어안이 벙벙했다. ——지금 그 여자 거지가 엄청난 짓을 할 만한 여자가 아닌 것을 증명한 것은 이 오후쿠가 아닌가.

"왜, 왜요? 그자를——."

"이유는 묻지 마라. 그냥 죽이면 된다."

오후쿠의 이는 공포로 딱딱 부딪히고 있었다. 한냐지의 닌자술 '해그림자 달그림자'를 보았을 때도, 쓰즈미 하야토의 닌자술 '백야수레'를 보았을 때도, 그녀가 이 정도로 공포에 질린 얼굴을 보인 적은 없었다.

여자 거지는 풀의 파도 속을, 붉은 저녁 해에 젖어 걸어간다.

그 맞은편에 물이 한 줄기 반짝이는 것처럼 보였다. 이것은 지금의 에도가와강인데, 훗날의 개착 개수 이전의, 때로는 굵게, 때로는 가늘게 그저 부슈[주14)]와 소슈[주15)]를 가르는 자연의 흐름으로, 당시에는 이것도 도네가와강이라고 불렀지만 물론 본류(本流)의 큰 강과

주14) 武州(부슈), 무사시 지방의 다른 이름. 무사시는 현재의 도쿄도와 사이타마현을 가리키는 옛 지명이다.

주15) 總州(소슈), 현재의 지바현 중부를 가리키는 가즈사(上總)와 현재의 지바현 북부 및 이바라키현의 일부인 시모사(下總) 두 지방을 합쳐서 부르던 말.

달리 계절에 따라 때로는 범람하고, 때로는 신기루처럼 무사시노로 사라지는 강이었다.

그 강에 걸려 있는 굵은 통나무 다리를 반쯤 건너다가——갑자기 여자 거지는 한쪽 무릎을 꿇고 몸을 굽혔다. 등 뒤에서 그 머리 위를, 새빨갛게 불타는 섬광이 부웅 하고 지나갔다. 다음 순간, 이번에는 그녀는 통나무 다리 위에 엎드리더니 그 다리에 사지를 얽고 빙글 아래쪽으로 돌았다. 그 사이에도 몇 줄기의 붉은 빛은 그녀를 좇아 날아 지나가고 있었다. 눈에는 보이지 않았지만, 그것은 저녁놀에 빛나는 닌자의 암기 표창이었다.

"쳇……."

흘러가는 풍선처럼 다리 기슭으로 달려온 것은 시치토 스테베에다. 필살의 표창을 일격뿐만 아니라 전부 멋지게 피하다니——오후쿠에게 그 여자의 정체를 듣지 못해 여우에 홀린 듯한 기분이 들었던 만큼, 놀라서 피가 역류하는 기분이었다. 다만, 깜짝 놀라면서도 통나무 다리를 껴안고 있으니 여자의 행동이 부자유할 것으로 보고 도를 뽑아 들어 질풍처럼 달려간 것은 과연 대단했다.

부웅 하고, 생각지도 못하게 그 얼굴 위로 무언가가 날아왔다. 본능적으로 허공에 들어 막은 오른손에, 그것은 뱀처럼 둘둘 감기더니 마지막에 요란한 소리와 함께 그 손의 도신(刀身)을 부러뜨렸다.

감긴 것이 사슬이고, 날을 부러뜨린 것이 그 끝에 달린 추라는 것을 알았을 때는 이미 늦었다. 한 팔을 든 채 우뚝 선 시치토 스테베에에게서 통나무 다리 아래로 팽팽하게 당겨진 한 줄기의 사슬——

보통의 여자가 사용하는 쇠사슬이 달린 낫은 고작해야 5, 60센티의 길이지만, 이 사슬은 5, 60미터를 사이에 두고도 그 나머지가 여자의 주먹에서 수면으로 늘어져 있었다.

여자 거지의 낫자루를 입에 문 얼굴이 통나무 다리에서 엿보였다. 다리에 얽은 한쪽 팔과 두 다리가 서서히 움직이더니, 그녀는 천천히 다리 위에 섰다.

"오후쿠 님이 보낸 자객이냐."

여자는 낫을 입에서 떼고 오른손으로 바꾸어 들며, 처음으로 씩 웃었다.

"아까 거의 이 사슬을 이에야스의 등에 날릴 수 있을 뻔했는데. 그 기선을 제압하고 내게 말을 걸었을 때, 오후쿠 님의 등에는 식은땀이 흘렀겠지. 사촌에게 폐를 끼치면 불쌍하니, 일부러 손을 떼주었는데."

"――사촌?"

천천히 끌려가면서, 스테베에는 눈을 부릅떴다. 이 여자 거지가 그 오후쿠의 사촌이라고? 그렇다 해도 괴력으로는 쓰바가쿠레 계곡에서 제일이라는 자신감을 가진 시치토 스테베에를 마치 어린아이처럼 끌어당기는 이 여자의 힘은 얼마나 세단 말인가. 처음으로 스테베에는, 이 여자라면 그 죽창을 대여섯 자루 한꺼번에 움켜쥐고 날리는 것도 불가능하지 않았다는 데 생각이 미쳤다.

"정확하게 말하자면 내 남편의 사촌이지. 하기야 오후쿠 님은 그것을 잊으려 하고 있지만. 이미 이 세상에 없다고 안도하고 있던 내가 나타난 것을 보고 간담이 서늘한 기분이 들었을 게야. 그것을 그 자리에서 얼버무려 넘기고 나중에 몰래 나를 죽이게 하려고 한 것은, 어느 모로 보나 그 사람답다."

여자 거지는 입을 크게 벌리고 웃었다. 이가 깨끗하게 빛났다. 사슬이 파고든 팔 때문에 다리 위를 끌려가면서,

"네 남편은 누구냐."

스테베에의 등에 땀이 배어 나온다.

"호, 오후쿠는 그것을 말하지 않은 게냐? 자객인 너에게까지 숨기려고 한 건가. 호호호호. 좋다, 저승길의 선물로 듣고 가려무나. 이 배 속 아기의 아버지는 올해 5월 19일, 교토의 산조가와라에서 목이 베인 궁내성[주16] 쇼유[주17] 조소카베 모리치카다."

"앗."

하고 스테베에는 외쳤다. ――조소카베 모리치카라면 오사카 전투뿐만 아니라 세키가하라에서도 도쿠가와를 고민하게 했던 남해의 호랑이다. 스테베에는 오후쿠의 정체도 몰랐지만, 만일 오후쿠와 모리치카가 사촌이라면 그 아내인 이 여자의 출현에 아까 그녀가 이상할 정도의 공포를 보인 것도 무리는 아니다.

――그건 그렇고, 아무리 남편이 호걸이라도 참으로 무서운 아내다! 하고 스테베에가 온몸에 전율을 느꼈을 때는, 벌써 2미터의 거리까지 끌려가 있었다.

주16) 宮內省(궁내성), 왕과 왕실에 관한 사무를 담당하던 율령제의 관청.

주17) 少輔(쇼유), 율령제에서 8성(省)의 차관으로 다이후(大輔) 밑에 있던 관직명.

"나 정도 되는 자의 손에 죽는 것을 영광으로 생각해라."

오른손의 커다란 낫이 잔광에 빛나며 스테베에의 목을 베어왔다.

——그 찰나.

"……!"

소리 없는 소리를 지르며 두 사람은 펄쩍 뛰어 물러났다. 스테베에는 다리를 걷어차고 원래의 기슭으로 뛰어 돌아가고, 조소카베의 아내는 몸을 젖히면서 다리를 따라 반대편 기슭으로 비틀거리며 물러났다.

사슬은 크게 허공으로 튕겨 오르고 있었다. 그 끝에는 여전히 부러진 도신이 있다. 아니, 사슬은 여전히 팔 하나를 붙들고 있다. —일순, 마치 도마뱀처럼 스테베에는 한쪽 팔을 스스로 자른 것 같았다. 그러나 보라, 스테베에의 오른팔은 원래대로 건재하다. 그 어깨에서 사라지지는 않았다!

조소카베의 아내는 사슬이 얽힌 한쪽 팔이 마치 뱀의 허물처럼 반투명한 것을 보았다. 실로 이 자객은 마치 손등싸개를 벗듯이 피부를 내주고 자신의 팔을 벗어던진 것이다.

경악의 눈길로 허공을 올려다보면서, 그러나 물에 빠지지도 않고 조소카베의 아내가 단숨에 반대쪽 기슭까지 달려간 것은 과연 대단했다. 이제 그 무시무시한 사슬이 무력화되었다고 보고, 간발의 차도 없이 다시 스테베에가 통나무 다리 위를 도약해 쫓아오려고 했다. 그 다리가 크게 흔들리더니 들어올려졌다.

"괴물!"

고함친 것은 조소카베의 아내다. 그녀는 사슬낫을 내던지고 그 다리를 양팔로 끌어안고 있었다. 통나무 다리라고는 해도 커다란 나무를 옆으로 쓰러뜨린 것으로, 둘레는 다 끌어안을 수 없을 정도이고 길이는 10미터 가까이 될까, 그것을 힘으로 안아 올린 여자 거지의 무시무시한 모습은, 만일 스테베에가 괴물이라면 본인은 뭐라고 하면 좋을까.

"이걸 받아라."

부웅 하고 겨릅대처럼 휘둘러온 커다란 나무가 수면을 때리고, 소용돌이 같은 물안개가 피어올랐다.

"왓."

어지간한 시치토 스테베에도 간담이 서늘해져 펄쩍 뛰어 물러났다. 다음 순간, 그는 어리석게도 그답지 않게 원시적인 공포에 사로잡혀 커다란 등을 웅크리고 도망치고 있었다.

조소카베의 아내는 낙일(落日)에 사라져 가는 남자를 지켜보며 마치 지팡이라도 버린 듯이 손을 털며 소리 높여 웃었지만, 문득 팔에 껴안은 커다란 나무를 내려다보며,

"통나무 다리…… 마루바시[주18)]…… 내 이름과 같구나."

하고 쓴웃음 섞인 중얼거림과 함께 그것을 강에 던졌다. 다시 한 번 무시무시한 흙탕물의 물보라가 일고, 그것이 사라졌을 때는 그녀의 모습도 들판에 보이지 않게 되었다.

주18) 통나무 다리는 일본어로 '마루키바시(丸木橋)'라고 한다.

5

숙직을 서던 여자는 장지문에서 시선을 뗄 수가 없었다.

처음에는 다른 여자의 그림자인가 하고 보고 있었다. 그런데 그와 마주하여 또 하나의 그림자가 흐릿하게 장지에 떠오른 것을 보고, 그녀는 숨이 가빠졌다. ――한때 백 수십 명이나 드나들던 목공과 직인들도 공사가 끝나 모습을 감추고, 이제는 문지기, 하인 등을 제외하면 가로인 요시다 슈리노스케 외에 몇 명의 남자밖에 없을 센히메 저택이다. 그들은 모두 노인뿐이다. 그런데 지금 장지에 여자와 마주하고 있는 또 하나의 그림자는 분명히 젊은 남자의 것이었다.

목소리를 내지 않은 것은 그 여자가 분명히 이 저택 사람인 것처럼 보였기 때문이다. 하지만 남자의 그림자가 한 손을 뻗어 여자의 어깨를 껴안은 것에, 처음으로 그녀는 비명을 지르려고 했다. 그 순간, 그녀는 자신의 어깨에 강한 힘을 느꼈다. 콧구멍에 누군가의 숨결이 닿는 것을 느꼈다. 목소리는 나오지 않았다. 입술을 뜨거운 점막으로 덮이는 것을 감각했기 때문이다.

"우……."

그녀는 신음했다. 자신 옆에는 아무도 없다, 라는 괴이를 괴이로 느낄 지각을, 그 찰나 그녀는 잃고 있었다.

여자는 혀를 내밀고 있었다. 온몸을 꿈틀거렸다. 오직 혼자서―게다가 그녀는 자신의 혀를 핥는 입술과 잘록해질 정도로 몸통을 감은 힘찬 팔을 느끼고 있는 것이다. 황홀하게 가늘어진 눈은, 그러나 파고들 듯이 장지의 그림자를 바라보고 있었다.

남자의 그림자는 여자의 그림자의 옷깃을 벌렸다. 몸을 젖힌 여자의 그림자에 또렷하게 유방이 요염한 반구를 그리며 나타났다. 남자의 그림자는 유방을 부드럽게 애무했다. ──숙직을 서던 여자는 경련하는 듯한 숨소리를 내고 있었다. 남자의 그림자는 활처럼 휘어진 여자의 그림자에 덮쳐들었다. 손은 유방에서 아래로 내려가고 있었다. 여자의 그림자는 옷자락에서 다리 하나를 높이 들고 있었다. 버선 끝이 팽팽하게 젖혀지고, 그것 자체가 하나의 생물처럼 몸부림쳤다. ──그림자만이 아니다. 숙직을 서던 여자도 방 안에서 옷자락을 흐트러뜨리고, 검은 머리카락을 흐트러뜨리고, 지금은 헐떡임이 아니라 흐느껴 우는 듯한 목소리를 내고 있었다. 혼자서 허리를 흔들 때마다 옷자락 사이로 드러난 생생한 한쪽 다리에 경련이 파동했다.

장지의 여자 그림자가 몸을 젖히고 아래로 가라앉음과 동시에, 숙직을 서던 여자도 천장을 향해 하얀 턱을 향하며 쓰러졌다. 쾌감이 지나쳐 실신한 것이다. 장지의 남자 그림자는 보이지 않게 된 여자의 그림자를 들여다보듯이 가만히 서 있었지만, 이윽고 스윽 비켜나 다시 사라졌다.

──잠시 후, 쓰즈미 하야토는 방 안에 서서 하반신을 드러내고 정신을 잃은 숙직 서던 여자를 방금 그 그림자와 똑같은 자세로 내려다보고 있었다. 한쪽 뺨에 보조개 하나가 쏙 파여 있다. 그러고

나서 소리도 없이 걷기 시작했다. ——요요히 '백야 수레'가 굴러가기 시작한 것이다.

선대 쇼군이 신출귀몰한 닌자를 부리고 있는 것은 처음부터 알고 있었던 일이다. 특히 지난 이삼 일, 눈에는 보이지 않는데 분명히 누군가가 이 센히메 저택 주위를 바람처럼 움직여 지나간 흔적이 있었다. 아니, 흔적은 아무것도 없지만 오요, 오마유, 오유이 세 사람은 닌자 특유의 후각으로 그것을 맡아낸 것이다. 그 후, 숙직을 서는 여자들도 특별히 야무진 사람으로 고르고, 그 배치도 어지간해서는 그 눈과 귀를 피해 잠입하는 것은 불가능하도록 신경을 썼다.

그러나 '백야 수레'는 그것을 통과했다. 소리도 없이, 그것은 차례차례 숙직을 서는 여자들을 찾아왔다. 지난 이삼 일, 하야토 쓰즈미가 단순히 정찰에만 머무르고 있었던 것은 저택의 방 배치와 숙직의 배치를 알아내기 위해서였다. 벽에, 장지에, 당지에 나타난 남자의 그림자는 여자의 그림자를 꾀어내어 범하고, 절묘한 비기로 그녀들을 취하게 하고, 마비시키고, 몸부림치게 하는 것이었다. ——그림자는 점점 안쪽으로 들어갔다.

"왠지 가슴이 술렁거려요."

갑자기 목소리가 나고, 당지문을 열고 세 여자가 나왔다. 세 사람 다, 벌써 똑똑히 눈에 띄는 배를 하고 있었다. 그대로 그 어두운 방을 지나 툇마루 쪽으로 나간다.

그 소란 반자 천장에 빛나고 있던 두 개의 눈이 동요했다. 큰일이다, 하는 낭패와 되었다, 하는 회심의 미소 때문에.

방금 그 세 사람이 목표물인 사나다의 여자 닌자라는 것은 말할 것까지도 없다. 인사를 하고 지금 나온 방에 남아 있는 것이 센히메라는 것도 알고 있다. 큰일이다, 라는 것은 이쪽에서 손을 쓸 새도 없이 그 세 사람이 한 덩어리가 되어 어딘가로 나가 버린 것과, 그 결과 당연히 당직을 서던 여자들의 이상이 발견될 것이 예상되었기 때문이고, 되었다, 라는 것은 뒤에 센히메만이 남겨진 요행을 만났기 때문이었다.

좋아, 우선 오늘 밤은 아가씨를 훔쳐내자, 하고 쓰즈미 하야토는 결단했다. 일은 서둘러야 한다.

탁, 탁, 탁── 하고 소란 반자 천장을 기어가면서, 그러나 하야토의 눈은 웃고 있었다. ──선대 쇼군의 손녀딸, 도요토미가의 미망인, 게다가 이 저택 안쪽 깊은 곳에서 복수의 요념(妖念)에 고귀한 몸을 불태우고 있는 미녀. ──그것을 지금 자신의 백야 수레에 싣고 마음대로 끌고 다니고, 어두운 하늘로 끌어올리는 쾌락의 상상은 이미 그 웃는 눈에 혈광(血光)이 배어 나오게 하고 있다.

──갑자기 작은 등롱 밑에서 나방 같은 것이 날아오른 기척에, 센히메는 천장으로 시선을 들었다. 천장에 칠흑과도 같은 그림자가 움직였다. 그것을 수상한 자라고 보는 마음은 이미 그림자와 함께 도둑맞았다. 그림자는 순식간에 짙어지고, 마치 거대한 검은 백혈구처럼 늘어났다 줄어들었다 했다. 센히메의 눈은 멍하니 뜨여

있다. 팔방으로 뻗친 그림자의 돌기물이 인간의 사지와 비슷한 것으로 그 눈에 비쳤을 때, 그녀는 바싹 달라붙는 따뜻한 팔다리를 느꼈다. 그것이 명확하게 현실의 남자의 육체라는 것을 알았다면, 물론 그녀는 비명을 질렀을 것이다. 그러나 그 감각은 지금의 천장의 그림자처럼 '담(淡)'에서 '농(濃)'으로 이행했다. 그 변화는 급속했지만 거의 의식에 오르지 않을 정도로 미묘한 조화를 거치고 있었다. 저항하지 않는 사이에 그녀의 피부에 강렬한 남성의 냄새와 촉각의 마승(魔繩)이 파고들었다.

천장의 그림자는 분명히 누워 있는 남녀의 춘궁도를 그리고 있었다. 센히메의 유방은 파도치고, 어깨와 몸통은 요염하게 꿈틀거렸다. 그녀는 히데요리의 애무를――지난 반년 동안 잊고 있던 젊은, 거친 남자의 숨결이 살의 주름을 태우는 것을 느끼고 저도 모르게 한 팔을 짚으며 헐떡이는 소리를 흘렸다.

천장의 두 개의 그림자는 서로 얽혀 이동하기 시작했다. 그 여자의 그림자 그대로, 단정치 못한 자태로 센히메 또한 옆방으로 기어나가고 있었다. 마치 하얀 뱀처럼 온몸을 꿈틀거리며.

센히메는 자신을 껴안고 있는 것이 언제 현실의 남자로 바뀐 것인지 몰랐다. ――쓰즈미 하야토는 센히메를 안고 달빛이 비치는 툇마루에 조용히 서 있었다. 센히메는 하야토의 목에 하얀 팔을 두르고, 뺨을 바싹 붙이고, 꿈꾸는 기분으로 숨을 내쉬고 있었다. 하야토는 엷게 웃으며 툇마루를 걸어 나갔다.

문 쪽에서 갑자기 큰 목소리가 들린 것은 그때였다.

"센히메 님을 뵙습니다."

6

한 명이 아니다. 분명히 십여 명으로 생각되는 발소리가 흙담에서 안쪽으로 뛰어내리는 울림이 이어지는 가운데, 노인 같은 쉰 목소리가 흘렀다.

"들켰다면 어쩔 수 없지. 억지로라도 밀고 들어가라. 데와 태수 사카자키 집안의 오치아이 간신, 센히메 님을 뵈려고 왔사옵니다. 센히메 님은 어디에 계십니까."

백야 수레의 환법은 깨졌다.

"큰일났다."

하며 쓰즈미 하야토가 당황하여 돌아보았을 때, 센히메는 채찍처럼 몸을 날려 물러나고 있었다. 비틀거리면서 공포의 눈으로 하야토를 보며,

"너는 누구냐."

하고 외침과 동시에 광기처럼,

"오요——오유이——오마유——빨리 오너라. 수상한 자다!"

하고 절규하면서 벌써 띠의 단도를 뽑았다. 복도를 달려오는 발소리가 들렸다.

쓰즈미 하야토는 혀를 찼다. 한번 센히메를 돌아보고 씩 웃었지만, 그는 그대로 정원으로 뛰어내렸다. 석등롱에서 나무로, 밤까마귀 같은 그림자가 달빛에 날갯짓을 하는 것처럼 보였지만, 오요와 오마유가 달려왔을 때 이미 정원에는 어떤 그림자도 보이지 않았다. 센히메는 꿈에서 깬 것처럼 멍하니 서 있었다.

——멍하니 서 있던 것은 센히메만이 아니다. 저택의 커다란 지붕에 선 쓰즈미 하야토는 아직도 꿈을 꾸고 있는 듯한 표정으로 아랫세상을 내려다보고 있었다.

방금 문 부근에서 요란한 고함 소리와 발소리가 흐트러졌는데, 그것은 얼어붙은 것처럼 뚝 끊겨 사라졌다. 지금의 목소리로 보아, 센히메의 비밀을 알려고 초조해져서 이 저택에 찾아왔던 몇 명의 가신이 그대로 소식이 끊어진 것에 부아가 치민 사카자키 일당이 결국 참다못해 쳐들어온 것임은 쓰즈미 하야토도 알고 있었다. 하필이면 센히메 님을 납치하기 직전에, 이 무슨 어리석은 멍청이들—하고 이를 갈며 내려다본 것인데, 문 부근에는 목소리는 물론이고 이상하게도 움직이는 그림자도 없었다.

아니, 하나——둘——희미하게 달빛에 떠도는 것이 있다. 그것은 엷은 거품 같은 것이었다. 게다가 그것이 자루처럼 커다랗다. 한순간 달빛에 무지개를 반짝 흘린 것처럼 보였는데, 하야토가 놀라 응시했을 때 그것은 갑자기 사라져 버렸다. 그 뒤에는 검은 옷을 입은 그림자가 땅에 쓰러져 있었다. 그 그림자뿐만 아니라 주위 일대에 흩어져 엎어져 있는 십여 명의 검은 옷의 남자들을 하야토는 똑똑히 보았다. 게다가 그들은 모두 손을 움츠리고, 다리를 굽히고, 머리를 가슴에 파묻고 둥글게 움츠린 채 쓰러져 있었다.

"……대체?"

경천의 환법을 다루는 이가 닌자 쓰즈미 하야토도 과연 이 광경에는 판단을 내릴 수가 없어, 커다란 지붕 위에서 눈을 크게 부릅뜨고 있었다.

──같은 시각, 북쪽에서 에도 거리로 어슬렁어슬렁 들어온 기묘한 그림자가 있었다. 대나무 지팡이를 짚고 수건을 머리에서 턱까지 덮어써 얼굴을 가리고 엄청난 넝마를 몸에 걸친 거지이지만, 푸른 달빛에 또렷하게 튀어나온 유방으로 여자라는 것을 알 수 있다. 올려다보아야 할 정도로 키가 큰 여자는 거지답지 않은 당당한 발걸음으로, 점차 다케바시문 쪽으로 다가오는 것이었다.

닌자술 ‘육초 사내’

1

"아가씨."

"…………."

"센히메 님."

오요와 오마유는 불렀다.

문 쪽에서 술렁거리는 여자들과 그것을 진정시키는 오유이의 목소리가 그친 지 얼마쯤 지났다. 그 오유이가 들어와, 오요나 오마유와 두세 마디 속삭임을 나누고 나서 똑같이 거기에 조용히 앉은 지도 시간이 꽤 지났다. 한밤중의 센히메 저택이다.

센히메는 서원 안에 앉아 있었다. 백로 같은 모습이지만, 눈은 허공의 한 점을 가만히 응시하며 이상하게 빛나고 있다. 세 여자에게는 그녀가 아까의 공포에 반쯤 실신한 것으로 보였다.

"송구하옵니다."

"여기까지 수상한 자가 들어오게 한 것은 저희 실수였습니다."

"그렇다 해도 센히메 님한테까지 손을 대다니……."

세 여자 닌자는 꿇어 엎드렸다. 그러고 나서 얼굴을 들고 오요가 말했다. ──지금 서로 두세 마디 속삭인 말이 그것인데, 이것은 요즘 은밀하게 상의하고 있던 일이었다.

"센히메 님, 부디 저희를 사직시켜주십시오."

센히메는 그제야 여자들 쪽으로 얼굴을 향했다. 쉰 목소리로 묻는다.

"왜?"

"더 이상 저희가 이 저택에 있으면 아가씨의 몸에도 큰일이 닥칠지 모릅니다."

"지금까지도 선대 쇼군 님, 그리고 쇼군가로부터 용케 저희를 감싸주셨습니다. 고맙습니다. 하지만 더 이상은."

"전부터 셋이서 이야기하던 일입니다. 더 이상 센히메 님께 고생을 끼쳐서는 안 된다, 이제 사직하고, 저희 셋은 어디론가 가자고——."

하고 세 사람은 번갈아 말했다. 센히메는 오히려 차가운 눈으로,

"어디로? ——어디로 가겠다는 것이냐."

하고 말했다.

"아, 예……."

하며 세 사람은 우물거린다.

"이 나라의 흙이 이어지는 한, 할아버님의 눈이 닿지 않는 곳은 없다. 그런데 그 보기에도 무거운 몸으로, 어디로 도망치겠다는 것이야."

센히메의 눈은 불타고 있었다.

"오요, 오마유, 오유이——그대들의 배 속에 있는 아기가 그대들만의 아기라고 생각하느냐. 그것은 나에게 내 아기나 마찬가지, 히데요리 님이 남기신 아기다. 그 아기를 내 눈이 닿지 않는 곳에서 들개처럼 태어나게 할 것 같으냐."

세 여자는 가슴이 덜컥한 듯 고개를 떨어뜨렸다.

"내 마음은 그대들도 알고 있을 터, 내가 오직 할아버님이 호된 꼴

을 당하게 해드리고 싶다는 바람만으로 살고 있다는 것은 잘 알고 있을 테지. ――나를 떠나서는 안 된다. 가서는 안 돼. 나를 버리지 마라, 내 눈에 히데요리 님이 남기신 아기를 보여다오…….”

센히메의 하얀 뺨에 눈물이 떨어졌다. 세 여자는 방바닥에 이마를 누르고 있었지만 곧 오마유가 결연히 얼굴을 들고,

“황공하옵니다. 센히메 님. ……물론 저희도 언제까지나 아가씨 곁에 있고 싶습니다. 하지만 이미 이 저택도 철벽을 가진 성이라고는 말할 수 없게 되었습니다. 이곳에 살게 해주시는 것은 저희를 위하는 것이 아니고, 아기님께 오히려 위험해졌습니다. 선대 쇼군 님의 자객――이가의 닌자들은 아가씨께조차 무례한 손길을 뻗어오지 않았습니까.”

“그래.”

하며 센히메는 몸을 떨었다. 그러나 그것은 공포 때문이 아니라 분노 때문이라는 것을, 그제야 세 여자도 알게 되었다.

“그 남자…… 나를 어찌하려는 생각이었을까?”

센히메는 아까 자신의 코와 입을 덮은 남자의 강렬한 냄새와, 유방에서부터 더 부끄러운 곳까지 기어다니던 남자의 손을 떠올렸다. 언제 그렇게 된 것일까, 어째서 자신은 거기까지 허락한 것일까. ―그것이 마치 히데요리의 애무 같다는 착각에 빠져 제정신이 아닌 모습을 보인 것을 떠올리면, 수치와 분노 때문에 머리가 어질어질해지는 것 같았다. 나는 그 남자를 용서할 수는 없다.

“아니, 그 남자를 부리신 할아버님을 용서할 수는 없다. 이제 와서

말할 것까지도 없지만, 나에게 할아버님은 내세까지의 원수다. 그러니 그대들은 끝까지 나와 함께 있어주어야 한다."

하고 센히메는 이를 갈며 중얼거렸지만, 자신이 흥분하여 같은 말을 중얼거리고 있는 것을 깨닫고는 세 여자를 바라보며 말했다.

"하지만 할아버님이나 아버님이 나를 내세까지 원수라고 생각하실까, 어떨까? 과연 그쪽은 닌자를 보내셨다. 하지만 대놓고 토벌대를 보내지 않으시는 것이 나를 두려워하고 계시다는 증거. 그것도 당연하지. 할아버님이나 아버님은 내 행동을 나무라지 못하실 것이다. 나는 그 두 분께 여자의 일생이라는 빚이 있지. 여기에 또 내게서 무엇을 빼앗으시려는 것일까. 만일 두 분이 인간의 혼을 가지고 계시다면, 그 눈앞에서 내 목을 자르지는 못하실 터. 그런 더러운 닌자가 내게 난잡한 짓을 하는 것을 제정신으로 보지는 못하실 것이다——좋아, 도박이다."

"도박?"

"나는 지금부터 성으로 가겠다."

세 여자는 깜짝 놀랐다. 센히메는 결심한 표정으로 말했다.

"참으로 그대들의 말대로, 이대로 내버려 두었다가는 언젠가는 돌이킬 수 없는 일이 벌어질 것이다. 이미 오나미, 오쿄는 비명에 죽었어. 더 이상 언제까지나 수동적으로 기다리고 있는 것은 겁쟁이 짓이기도 하고, 어리석기도 하다. 나는 성으로 가겠다. 할아버님은 매사냥을 나가셔서 안 계시지만, 아버님과 어머님은 계실 터. 나는 아버님과 어머님께 물어보겠다. 내 목숨을 빼앗으실지, 아니면 내

바람을 들어주실지——둘 중 하나의 도박이다."

"……센히메 님, 그것은."

세 여자는 안색을 바꾸며 소리치려다가 할 말을 잃었다. 센히메의 결의를 어쩔 수 없다고 용인하기보다, 그녀의 필사적인 눈에 짓눌린 것이다. 그들이 입술을 떨고 있는 사이에 벌써 센히메는 일어서고 있었다.

"누구 있느냐. 가마 준비를 해다오."

그리고 세 사람을 내려다보며 말했다.

"아침까지 내가 돌아오지 않으면, 나는 죽은 것이라고 생각해도 좋다. 만일 그대들이 이 저택을 떠나려 한다면 그 후에 해도 돼."

——둘 중 하나의 도박이라고 센히메는 말했다. 사실 분명히 죽는 것도 각오하고 있을 센히메였지만, 그러나 그녀 자신도 의식하지 않은 마음 밑바닥에 아버지에게 따져 묻고 어머니를 채찍질하면 자신의 바람은 이루어질 것이 분명하다는 자신감이 가라앉아 있지는 않았을까. 적어도 자신을 죽일 수 있을 리는 없다고 아버지를 얕잡아보고 있지는 않았을까. 센히메는 온후한 아버지가 그녀의 그런 은밀한 어리광이나 양심의 기대, 또는 가련한 광란조차도 짓밟고 그저 도쿠가와의 큰일이라는 견지에서 모든 것을 처치하려고 하는 결의를, 할아버지 이상으로 엄하게 품고 있다는 것을 몰랐다.

그녀가 성에 들어가는 것은 스스로 불에 뛰어드는 여름벌레와 같은 일이었다. 오히려 선대 쇼군의 부재를 틈타 쇼군 히데타다가 순식간에 그녀를 죽이고, 즉시 이 저택에 토벌대를 보내 일거에 화근을 자르는 행동으로 나올 것은 필연이었다.

그러나 가마는 저택을 나갔다.

2

가마는 분명히 저택을 나갔지만, 백 보도 걷기 전의 일이었다.

"——어라?"

달빛 속에서 이런 외침이 들리고, 맞은편에서 발소리를 흐트러뜨리며 달려온 십여 명의 무사가 있었다.

"분명히 센히메 님의 저택에서 나왔다."

"이 늦은 밤에 누가, 어디로?"

"간신옹 일행은 어찌 되었지?"

그렇게 외치면서, 그들은 우르르 가마를 에워쌌다. 깊은 밤에 급한 용건이기도 하고, 성은 바로 머리 위에 희푸르게 솟아 있는 거리에 있어서 가마를 지키는 호위 무사나 시녀는 열 명도 되지 않았다. 노신(老臣) 요시다 슈리노스케가,

"여봐라, 네놈들은 누구냐. 무례한 짓 하지 마라. 이것은 센히메 님이 타고 계시는 가마다."

하고 당황하며 질타한 것에 무사들은 일단 깜짝 놀라 물러섰지만, 그 뒤에서,

"센히메 님이라니, 그거 잘되었다."

하고 고개를 끄덕이며 걸어 나온 덩치 큰 무사가 있었다. 달빛에 더욱 추괴하게 보이는 끔찍한 화상을 입은 얼굴은 데와 태수 사카자키였다. ──실은 데와 태수는 센히메의 일에 대해서 탐색하고, 경악하고, 고민하던 노신 오치아이 간신이 오늘 밤 마침내 자신에게 말도 없이 수하를 이끌고 센히메 저택에 들이닥쳤다는 것을 알고 허둥지둥 좇아온 참이지만──눈앞에 당사자인 센히메가 나왔다는 기회를 만나게 된 것이다. 그도 본래 간신과 생각은 같았다.

"무례는 잠시 용서해주시오. 센히메 님이라면 급히 여쭙고 싶은 것이 있소."

"아니, 사카자키 님, 아까 저택에 가신들을 난입시킨 죄가 있는데, 여기에 또 행패를 부리시려는 것이오?"

하며 요시다 슈리노스케는 필사적으로 막아섰다.

"오오, 그들을 어찌하셨는지, 우선 그것을 묻고 싶군."

하고 사카자키가 물었지만, 실은 슈리노스케도 사정을 모른다. 그는 아까 갑자기,

"데와 태수 사카자키 집안의 오치아이 간신, 센히메 님께 여쭙고 싶은 것이 있어 찾아왔소"라는 고함 소리에 잠에서 깨어 벌떡 일어났다. 사카자키가 그 오사카성 낙성 때의 약속을 잊지 않고 센히메 님께 수라의 불꽃을 태우고 있다는 항간의 소문은 들은 바가 있는 만큼 역시 허둥거리다가, 그 난입의 발소리가 갑자기 사라진 것에 머뭇머뭇 나가 보니, 문 안에 검은 옷을 입은 무리가 여기저기 흩어

져 쓰러져 있어 앗 하며 잠이 덜 깬 눈을 부릅떴을 뿐이다. 그 이유를 알아볼 새도 없이 갑자기 센히메가 등성한다는 알림이 온 것이었다. 아마 지금 이 사카자키 일당 건에 대한 용건일 것이라고 생각한 것이 노인의 최대한의 판단이다.

그때 먼저 문 쪽으로 달려가 들여다본 한 가신이,

"앗, ――모두 전사하였습니다!"

하고 절규했다. "뭐, 뭣이?" 하며 데와 태수는 대경실색하여 그쪽으로 달려가려고 했지만 가까스로 걸음을 멈추었다.

"음, 이렇게 되면 더 이상 여기에서 묻고 답하는 것은 소용이 없겠군, 송구하오나 아가씨를 모셔 가겠소."

"아, 아니, 아가씨는 중요한 볼일로 서둘러 등성하시는 중입니다. 데와 님, 죄를 더 쌓지 마십시오."

"데와의 죄보다 더 큰 죄를 저지르신 분이 있소. 세상의 어떤 일보다도 무서운 도쿠가와가의 중요한 일이 있지. 자, 여봐라, 아가씨를 모셔라!"

손을 흔들자 가신들이 가마를 향해 쇄도했다.

이때, 소란을 듣고 문 쪽으로 세 여자가 뛰어나왔다. 오요, 오마유, 오유이다. 그러나 그녀들은 그 자리에 우뚝 멈추어 섰다. 사카자키 일당의 폭거에 초조해진 탓이 아니다. 그 혼란에 던져 넣어진 하나의 돌――아니, 스스로 흔들거리며 굴러 들어온 거대한 바위 같은 그림자에 눈을 부릅뜬 것이다.

"뭣이, 아가씨? ――이 가마에 센히메 님이 계시다는 것이냐."

하고 굵직한 목소리로 소리치며 가마 옆으로 끼어든 것은 대나무 지팡이를 짚고, 수건을 머리에서 턱까지 덮어써 얼굴을 가리고, 엄청난 넝마를 몸에 걸친 거지였다.

"그렇다면 내가 모셔 가야겠다."

하며 씩 웃은 이가 달빛에 희게 빛났다. ——어안이 벙벙하여 멍하니 그 모습을 지켜보고 있던 사카자키 일당이,

"네놈은 뭐냐."

"광인인가."

하며 밀어젖히려 했지만, 거지의 대나무 지팡이가 올라가자 순식간에 두세 명이 바닥에 쓰러졌다. 가볍게 친 것으로 보였는데, 소리도 지르지 못하고 기절한 것이다.

두 번째의 짧은 방심의 찰나가 지나고,

"이, 이놈!"

누군가가 발광한 듯한 고함을 지르자 일제히 십여 자루의 도신이 달빛을 튕겨냈다. 거지는 대나무 지팡이를 내던졌다. 그 얼굴에 한 덩어리가 되어 내리쳐진 도신이 고드름처럼 깨져 흩어졌다. ——거지는 펄쩍 뛰어 피했다. 높이 쳐든 왼팔 위에 부웅 소리를 내며 선회하고 있는 것이 있다. 지금 몇 자루의 칼을 일격에 분쇄한 것이 그것이었다.

"오옷, 사슬낫!"

"사슬낫이다!"

순간 술렁거리고 허둥거렸지만, 역시 천군만마의 사카자키 일당

이다. 순식간에 팔방에서 모래바람을 일으키며 다시 쇄도하려고 하는 것을 보고 거지는 "에홋!" 하는 기묘한 소리를 질렀다. 고개를 끄덕인 수건 속의 얼굴에서 옳거니, 하고 말하고 싶기라도 한 듯 또 이가 희게 빛난 것 같았다. 동시에 끼익— 하고 대기를 태우며 사슬이 휘둘러졌다.

"우욱!"

"끄윽!"

도와 창의 상처로는 이렇게 무시무시한 비명은 일지 않는다. 쇳덩어리가 날뛸 때마다 무사들의 머리는 그대로 한 덩어리의 핏덩어리로 변했다. 달걀 껍질처럼 깨진 두개골 속에서 안구가 튀어나오고, 달빛에 진흙처럼 뇌수가 뿜어져 올랐다. 그것은 단순히 원심력으로 동일한 크기의 원을 그리는 무기가 아니었다. 추는 마치 그것 자체에 생명이 있는 독수리의 발톱처럼 자유자재로 꿈틀거리며 날갯짓을 했다. 뿐만 아니라 그 살육과는 전혀 상관없어 보이는 위치에서 거지가 휘두르는 커다란 낫 아래에 셋, 넷, 수박처럼 머리가 대지에 베여 떨어지고 있었다.

도망치라고 말한 사람은 없다. 누가 제일 먼저 등을 보였는지도 알 수 없다. 이성도 감정도 피의 회오리바람에 휘말려, 살아남은 사카자키 일당은 구르듯이 도망치고 있었다. 그중에 데와 태수의 모습이 있었던 것은 그나마 다행스러운 일이다.

거지는 피투성이 낫을 핥고는 밧줄 띠 뒤에 꽂았다. 사슬은 어딘가로 끌어당겨졌다. 과연 커다랗게 솟아오른 가슴이 또렷하게 유방을 밀어 올려 비로소 그것이 여자라는 것을 안 요시다 슈리노스케 일행은, 마치 몽마라도 보듯이 숨을 삼키고 있었다.

여자 거지는 가마의 봉 밑에 어깨를 넣었다. 가마꾼은 물론 어디론가 도망쳤다. 그녀가 그대로 일어서자, 가마는 수평하게 허공에 떴다. 그리고 순식간에 그녀는 센히메를 태운 가마를 혼자서 짊어지고 그대로 질풍처럼 에도 거리를 달리기 시작했다.

처음 그녀가 나타나고 나서 이때까지, 아마 5분도 지나지 않았을 것이다. 설령 그 이상의 여유가 있었다 해도 모두 온몸이 묶인 것처럼 꼼짝도 하지 못했을 것이 틀림없다.

순식간에 달빛에 흐려져 사라져 간 그 그림자를, 그러나 간신히 쫓기 시작한 세 개의 그림자가 있었다. 세 명의 여자 닌자였다.

잠시 후, 요시다 슈리노스케는 제정신으로 돌아왔다.

센히메 님이 수상한 자에게 납치되었다! 이 큰일이 그제야 가슴에 커다란 종처럼 울리기 시작했지만, 그 수상한 자를 쫓을 기력은 완전히 사라지고 없었다. 거의 백치 상태가 되어 저택으로 돌아가는 노인을 따라 호위 무사와 시녀들도 비틀비틀 문 안으로 들어갔지만, 그런 그들을 더욱 깜짝 놀라게 하는 광경이 그곳에서 기다리고 있었다.

문 안에는 십여 명의 검은 옷을 입은 자들이 쓰러져 있었다. 아까 난입한 사카자키가의 오치아이 간신과 그의 부하들이다. 몽유병자 같은 슈리노스케의 발이 그중 한 사람을 가볍게 찼다. 순간, 그 남자가 갑자기 기괴한 고함 소리를 지른 것이다.

"응애."

분명히 그렇게 들렸다. 갓난아기와 꼭 닮은 울음소리였다.

그 목소리에 긴 잠에서 깨어난 것처럼 차례차례 남자들은 "응애" "응애" 하고 울음소리를 내며 거북 새끼처럼 팔다리를 움직이기 시작했다. 그때까지 머리를 가슴에 박고 팔다리를 굳게 움츠린 기묘한 자세 때문에 대체 어떻게 된 일인가 하며 살펴본 사람들도 그 생사를 확인할 여유가 없었으나, 그들은 모두 살아 있었다. ——아니, 지금 처음으로 생명의 울음소리를 내었다고밖에 생각되지 않았다. 그리고 그 강건한 남자들은 응애, 응애, 하고 울면서 굵은 손가락을 입에 넣고 미친 듯이 쫍쫍 그것을 빨기 시작했다.

——이것은 나중의 이야기지만 그들의 지능, 운동 기능이 완전히 회복되기까지는 약 열흘이 걸렸다. 그동안 그들은 기어다니고, 아장아장 걷고, 백발의 간신옹까지도 천진한 짧은 말 몇 마디를 하는 며칠을 보냈던 것이다. 그리고 간신히 이전의 기억이 되살아나게 되었어도 센히메 저택에 난입한 순간 이후의 기억은 완전히 사라지고 없었다. 따라서 그들이 그곳에서 어떤 마법에 걸렸는지는, 다른 사람들은 물론이고 그들 자신에게도 완전히 오리무중이라고 할 수 있었다. 다만——그들은 그 안개 속에 다른 사람에게는 물론이고 자기 자신에게도 설명할 수 없는, 마치 해저에 잠들어 있었던 것 같은 공포와 편안함의 막연한 추억의 흔적을 느꼈다.

3

별도 불어 떨어뜨릴 듯한 소리를 내며 잡목림을 건너간 것은 한 줄기의 태풍이라고밖에 생각되지 않았지만, 그것은 분명히 검은 그림자였다. 짐승도 아니지만 사람으로도 보이지 않는다. 한 대의 가마를 짊어지고 표표히 허공을 날아가는 그림자는, 보름달에 공물을 바치러 가는 무사시노의 지령(地靈)으로밖에 보이지 않았다.

그 달에 은색 파도를 부수고 있는 커다란 강이 보이기 시작했다. 다마가와강이다.

"영차."

처음으로 인간의 목소리를 내며, 여자 거지는 그 기슭에 가마를 내려놓았다. 머리에서 턱까지를 덮고 있던 수건을 벗어 그 수건으로 가슴의 땀을 닦고는, 무릎을 꿇고 가마 쪽에 손을 짚었다.

"센히메 님."

달빛이 가마에 비쳐들어, 실신한 듯 축 늘어져 눈을 감고 있는 센히메의 얼굴을 비추었다.

"오랜만에 뵙습니다, 오사카 이후 처음이지요."

정신을 잃고 있지는 않았던 모양이다. 오사카 이후라는 말을 듣고, 센히메는 눈을 떴다. 앗 하고 생각하는 표정이다.

"잊으셨습니까. 궁내성 쇼유 조소카베의 안사람입니다."

설령 오사카성에서 손꼽히는 맹장 조소카베 모리치카의 아내가 아니라 해도, 이 정도의 이채를 띠는 커다란 여자를 잊을 수는 없을 것이다.

"오오, 그대는."

하고 센히메는 불렀다.

"그대, 살아 있었는가?"

그리움과 기쁨에 가득 찬 목소리였지만 센히메를 응시하는 거지 여자의 눈에는 푸른 냉담함이 흔들리고 있었다.

"예, 아직 살아서 수치를 당하고 있습니다. 당신과 마찬가지로."

센히메는 입을 다물고 날카롭게 여자 거지를 마주 보았다.

"다만 제가 살아 있는 것은 남편 모리치카의 원수를 갚고 싶다는 일념 때문——아가씨는 어떤 바람으로 살아 계시는지요?"

"…………."

"실은 오늘 고시가야의 매사냥에서 선대 쇼군님을 노렸다가 실패했습니다. 가까이 가는 것도 쉽지 않습니다. 당신은 매일 선대 쇼군님을 만나실 수 있는 신분, 선대 쇼군 님을 보고 마음에 떠오르는 그늘은 없으십니까. 돌아가신 히데요리 님의 얼굴은 떠오르지 않으십니까."

"…………."

"생각하면 아무것도 모르는 어린 소녀 시절에 오사카의 성에 시집을 오신 분이니 가엾다면 가엾기는 합니다. 하지만 그렇다고 보기 좋게 도요토미가를 속인 선대 쇼군의 속임수의 도구가 되어 마지막에는 불길 속에 히데요리 님을 버려 죽게 하시고, 뻔뻔스럽게 간토로 도망쳐 돌아오신 분, 한때는 주인으로 모신 분인 만큼 밉고

분한 분이십니다, 센히메 님."

분노에 몸부림치는 거구는 보기에도 무서웠지만, 센히메는 이미 눈도 깜박이지 않고 물끄러미 조소카베의 아내를 바라보고 있었다. 그 눈은 차가운 긍지로 가득 차 있었다. 센히메는 채찍질하는 말에 변명하려고도 하지 않고 조용히 물었다.

"그래서, 어찌할 생각으로 나를 이리 데려온 것인가."

"고시가야에서 선대 쇼군을 죽이지 못한 것은 제가 실수한 탓만이 아니라, 전부터 걱정하고 있던 것이 있었기 때문이기도 합니다. 그저 선대 쇼군을 죽이기만 해서는 이 가슴이 낫지 않는다. 그래, 그 센히메 님을 납치해 인질로 삼아 괴롭히고, 선대 쇼군 님께 보여주어 서서히 지옥의 고통을 맛보게 할까 하고――하지만 지금 이렇게 당신의 얼굴을 보니, 그런 느긋한 짓을 하고 있는 것도 참을 수가 없습니다. 차라리 당신의 머리를 이 사슬에 달고, 다시 한번 선대 쇼군의 매사냥터 거처로 곧장 되돌아가고 싶을 정도입니다."

떨리는 손에는 무의식적으로 끌어낸 사슬낫의 사슬이 철컹철컹 울리고 있었다. 센히메는 다시 눈을 감고 차갑게,

"그리 생각한다면 그리하는 편이 좋겠지. 목을 베게."

하고 말했다. 자신의 말과 상대의 오만한 이 태도에 조소카베의 아내는 격정의 불꽃에 휩싸인 듯,

"그렇다면 각오하십시오."

하고 달에 거대한 은색 비늘처럼 커다란 낫을 쳐들었다. ――그 커다란 낫에, 하얀 날개가 재빨리 날아왔다. 올려다본 거지 여자는

깜짝 놀랐다. 사슬에 딱 달라붙어 있는 것은 한 장의 얇은 옷이었다.

"기다리십시오."

"마루바시 님."

달에 흐릿하게 보이는 풀의 파도 속에서 그렇게 외치는 목소리가 들리는가 싶더니, 이어서 세 장의 얇은 옷이 흘러오듯이 세 개의 그림자가 달려왔다. 그것이 모두 여자인 것을 깨닫고, 살기에 불타던 조소카베의 아내 역시 낫을 허공에 든 채 크게 뜬 눈으로 맞이했다.

"네놈들은 뭐냐."

세 여자는 그 앞에 서서 허리를 굽혔다.

"마루바시 님――당신은 모르시겠지만 저희는 알고 있습니다. 지금은 센히메 님을 모시고 있지만, 전에는 사나다가에서 고용살이를 하던――."

"뭣이, 사나다 님의?"

마루바시는 커다란 낫의 천을 벗겨내고 앞으로 나섰다.

"아무리 여자라 해도, 사나다 님의 녹을 받던 자가 어찌 센히메 님께 지금 고용살이를 하고 있는 것이냐. 너희들도 도요토미가를 배신한 게냐. 거기서 움직이지 마라, 셋 다 나란히 그 가느다란 목을 베어주마."

"베실 겁니까."

하며 오마유가 씩 미소를 지었다.

"다만 저희에게서 흐르는 피는 도요토미가의 피라고 생각하셔야 할 것입니다."

"뭐라고?"

"저희 세 사람의 배에는 히데요리 님의 씨가 계십니다."

마루바시는 멍하니 세 여자를 지켜보았다. 세 여자의 배가 봉긋하게 솟아 있는 것은 분명히 보았으나 당장은 그 말을 믿기 어렵다는 듯이,

"함부로 말하지 마라."

"마루바시 님, 만일 센히메 님이 도요토미가의 적이라면, 어째서 사나다의 녹을 받던 여자를 곁에서 가까이 부리고 계시는 것일까요."

"아까 다케바시문의 저택에 찾아간 무사들이, 센히메 님이 큰 죄를 지으셨다, 세상의 어떤 일보다도 무서운 도쿠가와가의 중요한 일이 있다고 말한 것을 듣지 못하셨습니까."

"그들은 히데요리 님의 씨를 배고 있는 저희를 지금까지 몰래 저택에 숨겨주고 계셨다는 것을 알고 몰려온 자들입니다."

세 여자는 번갈아 말했다. 오히려 침통한 그 태도에, 마루바시는 점차 동요하기 시작했다. 이윽고 "그 사정을 들어보자" 하고 말했다.

세 여자 닌자는 오사카성 함락 전후의 전말을 이야기했다. 사나다 사에몬노스케가 단순히 희대의 위대한 군사(君師)일 뿐만 아니라 어딘가 인간 같지 않은 요이(妖異)한 분위기를 가진 사람이라는 것을 알고 있던 마루바시에게는, 그녀들의 말이 황당무계한 것으로 여겨지지 않았다. 어느새 마루바시는 풀에 무릎을 꿇고 있었다.

"——지금 선대 쇼군을 죽인다 해도 즉시 도쿠가와의 천하가 뒤

집힐 거라고는 생각되지 않고, 또 선대 쇼군도 일흔다섯의 나이, 어쨌거나 남은 수명이 길 것으로는 여겨지지 않는다. 오히려 선대 쇼군을 치는 것보다 철저하게 멸망시켰다고 생각하고 있던 도요토미가의 피를 아기에게 되살아나게 해 선대 쇼군에게 똑똑히 보여주고, 선대 쇼군에게 미래영겁의 고통을 안겨준 채 이 세상을 떠나게 하는 편이 진정한 보복이 될 것이다. ——센히메 님의 생각은 이렇습니다. 아, 마루바시 님, 손을 드십시오."

하고 오유이는 당황하여 불렀다. 마루바시는 땅바닥에 두 팔을 짚고 있었다.

"제가 인사를 드리는 것은 그대가 아닙니다. 이 배 속의 히데요리 님의 씨를 향해서이지요. 아니요, 인사를 드리는 것은 저만이 아닙니다. 이 배 속의 모리치카의 아이가 인사를 올리는 것입니다."

센히메와 세 여자는 그제야 마루바시의 복부도 크게 부풀어 있는 것을 깨달았다. 마루바시는 배를 어루만지며 웃었다.

"이 아기가 태어나면 작은 주군님께 충절을 다할 것입니다."

그녀는 센히메 곁으로 앉은걸음으로 다가왔다.

"아가씨, 모르고 한 일이라고는 하나, 당치도 않은 잘못을 저질렀습니다. 부디 용서해주십시오. ……자, 다시 저택으로 모셔다드리지요."

"아니."

하고 센히메는 고개를 저었다.

"나는 이제 그 저택으로는 돌아가지 않을 것이네. 적은 더욱 초조해지기 시작했어. 그 저택에 있으면 오히려 위험하다고, 아까 이 여자들과 이야기하고 있던 참일세. 생각났네. 마침 좋은 기회야. 이대로 그대들과 함께 이 넓은 무사시노에 숨어 아기들이 태어나는 날을 기다리겠네. 제발, 나 혼자만 떼어놓지 말아주게."

센히메는 몸을 웅크린 네 명의 임부 사이에 서서, 달빛에 바다처럼 빛나며 넘실거리는 들판을 둘러보았다. 그 눈에는 오랜만에 소녀 같은 낭만적인 미소가 빛나고 있다. 분명히 풀과 물과 언덕과 숲과, 끝도 없이 펼쳐진 무사시노가 자아내는 꿈에 취한 것이다.

——하지만 이 나라의 흙이 이어지는 한 선대 쇼군의 눈이 닿지 않는 곳은 없다는 것은, 아까 센히메 자신이 한 말이 아니었던가. 하물며 그녀들을 쫓는 적 중에는 초인적인 이가의 닌자도 포함되어 있다. 과연 황야의 환법전(幻法戰)에서 복중의 아기를 지켜내고 승리의 울음소리를 내게 할 수 있을는지.

4

고시가야의 매사냥터에 있는 병영 중 하나에 잠들어 있던 시치토스테베에는 갑자기 스르륵 일어났다. 주위에는 아무것도 알아채지 못한 구로쿠와모노들이 낮 동안의 매사냥에 지칠 대로 지쳐 잠들어 있다.

"하야토 아닌가."

"스테베에, 큰일일세."

목소리는 에도에 남겨두고 온 쓰즈미 하야토다. 그런데 하야토답지도 않게 숨을 헐떡이고, 게다가 그것을 감추려고도 하지 않았다. 그것은 에도에서 여기까지 매우 빠르게 달려온 탓만은 아니고, 쉽지 않은 마음의 헐떡임을 그대로 보여주고 있었다.

"센히메 님이 납치되었어."

"뭐라고? 센히메를 납치하는 것은 자네 역할이 아니었나."

"그 얘기 하지 말게, 나도 참 실수를 했어. 아니, 실수는 센히메 님을 납치하지 못한 것이 아닐세. 납치하지 못해 포기하고 한발 먼저 물러난 것일세."

하야토는 이야기했다. 센히메의 유괴에 실패한 것은 사카자키 일당이 뛰어들어온 탓이지만, 그것 때문에 풀이 죽어 저택을 떠난 후에 센히메가 정체를 알 수 없는 괴물에게 끌려갔다는 것을.

"어쩐지 예감이 이상해서 되돌아갔을 때는 늦었네. 납치된 아가씨를 쫓아, 그 여자들도 어디론가 사라졌다고 하네. 그런데 아가씨를 가마째 납치해간 괴물의 정체를 알 수가 없어. 저택 사람에게 물으니 덩치 큰 거지 여자라고 하는데."

"뭣이, 커다란 거지 여자?"

스테베에는 숨을 삼켰다.

"그, 그건 내가 알고 있네. 조소카베 모리치카의 과부야."

그는 멍하니 어둠 속에서 하야토의 얼굴을 보며 말했다.

"실은 어제 낮에 그 여자와 싸웠는데, 어지간한 나도 꼬리를 말았네. 면목이 없어 얼굴도 내밀지 못하고 이곳에 가만히 틀어박혀 내일의 핑계를 걱정하고 있던 참인데, 이거 자네도 그렇고 나도 그렇고, 일이 좀 곤란해졌군."

그때, 멀리서 광기처럼 달려오는 편자의 울림이 들렸다. 하야토가 말했다.

"나와 함께 에도를 출발한 말일세. 지금의 일을 급보하는 사자(使者)야."

말이 히힝거리는 소리와 누구냐고 묻는 목소리, 그에 대해 목이 찢어져라 대답하는 목소리가 서로 얽히는가 싶더니 소란스럽게 발소리가 흐트러지며 선대 쇼군의 병영 쪽으로 달려갔다.

스테베에와 하야토는 얼핏 눈을 마주 보고,

"상황을 좀 보지."

하고 말하는 것만큼 곤란하지도 않은 얼굴로 느릿하게 일어섰다. 하야토의 눈에서는 아까의 흥분이 사라지고 타고난 차가운 표정으로 돌아와 있었고, 스테베에는 남의 일 같은 표정을 하고 있었다. 엷게 웃으며 중얼거렸다.

"흠, 그 조소카베의 과부도 커다란 배를 안고 있었네. 아니, 이거 위험한 임부들만 나타나니 선대 쇼군도 마음 놓고 주무실 수 없겠어. 가엾기도 하고, 우습기도 하군."

센히메가 납치되었다는 소식에 이에야스가 의외로 놀라지 않은 것은, 떨리는 목소리로 보고하는 사자 뒤에 어느새 우두커니 앉아 있는 두 명의 이가 사람——그중 쓰즈미 하야토의 모습을 알아채고, 그의 말을 들을 때까지였다. 이에야스는 순조롭게 센히메를 납치한 것은 하야토의 짓인가 하고 생각한 것이다. 그것이 그렇지 않다는 것을 알았을 때, 비로소 이에야스는 깜짝 놀랐다.

"그것은 누구냐."

"어제 매사냥터에서 붙잡았다가 놓아준 그 거지 여자인 것 같사옵니다."

하고 스테베에가 말했다.

"거지 여자——그자가!"

"그자가 조소카베 모리치카의 마누라입니다."

이에야스의 얼굴은 창백함을 넘어 어두운 회색으로 변했다. 숨까지 멈춘 것처럼 몇분간 침묵하고 있었지만, 이윽고 신음하는 목소리는 격정 때문에 오히려 침울하기까지 했다.

"네놈은 그것을 알면서도 왜 눈감아 주었느냐."

"안 것은 그 후이옵니다. ……그때, 오후쿠 님이 그것을 알려주시기만 했다면 처음부터 방면하는 일은 없었을 것입니다."

스테베에는 턱짓을 했다. 이에야스는 돌아보았다. 소동을 듣고, 거기에 오후쿠도 나타난 참이었다. 스테베에는 자신이 책망을 듣기 전에 오후쿠에게 책임을 떠넘길 속셈이었다.

"오후쿠."

하고 이에야스는 중얼거렸다. 그는 오후쿠가 조소카베와 인척이라는 것을 떠올린 것이다.

"너는 그 거지 여자의 정체를 알고 있었느냐."

"예."

하고 오후쿠는 주눅이 들지도 않고 고개를 끄덕였다. 궁지에 빠질수록 냉정해지고, 기분 나쁠 정도로 침착함을 보이는 것이 이 여자의 특징이다.

"위험한 참이었습니다. 그자는 여자이지만 힘이 세기 이를 데 없는 데다, 사슬낫의 달인입니다. 신불에 맹세코, 그자가 살아 있다는 것은 어제까지 몰랐습니다. 그자가 선대 쇼군 님 앞에 끌려 나와 천재일우의 좋은 기회를 잡았다고 해야 할지, 자포자기라고 해야 할지, 일촉즉발의 흉악한 생각이 눈 속에 번득이는 것을 보았습니다. 그것을 피한 것은 제 필사적인 지혜이옵니다. 그래서 그자가 떠나고 나서 그자를 반드시 죽이라고 이 스테베에에게 명령해두었습니다만."

오후쿠는 멋지게 튕겨냈다. 그녀는 날카롭게 스테베에를 바라보며 말했다.

"그 여자가 아직 살아 있고 센히메 님을 납치했다면, 그대가 죽이지 못한 게로군."

"바, 발칙한 놈!"

하고 이에야스는 신음했다. 스테베에를 꾸짖은 것인지, 오후쿠를 탓한 것인지, 수상한 자를 욕한 것인지 알 수 없다. 아마 세 사람에 대해서일 것이다. 그는 센히메를 덮친 운명을 생각하고 양손을 비틀어댔다.

"그놈은 무슨 생각으로 오센을 납치해갔을까? 벌써 죽였을지도 모른다…… 오오, 오센을 놈의 손에 죽게 해서는 안 된다!"

경우에 따라서는 센히메도 죽이라고 명령한 주제에 모순된 말이지만, 이에야스의 진실한 심리이기도 했다.

"아니, 아가씨는 무사히 살아 계실 것이옵니다. 그 여자 닌자들도 아가씨를 쫓아 모습을 감추었다고 하니, 놈들이 사나다가 사람인 것을 알고 센히메 님이 마음 깊은 곳까지 선대 쇼군님을 원망하고 있다는 것을 알면, 모리치카의 마누라는 아가씨께 손을 대지 않을 것입니다. 그러면 저희들이."

하고 쓰즈미 하야토가 말했다. 빈틈없이, 뻔뻔스럽게, 자신들의 존재 가치를 더욱 미래로 연결하려고 하는 것에,

"한조를 불러라, 핫토리 한조는 게 있느냐."

하고 이에야스는 일어서며 새된 목소리로 불렀다. 그러고 나서 두 닌자를 무서운 눈으로 노려보며,

"이삼 일 안에 반드시 세 마리의 암여우를 죽이든가, 오센을 이곳으로 데려오겠다고 큰소리를 친 것은 누구냐. 그걸 들어주는 바람에 이 꼴이 된 것이 아니냐. 네놈들의 말은 이제 듣지 않겠다. 네놈들에게 더 이상 볼일은 없다!"

하고 질타했다. 그리고 당황한 얼굴로 나타난 핫토리 한조에게,

"한조, 어제 그 거지 여자가 오센을 납치해 어디론가 도망쳤다고 한다. 그자, 조소카베의 아내라는군. 오센을 죽였는지, 모반의 동료

로 끌어들였는지 모르겠지만 어느 쪽이든 설마 에도에 있지는 않겠지. 아마 아직 먼 곳으로는 가지 않고 이 무사시노를 어슬렁거리고 있을 것이 틀림없다. 구로쿠와의 사람들을 뽑아, 즉각 풀뿌리까지 뒤져 찾아내라."

하고 명령하고 나서, 다시 한번 두 닌자에게 분노의 눈을 향했다.

"잠깐, 한조, 네가 추천한 이 도움 안 되는 것들은 오히려 중요한 시간을 헛되이 쓰게 했다. 네 죄는 죽어 마땅하지만, 오센과 여자들을 붙잡는다면 용서하마. 다만 그전에 이자들을 죽이고 가거라."

한조는 일어섰다. 동시에 두 명의 닌자도 일어섰다.

"그건 사양하자고, 스테베에."

"음, 여기에서 죽기는 아깝지, 애석하게 쓰바가쿠레의 정예를."

자신들의 이야기를 하고 있는 것이다. 태연하게 이에야스 쪽을 보고 있는 대담한 웃는 얼굴에, 이에야스는 분노했다. 그는 저도 모르게 그들의 요술도 잊고 말했다.

"베어라, 한조."

"주군의 뜻이다. 얌전히 따르라."

내심의 곤혹을 누르며 필사적으로 바싹 다가서는 한조에게, 두 사람은 태연하게 웃었다.

"핫토리 님, 실례지만 구로쿠와모노의 솜씨로는 그 여자들을 붙잡을 수는 없소. 하물며 저희를."

"지금 저희가 여기에서 목이 베이고 싶지는 않은 이유는, 그 여자들을 요리할 수 있는 건 저희를 제외하고는 달리 없다는 것을 믿기 때문입니다. 다시 한번 군이 큰소리를 치지요, 놈들은 반드시 없애겠소! 설령 선대 쇼군 님이 싫다고 하셔도, 이가 쓰바가쿠레 닌자술의 명예에 걸고.”

순간 두 사람의 모습이 사라졌다고밖에 생각되지 않는 신속한 체술이었으나, 뒤쪽으로 발소리도 내지 않고 실로 6, 7미터나 물러난 것이었다.

“기다려라, 하야토, 스테베에.”

광기처럼 쫓아간 핫토리 한조는 병영을 뛰어나간 찰나 앗 하고 우뚝 멈추어 섰다. 이리저리 뒹굴며 피투성이가 되지 않은 것은, 과연 이가 사람들의 두목답다. 그곳의 지면 일대에 흩뿌려진 것은 팔방으로 꼬인 못이 튀어나온 표창이었다. 지금 도망치면서 두 사람이 버린 것이다.

“놓치지 마라, 외박진을 쳐라.”

그러나 이때 한조가 발을 동동 구르며 그렇게 외친 것은 병영 바깥의 초원에 흩어져 있던 수많은 그림자를 부하인 구로쿠와모노들이라고 판단했기 때문이다. 첫 번째 사자의 말발굽 소리에 일제히 눈을 뜨고, 두목인 한조가 선대 쇼군에게 불려간 것을 알고 재빨리 몸단장을 한 후 출동 태세를 만든 것은 뭐라 해도 구로쿠와모노답다.

쓰즈미 하야토와 시치토 스테베에는 멈추어 섰다. 서쪽으로 기운 보름달을 등지고, 구로쿠와모노는 가로로 흩어지더니 양쪽이 돌출되어 급속하게 원형을 그리기 시작했다. 그들의 그림자와 그림자의 간격은 5미터나 떨어져 보였지만, 그 사이를 빠져나가려고 하면 반드시 풀 속에 매복되어 있는 칼날이 튀어나올 것을 두 사람은 알고 있다. 내부에 침입하는 자를 막는 '내박진'에 대해 외부로의 도주를 방해하는 핫토리 일당의 '외박진'이었다.

"가엾군, 상대가 누구인지 모르는 것도 아닐 텐데."

하며 쓰즈미 하야토는 씩 웃었다. 동시에 칼을 뽑아 들고 물끄러미 대지를 내려다보았다.

달은 지평선으로 가라앉기 시작하고, 풀에 먹을 흘린 듯이 그림자가 접근해왔다. 수십 미터나 뻗은 포위 세력의 그림자다. 그것을 확인하자마자 하야토는 칼날을 땅에 늘어뜨린 채 그 그림자의 끝을 밟으며 달렸다. 마치 칼끝으로 대지에 거대한 반원을 그리듯이.

동시에 무서운 비명이 일고, 먼 원진(圓陣)의 그림자가 일제히 쓰러졌다. 모두 칼을 내던지고 목이며 어깨를 누르고 있다.

"이것은, 남자에게 다니는 백야 수레──."

반원을 다 그리고 나서, 하야토는 황홀하게 중얼거렸다.

쓰러진 구로쿠와모노들이 피 한 방울도 흘리지 않고 상처 하나 없는 것을 깨달은 것은 훨씬 나중의 일이다. 그 순간 그들은 분명히 목을 스치는 칼날, 어깨를 찢는 도신을 감각했던 것이다. 여자의 그림자를 가지고 놀며 실제의 몸을 희롱당한다는 환각을 여자에게 주는 환법 '백야 수레'는, 남자의 그림자를 베어 실체를 베였다는 환각을 남자에게 준다. 물론 여자도 베려고 하면 벨 수 있을 것이다. 찰나에 환각이라고는 생각하지 않고, 분명히 목의 살을 베이고 경동맥을 잘렸다는 작열의 통각, 차가운 쇠와 피보라의 냄새까지 느끼고 몸부림치지 않는 자가 있을까. 그리고 또 그림자를 벤다는 이 무시무시한 습격을 막을 수 있는 방법이 있을까.

외박진은 깨졌다. 한 군데가 깨졌다기보다 원진의 서쪽 절반 전체가 순식간에 분쇄된 것이다.

"핫토리 님, 곧 암여우들의 머리를 선물로 들고 돌아와 뵙겠다고 선대 쇼군께 전해주시오."

목소리는 아득히 멀리, 이미 외박진의 바깥쪽에 있었다.

백야 수레의 환상의 검은 피했지만 풀에 엎드려 기절한 듯한 핫토리 일당이 그 목소리에 멍한 얼굴을 향했을 때, 서쪽 들판 끝자락에 구리 대야처럼 붉게 녹슬어 가라앉아 가던 보름달에 두 마리의 박쥐가 날아오른 듯 보이더니 그대로 휙 사라지고 말았다.

5

바람이 들판에 휘잉 소리를 낸다. 가을바람의 소리가 아니라 이미 초겨울의 바람 소리다. 다마가와강에 거꾸로 비치는 숲 그림자는 알몸이고, 그것을 건너는 구름은 벌써 겨울 구름의 차가운 색이었다.

물 기슭에 쪼그리고 앉아 있던 농사꾼 여자가 일어섰다. 갓 씻은

쌀을 넣은 소쿠리를 옆구리에 안고 걷기 시작한다. 아침의 대기에 하얀 숨을 내쉬고 크게 부푼 배도 무거워 보이지만, 얼굴은 장미처럼 생생하다. 이렇게 무거운 몸이 되고 농사꾼 여자의 모습이 되어도 아직 화려함을 잃지 않은 오요였다.

어디로 가는 것인지 의외로 빠른 걸음으로 걸어가는 들판은 고요하고 허무할 뿐인 빛에 가득 차, 사람은 고사하고 생물의 기척조차 없었다. 그런데도 그녀는 문득 걸음을 멈추었다.

그녀의 그림자는 길게 서쪽으로 뻗어 있었다. 그 그림자가 닿는 곳에 한 그루의 커다란 삼나무가 있었다. 그녀는 물끄러미 그것을 올려다보았다.

"들킨 것 같군, 스테베에."

"과연. 놓치지 말게, 하야토."

그런 목소리가 삼나무 가지 속에서 들렸을 때, 오요는 소쿠리를 던지고 새처럼 몸을 돌리려고 했다. 허공에 하얀 쌀이 확 흩어진 가운데, 그러나 그녀는 못박힌 듯 움직이지 않게 되었다. 소쿠리를 던진 왼손이 그대로 공중에 정지하고, 그녀는 고통스러운 표정이 되었다. 오른손이 움직여 띠 사이의 단도를 뽑아 던지려고 했다. 그 오른손도 허공에 딱 달라붙고 말았다. 오요는 십자가처럼 벌린 양팔의 손등에 마치 꿰뚫린 것 같은 아픔을 느꼈다. 손바닥을 찌르는 그 무엇도 없는데도.

어지간한 그녀도 지상에 뻗은 자신의 그림자의 팔을 삼나무 위에서 던져진 두 개의 표창이 꿰뚫은 것인 줄은 몰랐다.

"좋군."

공중의 목소리와 함께 두 개의 그림자가 삼나무에서 펄럭이며 떨어져 내렸다. 쓰즈미 하야토는 그렇다 치고, 씨름꾼처럼 덩치가 큰 시치토 스테베에가 고양이처럼 발소리도 내지 않는다. ――두 사람은 천천히 다가왔다.

"아하, 이런 곳에 있었나."

"구로쿠와의 멍청이들, 오늘도 고시가야 부근의 수풀을 콧물을 흘리며 찾아다니고 있겠지."

"그런데 이놈들의 소굴은 어디일까."

두 사람은 오요 앞에 섰다. 눈에 보이지 않는 형틀을 짊어진 듯한 여자의 고통스러운 표정을, 마치 요사스러운 꽃이라도 감상하듯이 엷은 웃음을 띠면서 들여다보던 두 사람의 눈이 점차 탁한 빛을 띠기 시작했다.

"사나다의 여자 닌자, 센히메 님은 어디에 있나."

"조소카베의 과부는 어디에 있나?"

이 상황에, 오요는 웃었다. 웃었을 뿐, 대답은 없다.

"이봐, 입으로 말하지 않는다면 몸으로 묻겠다."

"이것으로 쓰바가쿠레의 닌자술이 어떤 것인지 알았겠지. 지금까지 살려둔 것은 선대 쇼군 님이 센히메 님을 이상하게 조심스러워하셔서 우리의 닌자술에도 억지로 재갈을 채우셨기 때문이다."

"더 이상 용서는 없다. 말해."

하고 스테베에는 고함쳤지만, 갑자기 씩 웃으며 입술을 혀로 핥더니 말했다.

"배는 이렇지만 하야토, 미녀로군. 자네는 일전에 센히메 님의 저택에서 실컷 좋은 일을 했다면서. 이자는 나한테 양보하게."

하야토는 쓴웃음을 지었다.

"들을 것을 듣고 나서 하게."

"뭐, 여자한테 듣고 싶은 것을 말하게 하는 건 우선 이쪽이 하는 말을 듣게 하고 나서일세. 우선 두 사람이 꼼짝도 못 하는 모습을 구경하게."

그렇게 말하더니 스테베에는 쑥 내민 자신의 배를 부푼 오요의 배에 밀어붙였다. 스테베에의 몸이 모든 면에서 거대한 것을 알고 있는 쓰즈미 하야토도 이윽고 그곳에 펼쳐진 광경에는 저도 모르게 혀를 내두르고 눈을 감으며, 그저 살 소리만 듣고 있었다.

공중에 매달린 채 범해지는 오요의 표정에 찢어지는 듯한 고통과 꿰뚫는 듯한 쾌감의 파문이 교차하고, 젖혀진 목에서 마침내 참지 못한 비명이 넘쳤다. 동시에 스테베에의 목에서도 형용하기 어려운 경악의 신음이 새어 나왔다.

"하야토, 놓아주게."

하야토는 눈을 떴다. 스테베에와 오요가 서 있는 다리 사이에 피가 섞인 젖 같은 것이 넘쳐흘러 떨어지고 있었다. 그러나 두 사람의 몸은 떨어지지 않는다.

시치토 스테베에는 자신의 체액을 모조리 빨리는 감각과 함께, 자신을 묶는 무시무시한 살의 고리를 느꼈다. "스테베에, 자네의 육초

(肉鞘)는 어찌 되었나?" 하는 하야토의 당황한 목소리를 들은 것은 반쯤 정신이 멀어지고 나서였다.

진흙에서 발을 뽑아내는 듯한 기합 소리와 함께, 두 사람의 몸은 떨어졌다. 스테베에는 독하게도 자신의 닌자술을 되찾았다. 피부를 내주고 그의 살은 가까스로 피한 것이다.

마른 잎에 여전히 정혈(精血)은 뚝뚝 떨어지고 있었지만, 이윽고 그것은 느려지다가 멈추었다. 아마 시치토(七斗)라는 이름에 걸맞게 하룻밤에 백 명의 여자를 다루기에 충분한 초인적인 정혈의 양의 소유자가 아니었다면, 스테베에는 한냐지 후하쿠와 같은 전철을 밟았을 것이 틀림없다.

그래도 실제의 스테베에까지 거대한 해파리처럼 반투명해진 것 같은 것에, "스테베에, 괜찮나?" 하고 고함치며 달려오려고 한 쓰즈미 하야토는, 문득 여자를 바라보고 하늘을 올려다보며 "큰일났군" 하고 신음했다.

오요의 손이 움직였다. 태양은 구름으로 들어가고 그림자는 사라졌다. 그러나 두 명의 이가 닌자를 응시한 채, 오요가 움직인 단도는 자기 자신의 목을 찔렀다.

죽음으로 자신의 입을 막기 위해서라기보다 혼신의 '관 말리기'와 '천녀패'의 닌자술을 펼쳤는데도 상대를 놓친 절망이 그렇게 하게 만든 것이다.

구름의 그늘이 황야에 엎어진 여자 닌자의 모습을 검은 비단으로 덮었다.

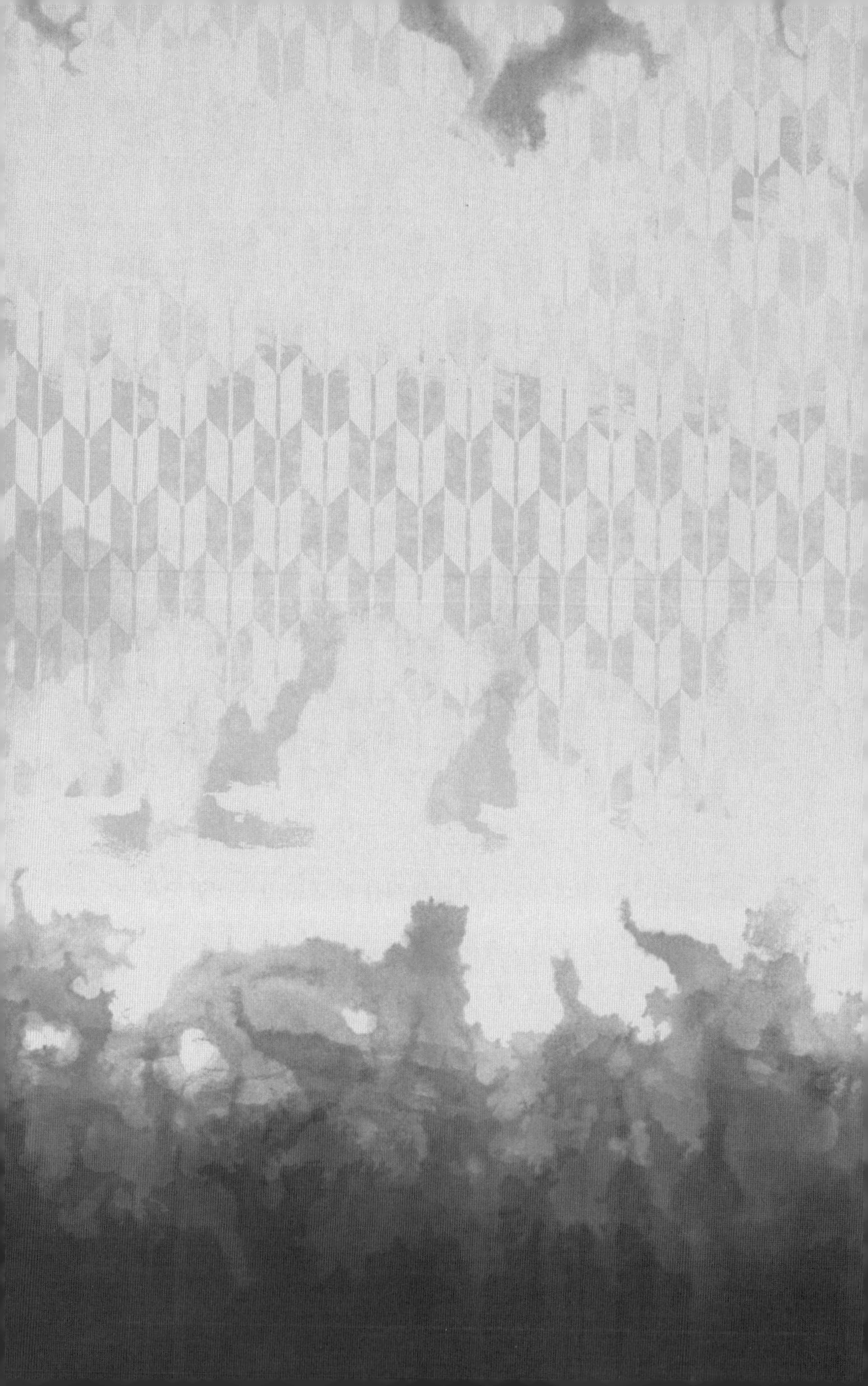

닌자술 '인조(人鳥) 끈끈이'

1

──맑고 투명한 겨울의 대기다. 태양은 구름을 벗어났다. 들판은 다시 백일하에 마른 풀 한 줄기 한 줄기까지 선명하게 떠올랐지만, 그것은 조금도 움직이지 않았다. 황야 전체가 얼어붙은 것처럼 반짝이고, 그리고 정지해 있었다.

풀에 엎어진 오요는 물론이고, 이를 고요히 내려다보고 있는 두 명의 닌자도 죽은 사람처럼 움직이지 않는다. 잠시 후, 목소리만이 들렸다.

"위험할 뻔했네."

"후하쿠의 숨통이 끊어진 것은 이것이었나."

"스테베에가 아니었다면 나도 당했겠군."

하고 쓰즈미 하야토는 전율하다가 이윽고 도를 뽑아 들고,

"우선 목을 베세."

하며 오요의 시체 옆으로 걸어갔다. 핫토리 한조에게 약속한 선대 쇼군에게 줄 선물이다.

"잠깐, 하야토."

하고 시치토 스테베에가 불렀다. 그는 멍하니 서서 거대한 남근을 드러낸 채였다. 그것을 가리려고도 하지 않고,

"모처럼 저기에 내 가축이 있네. 더 이상 피가 섞이기 전에──굳기 전에 발라두세."

"흠."

하며 쓰즈미 하야토는 마른 풀 위에 고여 있는 엄청난 풀 같은 것을 내려다보았다. 아까 스테베에가 흘린 정액이다. 그것은 대기에 닿아 급속하게 마르면서, 마치 민달팽이가 기어간 자국처럼 은색 빛을 내뿜고 있었다.

시치토 스테베에가 그것을 손바닥으로 떠 올려 자신의 남근에 바르는 것을, 하야토는 웃지도 않고 바라보고 있었다. 그것을 할 수 있는 것은 본인인 스테베에뿐이다. 하야토는 이 남자의 정액이 바람에 닿자마자 순식간에 아교처럼 끈끈해지고, 그것을 밟은 말의 발굽조차 꼼짝 못 하게 할 정도의 것이 된다는 것을 알고 있다.

지난날, 스테베에는 마루바시의 사슬낫의 사슬에 감긴 팔을 피부를 내주고 멋지게 뽑아냈다. 또한 지금 오요의 '천녀패'의 포로가 된 남근을, 이 또한 피부를 내주고 피해냈다. 피부로 보였지만 피부가 아니었던 것이다. 그것은 끊임없이 온몸에 바른 그의 정액이었다. 보통 인간의 정액 중 고형 성분은 10퍼센트도 되지 않지만, 그의 정액에는 엄청난 교착력을 가진 점소(粘素)가 극히 대량으로 포함되어 있는 것으로 보인다. 액체일 때는 이상하게 끈끈할 뿐이지만, 그것이 마르면 피부라고는 말할 수 없는 무두질한 가죽 같은 강인함을 갖추게 되는 것이다. 스테베에의 닌자술 '육초(肉鞘)'란 이것이고, 그가 지금 '내 가죽'이라고 부른 이유가 이것이었다.

"되었나."

스테베에가 새로운 피부로 박리의 흔적을 메우고, 옷차림을 다 정돈한 것을 보고 하야토가 다시 오요 곁에 쪼그려 앉았을 때,

"이봐, 잠깐 기다리게."

하고 스테베에가 또 불렀다. 동시에 그 커다란 몸을 스윽 하고 풀의 그늘에 숙인다. 대답보다 먼저 하야토도 몸을 엎드리면서,

"왜 그러나."

"놈이 온다. ——그 거지 여자일세."

"오, 조소카베의 마누라. ——일전에, 어지간한 자네가 간신히 목숨을 건진 한가쿠[주1] 말인가."

하야토는 씩 웃었다.

"이번에는 나한테 맡기게. '백야 수레'로 지옥에 실어다 주지."

"아니, 저자는 서쪽에서 오고 있네. 해는 동쪽에 있어. 아무리 자네라도 그림자가 보이지 않으면 백야 수레는 굴릴 수 없겠지. ——아, 저자가 멈추어 섰네. 눈치챘나?"

풀 속을 서둘러 걸어오던 거지 차림의 커다란 여자——마루바시는 문득 걸음을 멈추고 주위를 둘러보았다.

"오요."

하고 부른다. 딱히 눈치챈 것 같지도 않다. 다만 쌀을 씻으러 왔을 터인 오요가 아무리 기다려도 돌아오지 않아, 혼자서 상황을 보러 나온 것으로 보인다. 하야토가 속삭였다.

"스테베에, 잠시 이곳을 벗어나세. 이쪽이 서쪽으로 돌아가는 거야."

주1) 板額(한가쿠), 가마쿠라 시대에 살았던 여성의 이름. 에치고 지방의 호족 조 스케모리(城資盛)가 막부에 항거하여 병사를 일으켰을 때 스스로 진두에 서서 싸웠을 정도로 용맹한 여성이었다. 체격이 다부지고 못생긴 여자를 조롱하는 말로도 쓰인다.

물론 상대의 그림자를 붙잡기 위해서다. 두 사람은 풀 속을 달렸다. 사지는 마치 물속을 헤엄쳐 가는 듯한 모습이고, 물고기처럼 빠르다. 게다가 그것이 생물이라고도 생각되지 않는 이상함은 빽빽하게 자란 마른 풀이 한 줄기의 살랑거림도 보이지 않는 것이었다.

"오요."

마루바시는 다시 한번 부르며 똑바로 걸어오다가 다시 걸음을 멈추었다. 이번에는 두 번 다시 움직이지 않는다. 시선은 꼼짝도 않고 지상에 떨어져 있다. 오요의 시체를 발견한 것이다. ——우두커니 선 그림자는 5, 6미터나 서쪽으로 뻗어 있었다.

"오요, 그대를 이렇게 만든 것은 누구냐."

쥐어짜 내는 듯한 목소리가 새어 나왔다.

쓰즈미 하야토는 여전히 풀의 살랑거림도 보이지 않으며 바람처럼 그 그림자의 끝으로 다가갔지만, 갑자기 소리도 없이 크게 뒤로 뛰어 피했다. 갑자기 회오리바람이 일어나고 주위 일대의 풀이 나부끼며 엎드린 것이다. 마루바시의 손에서 날려진 사슬낫의 사슬이었다. 그것이 한 번 회전하자 사슬의 길이, 6, 7미터의 반경을 가진 원주 내의 풀은 모두 베어 눕혀졌다.

"…………."

하야토는 펄쩍 뛰어 물러나며 풀 속에서 신음했다.

그가 이렇게 당황하는 모습을 보인 위치는 풀이 베어 눕혀진 범위뿐만 아니라 실로 마루바시로부터 수십 미터나 떨어진 장소였다. 본체에서 6, 7미터의 거리를 가진 사슬은 본체와 그림자에 정비례하여 그만큼의 길이를 가진 사슬의 그림자를 그렸다. 그것은 보통 사람에게는 아무런 위력도 갖지 않는 그림자에 지나지 않지만, 우습게도 하야토는 그 먼 사슬의 그림자의 원주 바깥에서 헛발을 디딘 것이다. 이 무슨 공교로운 일일까, '그림자'를 벤다는 전대미문의 닌자술 '백야 수레'는 그 때문에 자승자박, 아니, 상대의 사슬 때문에 오히려 꼼짝 못 하게 된다는 결과를 초래한 것이었다.

그러나 마루바시는 딱히 하야토의 모습을 발견한 것도 아닌 모양이다. 그 증거로 한 번 선회시킨 사슬을 마치 용수철 장치처럼 소매로 끌어당기고는, 그대로 오요 곁에 웅크려 뭔가 의미를 알 수 없는 절규를 지르며 오열하기 시작했다.

"우후."

풀 속에서 시치토 스테베에가 웃었다.

"눈치챈 것은 아니야. 저 시체를 보면, 저 정도의 경계는 당연하지. 하지만 하야토, 이걸로 내가 저 여자한테 애를 먹은 이유를 알았겠지."

"으음."

"어지간한 백야 수레도 저 여자한테는 효과가 없군. 차라리 내 쪽이 나을지도 모르겠네."

"뭣이. ……좋아, 두고 보게, 저 녀석의 그림자를 훔쳐내 주지."

하며 하야토는 고개를 끄덕였다.

그림자를 훔친다――그것은 전에 그가 오후쿠나 센히메에게 발휘했던 요술이다. 그때 오후쿠의 그림자는 먼 흙담으로 이동하고,

센히메의 그림자는 높은 천장으로 이동했다. ——그러나 그 경우에는 상대에게 그의 본체를 보이거나, 아니면 상대에게 상대 자신의 그림자를 의식하게 하거나 할 필요가 있었다. '그림자와 마음은 하나다'라고 그는 말했다. 분노든 애욕이든, 마음이 움직였을 때 마음은 그림자가 되어 훔칠 수 있고, 또 그림자에 의식을 빼앗겼을 때 그림자는 마음이 되어 훔칠 수 있다. 이것은 소위 말하는 유령을 본다는 인간 심리와 같은 것이리라. 마음의 공포는 유령이라는 그림자가 되어 나타나고, 또 유령을 보았다는 착각은 마음에 비합리적인 공포 감정을 불러일으킨다. 다만 그림자를 있을 수 없는 위치로 훔치는 것은 상대가 절대적인 정신력의 소유자가 아닌 경우에 한한 것은 당연하고, 이것이 과연 마루바시에게 통용될지 어떨지는 의문이었다.

마루바시는 일어섰다. 그녀는 오요의 시체를 등에 짊어지고 있었다.

"그럼, 간다. ——스테베에, 보고 있게."

하고 하야토가 허둥지둥 풀 속에서 모습을 나타내려고 했다.

"잠깐 하야토, 이제 백야 수레까지 갈 것도 없을 테지. 보게, 저자, 사슬로 시체를 짊어지고 있네."

"오, 그렇다면 더 잘되었군. 놓치지 말게, 스테베에."

"아니, 잠시 더 기다리게. 나는 지금 다른 생각이 났어."

"무슨?"

"저 여자를 설령 죽일 수 있다 하더라도 숨통이 끊어지기 전에 센히메 님이 계시는 곳을 흘릴 거라고는 생각되지 않네. 게다가 아직 암여우들은 두 마리가 더 남아 있을 터. ──한 명 한 명 죽이기에는 수고가 너무 들지 않나."

하고 시치토 스테베에는 말했다. 그 말대로다.

"저자가 아직 이쪽을 눈치채지 못한 것이 뜻하지 않은 요행일세. 그보다 저 여자의 뒤를 밟아 놈들의 소굴을 알아내는 편이 영리한 일이야."

2

"……이상해."

처음에 고개를 갸웃거린 것은 쓰즈미 하야토였다.

시체를 짊어진 거지 여자는 다마가와강을 따라 남쪽으로 내려갔다. ──고개를 숙이고 터벅터벅 걷는 발걸음으로 보이지만, 실로 놀라운 속도다. 만일 정확하게 관측했다면 그것이 다마가와강의 수류와 같은 속도라는 것을 깨달았을 것이다──그리고 그 흐름에 사람 그림자도 보이지 않는, 뜸으로 지붕을 씌운 작은 배가 한 척 떠돌며 흘러가고 있는 것도.

그러나 어지간한 닌자도 거기에는 의식이 미치지 않았다. 왜냐하면 그들은 마루바시에게 혼신의 주의력이 집중되어 있었기 때문이다. 그녀의 속도에 맞추어 뒤를 쫓는다. 그것은 대단히 어려운 일은 아니고, 달리 사람다운 사람의 그림자도 보이지 않는 마른 들판에서 상대에게 들키지 않도록 뒤를 쫓는다는 것은 그들에게만 가능한 일이기는 하지만, 그런 만큼 다른 일에 오감이 미치지 않은 것은 어쩔 수 없다.

"왜 그러나, 하야토."

"아까 죽인 여자――그자는 쌀을 씻어 돌아가는 길이었지 않나. 그것은 곧 놈들의 소굴이 그 근처에 있었다는 뜻일세. 큰일났군. 스테베에, 저자, 이쪽을 눈치채고 있네. 그리고 일부러 우리를 따돌리려는 거야."

"설마――저 조소카베의 마누라가 기묘한 사슬낫을 다루고, 힘이 세기로는 비할 자가 없는 여자라는 것은 알고 있지만, 닌자술을 익혔다는 이야기는 듣지 못했네. 저 걸음은 닌자의 보법이 아니야. 닌자가 아닌데, 어떻게 우리의 모습을 눈치챈단 말인가."

라고 말했지만 시치토 스테베에도 약간 자신감에 동요를 일으킨 안색이다. 과연, 듣고 보니 어느새 4킬로 가까이나 쫓아왔다.

그때, 마루바시가 멈추어 섰다. 길가에 부서져 가는 오두막이 한 채 서 있었다. 그을린 기름종이에 '나룻배'라고 쓰여 있다. 태평기[주2)]에서 이름 높은 야구치 나루터[주3)]는 조금 더 남쪽으로 내려간 곳에

주2) 太平記(태평기), 남북조 시대 50여 년간의 전란으로 어지러운 세상을 그린 군담 소설.

주3) 矢口渡(야구치 나루터), 다마가와강 하류인 로쿠고가와(六鄕川)강의 나루터.

있을 테고, 그것은 옛날에 도시마[주4], 에도와 가마쿠라를 잇는 나루터였던 만큼 더 하류에 있는 로쿠고[주5]의 다리가 걸려 있는 지금도 이용하는 사람이 많은 나루터지만, 이것은 아마 근교의 농사꾼 등의 왕래에 사용되는 선착장일 것이다. 겨울이라 지금은 나루터지기도 없는 것이 아닌가 생각되는 황폐한 오두막이었지만, 그 아래에는 두세 척의 배가 서로 묶여 정박되어 있는 것도 보였다.

그 묶여 있는 배 안에 갑자기 한 척의 뜸으로 지붕을 씌운 배가 흘러오는 바람에 처음으로 눈치챘다. 뜸 지붕 아래에서 한 젊은 농사꾼 여자가 일어서며,

"마루바시 님."

하고 소리쳤다.

"오오."

하고 마루바시는 대답하며,

"이제 되었겠지."

하고 가슴에 두른 사슬에 손을 대더니 오요의 시체를 내리기 시작했다. 배에 타고 있던 여자가 예전에 서성의 오오쿠에서 궁중 여관으로 둔갑하여 보기 좋게 탈출한 여자 닌자라는 사실을, 하야토도 스테베에도 깨달았다. 동시에 의식 바깥에 있던 그 작은 배가 자신들과 나란히 강을 흘러 내려오고 있었던 것도 지금에 이르러 또렷하게 뇌리에 되살아나, 자신들이 마루바시를 쫓고 있었던 것이 작은

주4) 豊島(도시마), 무사시 지방 및 도쿄의 일부에 해당하던 옛 지명. 현재도 도쿄에 도시마구로서 이름이 남아 있다.

주5) 六鄕(로쿠고), 현재의 도쿄도 오타구(大田區) 부근의 옛 지명.

배에서 훤히 보였으며, 마루바시에게 모종의 방법으로 그 여자가 신호하여 알린 것이 틀림없다는 사실을 처음으로 깨달은 것이다.

"마루바시 님, 빨리 내려오십시오."

"아니, 오요는 이 꼴이 되었다. 오마유——이대로는 도망칠 수 없어. 도망쳐 왔다는 생각도 없다. 일부러 여기까지 끌어낸 것이야. 여봐라, 선대 쇼군 너구리가 키우고 있는 빌어먹을 족제비 놈들, 모습을 드러내 이리 나오너라."

마루바시가 몸을 돌리며 부를 것까지도 없이, 하야토와 스테베에는 곧장 쇄도하고 있었다. 욕을 먹은 것보다도 지금까지의 자신들의 멍청함에 화가 나서 두 사람의 얼굴은 창백하게 변해 있었지만, 그 코끝을 스치며 옆으로 휘잉 날아간 사슬은 과연 분노한 그들을 공처럼 튕겨냈다.

"여어, 그 얼굴은 요전에 고시가야에서 가죽을 벗고 도망친 괴물이로군. 좋다, 더 이상 그 요술은 용납하지 않을 터. 이 추로 머리통을 부숴주마."

고함침과 동시에 사슬은 반대로 회전하여 쇠구슬이 스테베에의 머리를 노리고 휘둘러졌다.

"그림자——그림자를 훔치게, 하야토."

아슬아슬하게 머리를 움츠리며 스테베에는 비명을 질렀다. 하야토는 얼굴을 틀었다.

"그림자는 강일세."

마루바시는 다마가와강을 등지고 있었다. 태양은 이미 높이 떠 있었지만 여전히 동쪽에 있고, 강은 서쪽에 있었다. 마루바시의 그림자는 그 강에 드리워져 있을 것이 틀림없지만 두 사람의 위치에서는 보이지 않았다.

"저자를 조금 더 이쪽으로 끌어내게. 물러서세, 스테베에."

"아니, 잠깐, 그렇다면."

하며 스테베에는 고개를 끄덕이더니 하야토가 그 무모함에 앗 하고 소리를 질렀을 정도로 아무렇게나 타타타탓 하고 앞으로 달려나갔다. 그 모습을 사슬이 옆으로 후려쳤다. 충분히 사슬이 미치는 범위 내에 있던 스테베에는, 다음 찰나 홀연히 사라졌다. 아니, 사라진 것은 아니다. 스테베에의 거대한 몸은 사슬이 닿기 직전에 대지를 차며 허공을 날고 있었던 것이다.

소리도 없이 얼굴을 덮친 검은 그림자에, 마루바시의 사슬은 번쩍이는 호를 그렸다. 그러나 피보라는 일지 않았다. 거대한 몸이 어찌나 경쾌한지, 시치토 스테베에의 거구는 마루바시의 머리 위를 비스듬히 뛰어넘어 나루터 오두막의 판자 지붕에 서 있었다. 그런 듯하더니 그 주먹에서 지상의 마루바시에게 표창이 휙 날아간다. 동시에 반대쪽의 쓰즈미 하야토의 팔에서도 은빛 표창이 날아갔다.

"앗, 이놈——."

오른쪽으로 왼쪽으로, 가볍게도 이것을 피하고는, 마루바시는 오두막의 그늘로 급히 돌아왔다. 위와 아래, 앞과 뒤에서 포위되어 공격당하는 것을 막기 위해서다.

오두막의 판자벽을 등지고 여자 야차처럼 선 마루바시를 향해 하야토의 표창은 또 날아갔다. 그녀는 그것을 피했다. 아니, 피했다고 생각했다. 그럼에도 불구하고 이때 그녀의 얼굴이 고통으로 일그러졌다. 하야토의 표창은 판자벽에 비친 마루바시의 그림자를 몇 군데에 걸쳐 꿰뚫고 있었던 것이다.

"됐다!"

하야토는 도를 뽑아 곧장 달려들었다. 마루바시를 움직이지 못하게 만들었다고 보았기 때문이다. 그녀가 그 부풀어 오른 배를 아기와 함께 꿰뚫리게 될 것은 틀림없을 것으로 생각되었다.

"……으으랏."

무시무시한 목소리와 함께, 마루바시는 흔들리기 시작했다. 고통으로 온 얼굴을 붉게 물들이면서, 그녀는 몸을 비튼 것이다. ――하야토로서는 불가능하다고 본 일도 그녀에게는 가능했다. 왜냐하면 마루바시는 설령 진짜 육체가 표창에 꿰뚫려도 그것을 뜯어낼 만한 괴력과 기력의 소유자였기 때문이다. 하지만 과연 양손에서 사슬과 낫을 떨어뜨리고, 비튼 몸은 오두막에 쿵 부딪쳤다.

"오오."

하야토는 깜짝 놀라면서도 그것을 보고 다시 쫓아가려고 했지만, 일순 망설임을 보인 것이 실수였다. 마루바시는 부딪치면서 그 판자벽에 주먹을 꽂아 넣었다. 판자에는 두부처럼 구멍이 뚫렸다. 팔이 구석의 기둥에 감겼다. 그리고 순식간에, 마치 지팡이라도 뽑아내듯이 그 기둥을 끌어안아 순간 무기로 바꾸었다.

"…………."

마루바시가 뭐라고 외쳤지만 하야토에게는 들리지 않았다. 자신을 향해 날아온 기둥을 피하면서 하야토도 뭔가 외쳤지만 마루바시에게는 들리지 않았을 것이다. 기둥 하나를 뽑힌 오두막은 무늬목 세공처럼 부서졌기 때문이다. 그래도 무시무시한 음향과 함께 푸른 하늘에 모래 먼지가 피어올랐다.

"스테베에."

이미 그 위치에서 10미터나 날아간 하야토는 절규했다. 오두막 지붕에 서 있었을 시치토 스테베에를 생각했기 때문이다.

3

그 일대를 덮고 있던 누런 모래 먼지가, 이윽고 옅어지기 시작했다. 부러지고 부서진 기둥이며 판자 위에, 스테베에와 마루바시는 두 개의 청동상처럼 마주하고 서 있었다. 빈손은 아니다. 마루바시는 다시 사슬낫을 손에 들고, 스테베에는 어느새 한 장의 장지를 방패로 삼고 있다.

무너진 오두막 안에서 순간적으로 주워 든 것이겠지만, 저 무서운 사슬낫의 맹격에 찢어진 장지가 어느 정도나 도움이 될까. ──하야토는 급히 달려가려고 했다.

"가까이 오지 말게."

하고 스테베에가 신음했다.

하야토는 장지의 그늘에서 스테베에가 거대한 남근을 내밀고 있는 것을 보았다. 거기에서 한 줄기의 희고 탁한 분수가 터져 나왔다. ——갑자기 솨아 하고 장지에 떨어지기 시작한 액체에, 어지간한 마루바시도 당황한 모양이다. 장지를 방패로 삼고 있어 스테베에의 모습은 잘 보이지 않았기 때문에 순식간에 장지를 온통 적신 것이 무엇인지 알 수 없어 "뭐지?"라는 듯 눈을 크게 떴지만, 이 남자들이 예측할 수 없는 요술을 부릴 것은 잘 알고 있고, 게다가 굳이 그것을 두려워하지 않는 마루바시였다.

한 번 밀랍처럼 반투명해져 스테베에의 그림자를 비추었던 그을린 장지가 순식간에 이상한 은색 빛을 내뿜기 시작한 것에 마루바시는 퍼뜩 제정신으로 돌아와,

"어리석은 놈, 그걸로 이 추를 막을 셈이냐."

비웃음과 동시에 장지를 향해 사슬의 추를 내던졌다. 추가 종이를 뚫고 피와 뇌수가 흩어지는 광경을 그녀는 환각했다. 실로 그것은 환각이었다. 다음 찰나, 추는 마치 짐승의 가죽을 내리친 것처럼 튕겨 돌아왔기 때문이다.

"그래. 이걸로 네놈의 흐물흐물한 추를 막을 셈이다."

장지 맞은편에서 높은 웃음소리가 일었다. 찢어진 장지의 구멍으로 눈이 보이고, 이 기괴한 방패를 앞세우며 탁, 탁, 탁——하고 스테베에는 다가오면서 또 웃었다.

"이것은 이가 닌자술, 인조(人鳥) 끈끈이——."

마루바시는 펄쩍 뛰어 물러났다. 두려워한 것이 아니라 어이가 없었던 것이다. 뛰어 물러나며 어쩔 수 없이 공연히 사슬을 옆으로 후려친 것은 경악했기 때문이다. 그래도 보통 같으면 이 사슬은 문살과 함께 장지를 산산이 분쇄할 터였다. 그러나 장지는 부러지지 않고, 사슬은 엄청난 기세로 그것에 얽혀 허공으로 말아 올렸다. 시치토 스테베에는 이미 옆으로 날고 있다.

추와 함께 허공으로 날아오른 장지에서, 마루비시는 사슬을 거두어들였다. 보통 같으면 그 사슬은 거의 피와 신경이 통하는 것처럼 대상으로부터 빠져나와 손으로 튕겨 돌아온다. 그런데 장지를 한 번 감은 사슬은 마치 풀로 붙여진 것처럼 떨어지지 않았다.

스테베에는 처음으로 도를 뽑았다. 이것이야말로 그가 기다리고 있던 기회였다. 그의 온몸을 빈틈없이 바른 '육초'에 통상의 타격은 통하지 않는다. 경우에 따라서는 그것을 벗을 수도 있다. 다만 이 힘이 세기로는 비할 자가 없는 여자의 추만은 달랐다. 또 그 사슬을 쓰는 신기(神技)에 몸의 자유를 잃을까 봐 두려웠다. 만에 하나 목에 감긴다면, 아무리 그라도 가죽을 벗을 수는 없다. 그러나 이제 사슬의 자유를 잃은 것은 마루바시 쪽이었다.

마루바시는 사슬과 낫을 버리고 다시 다른 기둥을 뽑아 들었지만 역시 당황하여,

"오마유."

하고 소리쳤다. 처음으로 지른 비명에 가까운 목소리다. 동시에,

"하야토, 지금이다."

하고 스테베에도 외친다. 대답이 없어 돌아보고 깜짝 놀랐다.

이 환괴(幻怪)한 사투 동안, 쓰즈미 하야토는 무엇을 하고 있었을까.

그는 오두막 아래의 강에 그 사나다의 여자 닌자가 와 있는 것을 알고 있었다. 알고 있을 뿐만 아니라 몹시 신경 쓰고 있었지만, 아수라 같은 마루바시에게 전력(全力)을 빼앗겨 그쪽을 돌아볼 여유가 없었던 것이다. 하지만 지금 스테베에에게 재촉을 받을 것까지도 없이, 마루바시의 사슬이 장지 한 장으로 그 위력을 잃은 것을 본 순간, 처음부터 그는 행동을 일으키고 있었다. 아니, 일으키려다가 그 다리가 딱 굳은 것은, 이때 강기슭에 처음으로 오마유의 모습이 드러난 것을 보았기 때문이다. 게다가 그것이 눈부신 햇빛에 눈의 정령 같은 전라의 모습인 것을 보았기 때문이다.

"뭐야?"

저도 모르게 목 안쪽으로 신음했지만, 그 여자가 스윽 흐르듯이 이쪽으로 걸어오자 그는 갑자기 펄쩍 뛰어 피했다. 두려웠던 것이 아니라, 위치를 바꾸어 그녀의 그림자를 붙잡으려고 한 것이다. 이 경우에 하야토가 이 여자의 나신 자체를 베지 않고 그림자를 베어 혼절시키고 그 후에 그 육체를 희롱할 마음이 든 것은 어느 모로 보나 하야토다운 무례함이지만, 그러나 기실 이미 오마유의 고혹의 그물에 걸려 있었다고 할 수 있다.

반짝이는 대하(大河)를 등지고 허공을 춤추는 꽃과 낙엽처럼, 소리도 없이 두 사람의 위치는 역전했다. 하야토는 서쪽으로 돌아갔다.

그는 웃는 눈으로 여자를 응시하며 도신을 땅에 늘어뜨렸다.

——여자에게 그림자가 없다!

태양은 더욱 높이 떠 있었지만 그런 만큼 모든 사물이 또렷하게 그림자를 땅에 드리우고 있는데, 그 여자의 발치에 그림자는 없었다.

그 사실을 깨닫고 하야토가 깜짝 놀라 눈을 부릅떴을 때, 그림자 없는 여자 닌자는 그에게 덮쳐들었다. 땅에 늘어뜨린 칼날의 칼등에 걸쳐 앉듯이, 그에게 매달려온 것이다. 부드러운 팔이 하야토의 목에 얽히고, 두 다리가 뱀처럼 하야토의 허리를 감았다. ——일찍이 교토에 나가 지체 높은 아가씨부터 후시미[주6], 로쿠조 미스지초[주7]의 최상급 유녀(遊女)의 그림자를 훔쳐 냉정하게 뜻대로 희롱한 적도 있는 쓰즈미 하야토가, 이때 마치 미주(美酒)의 안개에 휩싸여 온몸의 뼈가 녹는 듯한 황홀경에 빠졌다. 하마터면 칼도 떨어뜨릴 뻔하다가, 힘이 풀린 팔을 필사적으로 다시 쥔다.

"이, 하야토를."

입 속에 밀어넣어진 여자의 혀를 물어뜯으면서, 도를 그 여자의 목덜미에 대고 단숨에 베려고 한다. ——시치토 스테베에가 고개를 돌려 그 모습을 본 것은 이때였다.

그러나 그것은 오직 혼자서 두 다리를 버티고 서서 피투성이 혀를 늘어뜨리고, 도를 자신의 목을 향해 대고 옆으로 그으려고 하는 쓰즈미 하야토의 모습이었다.

주6) 伏見(후시미), 교토시 남부의 구(區). 주조업이 성한 번화가였다.

주7) 三筋町(미스지초), 교토 로쿠조 무로마치에 있었던 유곽의 이름.

"위험해!"

그 목소리조차 낼 여유도 없이, 옆으로 날아간 하야토의 도를 튕겨 올린다. 늦지 않았다고 해야 할지 늦었다고 해야 할지, 이때 하야토는 목에 비단실 같은 한 줄기 금을 긋고 털썩 한쪽 무릎을 꿇었다. 상처는 피부 한 장이었지만 하야토쯤 되는 자가 마치 마취에서 깬 것처럼 동공이 공허해져 있다.

그 하야토 옆에 버티고 서서, 시치토 스테베에는 마루바시가 오히려 초연하게 옆구리에 오요의 시체를 안아 올리고 다른 한쪽 손으로 사슬낫을 주워 든 채 기슭에서 강으로 사라져 가는 것을 보고 있었지만, 더 이상 손을 대는 것은 불가능했다. 사슬 끝에 여전히 달라붙은 장지가 질질 끌려가는 것을 보면서도, 하야토가 이 꼴이어서는 꼼짝도 할 수 없는 것이다. 얼굴에 뚜렷하게 패배의 빛이 배어 나오고 있었다.

강에 뜸으로 지붕을 씌운 배가 떠 갔다. 오요의 시체를 무릎에 얹은 채, 마루바시는 꼼짝도 않고 강에 흘린 사슬의 행방을 바라보고 있다. 그 끝에는 아직도 장지가 달라붙어 떠 있었다. 무릎의 시체보다 마루바시의 얼굴이 더 창백했다. 이 또한 참담한 패배의 표정이다. 그러나 그 마루바시보다 더욱 죽을상을 하고 있는 것은 그와 나란히 앉아 있는 오마유의 얼굴이었을 것이다.

배에는 한 개의 작은 보현보살 목상이 실려 있었다. ──그녀는 그때까지 일곱 개의 보현상을 배에 두었다. 그러나 그것은 여섯 개까지 물속에 떨어졌다. 배가 흔들려서가 아니다. 사카자키 일당은 물론이고 구로쿠와모노마저 쉽게 처치했던 닌자술 '환보살'이, 이 이가의 닌자에게는 지금까지 통하지 않았던 것이다. 그것은 그들이 가진 초인간적인 정신력 때문이었다. 그 마음의 갑옷의 틈을 찾고, 발견하고, 파고들기 위해 염력을 응집하고, 소모할 대로 소모한 오마유의 얼굴은 거의 시랍(屍蠟)처럼 변해 있었다.

뜸으로 지붕을 씌운 배는 조종하는 사람도 없이 그저 흘러갔다. 간신히 기슭에 선 두 닌자는 이제 콩알만 하게 보이지만, 쫓아올 기력은 잃은 것으로 보인다. ──갑자기 사슬이 물속에 가라앉았다. 아마 스테베에가 장지에 뿌린 기괴한 액체가 물에 열어진 것이리라. 사슬이 장지에서 풀려난 것은 여기까지 흘러오고 나서였다.

4

먹 같은 구름에서 하얀 것이 펑펑 쏟아져 내리기 시작했다. 평소 같으면 가장 왕래가 많은 가도지만 때는 11월 말, 게다가 아침부터 몹시 추운 날이었기 때문에 길에 여행자의 모습은 전혀 없었다.

서쪽의 커다란 산은 벌써 가루눈에 흐려져 보이지 않고, 가와사키 역참의 동쪽 변두리인데도 그 집들의 지붕조차 더욱 심해진 눈에 벌써 희미해졌다. ──그 가와사키에서 눈투성이가 되어 터벅터벅 걸어온 네다섯 개의 그림자가 있다. 황량한 풍경 속에 얼핏 요염한 붉은 것이 보이는가 싶더니, 고상하고 부드러운 교토 억양의 목소리가 난다.

하기야 자세히 들으면, 그러니까 지금 그 역참에서 쉬고 왔으면 좋았을 거라는 불평을 줄줄 늘어놓는 지저귐이고, 그에 대해 에도까지는 이제 얼마 안 남았다, 시나가와까지 이제 2리만 더 가면 된다며 애원과 협박을 반씩 섞은 목소리로 대꾸하고 있는 것은 단 한 명의 남자다.

이런 일행은 요즘 매일같이 동쪽으로 지나간다. 에도는 거친 남자뿐인 곳이고 여자가 적었다. 간토 지방 무사들의 동경은 교토 여자다. 이 수요에 응해 팔려 오거나, 장소를 바꾸는 유녀이거나, 납치되어 내려오는 교토 여자들이었다. 벌써 2, 3년이나 전부터 슨푸 낭인[주8)] 쇼지 진에몬이라는 자가 에도에 유녀 거리를 만들고 싶다고 청하여, 오사카 전쟁도 끝난 지금은 곧 관가의 허가가 내릴 것 같다는 소문이다.

포주는 에도로 내려가는 유녀들의 불평보다도 눈에 질린 모양이다.

"아니, 이렇게 심해질 거라고는 생각하지 않았어. 그러면 저기 있는 지장당의 처마를 잠시 빌리자꾸나."

하며 길가에서 조금 벗어난 지장당 쪽으로 앞장서서 달려갔다.

눈은 더욱 심해져, 좁은 지장당의 처마 따위는 도움이 되지 않았

주8) 浪人(낭인), 주군의 집을 떠나 봉록을 잃은 무사.

다. 게다가 격자로 안을 들여다본 여자 중 한 명이 "어머나, 이건 커다란 금세[주9] 님이네요" 하고 엉뚱한 목소리로 외치며 웃음을 터뜨리는 바람에 모두들 몹시 친애감을 느끼고 줄줄이 당 안으로 들어가게 되었다.

여자가 금세 님이라고 말한 것은 사당 한가운데에 자리잡은 2미터 가까운 돌기둥이었다. 그것이 남근과 꼭 닮은 모양을 하고 있다. 아래쪽에는 금줄이 쳐져 있었다. 돌에는 도조금세대신령(道祖金勢大神靈)이라고 새겨져 있었다.

"헤헤, 이거 에도로 들어가는 입구에서 길한 신을 만났네. 잘 참배를 하고 가야겠어."

손을 뒤로 돌려 격자문을 닫으면서 포주는 웃었다. 당 안은 어두워지고, 눈이 반사하는 빛에 돌로 된 거근은 번들번들 묘한 빛을 튕기며 떠오른다.

"어머, 어떻게 된 걸까, 이 금세 님, 김을 피우고 있어요."

그러고 보니 그 대양근(大陽根)에 희미하게 하얀 수증기가 둘러져 있는 것 같았다. 한 사람이 이상한 듯이 그것을 쓰다듬던 손을 이윽고 움츠리려다가 "어라" 하고 소리쳤다. 손을 뗄 수 없게 된 것이다. 당황하여 다른 한쪽 손을 짚고 밀자 그 손도 돌의 표면에 달라붙었다.

"그런 말도 안 되는."

또 한 명의 여자가 양손을 짚었다가 이 또한 뗄 수 없게 된 것을

주9) 金勢(금세), 남근과 비슷한 자연석 또는 석제, 목제로 만든 상징물.

보고, 포주가 "이제 슬슬 바보 같은 짓은 그만두지 그래" 하고 눈을 부릅뜨며 다가왔다가, 이 또한 금세 대신령에게 붙잡히고 말았다.

"우후후후."

머리 위에서 웃음을 머금은 목소리가 났다.

작은 지장당이라, 그리 높은 천장은 아니다. 어둡지도 않다. 그런데도 그런 곳에 인간이 있었으리라고는 전혀 눈치채지 못했다. 하지만 어슴푸레한 그 천장에서 무언가 움직이고 거대한 거미 같은 형태로 응집하더니, 바닥으로 가볍게 떨어진 것이 있다.

"어머나."

하고 비명을 지르며, 남은 두 명의 유녀가 사람들에게 매달리려다가 머리카락이 닿았는지 손이 닿았는지, 이 또한 돌로 된 성신(性神)에 달라붙고 만다.

그 남자도 그렇지만, 이 기괴한 돌기둥은 더욱 무서웠다. 마치 파리잡이 종이에 달라붙은 나비 같다. 억지로 떼어내려고 하면 피부뿐만 아니라 살까지 딱 달라붙어 뼈도 노출될 것 같은 아픔이었다. 버둥거리면 버둥거릴수록 머리카락이 달라붙고 옷이 달라붙어, 순식간에 반라의 무참한 모습이 되었다. 정체를 알 수 없는 공포 때문에 도움을 청하는 목소리조차 나오지 않는다.

"유녀들아, 양근을 직업의 원천으로 삼을 생각이라면, 우선 이 남근을 함부로 대해서는 안 된다는 것을 명심해두어라."

대남근에 달라붙어 허리를 꿈틀거리고 울음소리를 내는 다섯 명의 남녀를 바라보면서, 시치토 스테베에는 껄껄 웃었다. 밤꽃과 비슷하고 구역질을 불러일으키는 농후한 냄새가 당 안에 가득 차 있었다. 스테베에가 갑자기 으스스할 정도로 부드러운 목소리로,

"그건 그렇고 과연 교토 여자야. 포근하고 피부가 희고, 다들 미인이로군. 아니, 용서하게, 용서해, 추위를 견디려고 친 장난이 조금 지나쳤던 것 같은데, 모처럼 생각해낸 일이니 지금부터 순서대로 몸을 뜨겁게 해주실까."

하고 입술을 핥으며 다가갔을 때, 지장당 바깥에서 목소리가 들렸다.

"스테베에, 놈들을 겨우 발견했다."

"뭐라고?"

"지금 로쿠고 다리를 건너 이쪽으로 걸어오는 네 명의 여자가 있네. 도롱이와 삿갓을 쓰고는 있지만 분명히 암여우들이야. ──아니, 스테베에, 뭘 하고 있나?"

"아, 아니, 시시한 장난일세."

하며 시치토 스테베에는 지장당을 뛰쳐나갔다. 바깥에 서 있는 것은 쓰즈미 하야토였다. 두세 마디 더 빠른 말투로 무언가 말하는 것에 "좋아" 하고 고개를 끄덕이고, 두 사람은 눈을 차며 동쪽으로 달려갔다.

가엾게도 다섯 명의 유녀와 포주는 언제까지 금세 대신령의 법력에 붙잡혀 있을는지.

──무사시노의 황야에 숨은 센히메 일당은 그 후 철새에 섞여

하늘로 날아간 것처럼 모습을 보이지 않았다. 간토 8주[주10]의 관문은 엄중하게 닫히고, 회임한 여자는 한 사람도 남김없이 신고하라는 명령을 받았다. 구로쿠와모노들은 풀뿌리까지 헤치며 동분서주했지만, 그녀들의 행방은 묘연하여 알 수 없었다. 그러는 동안 이 눈의 계절을 맞이하여, 에도성의 선대 쇼군은 예정 체류 시간이 지나 곧 슨푸로 돌아갈 것이라는 소문도 있었다.

쓰즈미 하야토와 시치토 스테베에는 초조해하면서도, 그녀들이 다마가와강 기슭에 있을 거라는 가능성을 끝까지 견지하고 있었다. 그때 마루바시와 오마유를 태운 작은 배는 하류의 로쿠고 쪽으로 흘러갔다. 그러나 센히메 일행은 역시 처음에 오요를 발견한 부근에 잠복하고 있지 않았을까. 어느 쪽을 쫓아야 할지 잠시 망설인 것도, 결과적으로 양쪽 모두 놓친 큰 원인이 된 것 같다는 생각이 든다. 그리고 그들은 만일 센히메 일행이 탈출한다면 그녀들이 이전에 있었던 오사카 쪽으로 갈 것이 틀림없다고 보고 있었다. 그래서 하야토와 스테베에는 교대로 한 사람은 이 도카이도를 감시하고, 한 사람은 다마가와강 연안을 수색하고 있었던 것이다.

"이 눈에 섞여 도망칠 마음이 든 것일까."

"그럴지도 모르지. 그 커다란 여자도 있네."

"흐흠."

웃으려고 했지만, 스테베에의 입술이 일그러졌다. 언젠가의 다마

주10) 關東八州(간토 8주), 에도 시대의 간토 8개 지방의 총칭. 무사시(武藏), 사가미(相模), 고즈케(上野), 시모쓰케(下野), 가즈사(上總), 시모사(下總), 아와(安房), 히타치(常陸)를 가리킨다.

가와 강변의 결투를 떠올린 것이다. 무승부라는 것은 그들에게 패배를 의미한다. 뿐만 아니라 그 사투 후에 그들은 한동안 꼼짝도 하지 못할 정도의 허탈감에 사로잡혔을 정도다. ——그래도 오늘까지 혈안이 되어 찾아다니고 있었기 때문에 이제 와서는 공포의 기색은 없지만, 역시 얼굴의 처참한 빛은 덮을 수 없다.

시치토 스테베에는 무슨 생각인지 등에 지우산을 하나 짊어지고 있었다. 애초에 그것을 펼치려는 기색도 없이, 하야토와 나란히 가루눈 속을 달린다.

눈 때문에 흐릿하게, 동쪽에서 네 개의 도롱이를 입고 삿갓을 쓴 모습이 보이기 시작했다. 하야토는 하늘을 올려다보며 혀를 찼다.

"눈 오는 날에는 백야 수레는 굴러가지 않아. 스테베에, 부탁하네."

땅에 그림자가 없는 것을 말한 것이다. 스테베에는 고개를 끄덕였다.

"내게 맡겨두게."

그는 등에서 우산을 뽑더니 탁 펼쳐 앞으로 향했다. ——이 기묘한 지우산을 처음으로 눈치챘는지, 서두르는 발걸음으로 걸어오던 네 명의 여자는 갑자기 멈추어 섰다.

"이 눈꽃을 우담화에 비유하는 건 과장인가."

지우산의 그늘에서 웃음소리가 일었다. 서른 걸음 정도의 간격이 급속하게 줄었다. 우산이 눈 위를 데굴데굴 굴러간 것이다. 그것이 평범한 우산이 아닌, 언젠가 나루터 오두막의 장지로 맛을 들인 무시무시한 방패임이 분명했다.

그러나 네 개의 도롱이 삿갓은 꼼짝도 하지 않고 나란히 서 있었다. 열 발짝의 거리까지 가까이 갔다가, 오히려 지우산 쪽이 멈추었다.

옅은 먹색 하늘 아래, 대지에 마주한 네 개의 도롱이와 한 개의 지우산. 사람의 맨살은 전혀 보이지 않고 사람의 목소리 하나 들리지 않는다. 그 사이에는 소용돌이치는 눈이 하얗게 만(卍) 자를 그리고 있을 뿐——마치 수수께끼 같은 환요(幻妖)의 광경이다.

갑자기 네 개의 도롱이가 일제히 허공에 날았다. 사람의 맨살이 보이는 정도가 아니라, 가루눈 속에 벚꽃색 여체 네 개가 우뚝 섰다.

"아……."

누가 이것에 눈길이 이끌리지 않을 수 있을까. 저도 모르게 우산 위로 머리 두 개가 튀어나와 물끄러미 바라본다. 갑자기 스테베에가 하야토를 끌어내렸다.

"보지 말게. 그 술법이야. 놈들에게 눈은 쌓이지 않았네. 눈——눈을 감아!"

하지만 감은 눈꺼풀 안쪽에 떠도는 백화(白花)의 무시무시한 유혹에, 두 사람은 이를 갈았다. 눈을 감아도 다가오는 여자의 나신은 눈을 뜨고 있는 것과 똑같았다. 벌써 온몸에 달라붙는 여체의 꿈틀거림에 가라앉아 가는 망아의 한순간과, 그것을 끊어내야 한다는 의지력의 투쟁에 두 사람은 몸부림쳤다. 게다가 그 여체를 끊는다는 행동이 두 사람에게 최대의 위기인 것이다.

아니, 그보다 이렇게 눈을 감고 있으면 그 사슬낫은? 하는 생각에 스테베에가 눈을 떴을 때, 그 머리로 바람이 불었다. 깜짝 놀라 피도 찬바람에 쓸려가는 기분으로, 본능적으로 우산을 머리 위로 쳐든다.

"어?"

불어온 것은 눈바람이었다. 앞쪽에 멀리 네 개의 도롱이 삿갓 차림이 도망쳐 간다. 두 사람은 겨우 환보살의 주법에서 벗어났다.

"놓치지 말게, 쫓아."

우산을 접고 눈을 걷어차며 하야토와 스테베에는 달렸다. 그 발치에 네 개의 보현보살이 짓밟혀 눈에 가라앉았다.

앞쪽에 로쿠고의 다리가 있다. 그 앞에서 네 개의 도롱이는 걸음을 멈추었다. 다리 위에 수많은 창의 그림자가 떠올랐기 때문이다.

로쿠고가와강이 나루터가 된 것은 겐로쿠[주11)] 시대 무렵 홍수로 다리가 무너진 이후의 일로, 당시에는 길이 200미터를 넘는 긴 다리가 걸려 있었다. 그것을 지금 에도 방향에서 조용히 건너온 행렬이 있었다. ──눈 사이로 그 선두에 선 옷궤의 금색 문장을 보고,

"됐다."

하고 하야토가 외쳤다.

"아욱일세."

금색 아욱 문양이라면 도쿠가와 일족이다. 도쿠가와 일족의 누구든, 지금에 와서는 센히메를 감쌀 사람이 있을 리 없다. 센히메 일행

주11) 元祿(겐로쿠), 히가시야마(東山) 천황 시기의 연호. 1688~1704년.

이 걸음을 멈춘 것은 당연하다.

하지만 다음 순간, 그 네 개의 그림자는 타타타탓 하고 그 행렬 안으로 녹아 들어갔다. 과연, 거기에서 심상치 않은 고함 소리가 어지럽게 일었다.

"됐다, 가 아닐세, 하야토, 큰일난 거지."

"여기까지 쫓아온 사냥감을 빼앗겼나."

하고 두 닌자는 제정신으로 돌아와 혀를 찼다. 이것이 다른 사람이었다면 만사를 제쳐놓고 도로 빼앗고 싶을 정도의 상황이다. 하지만 아욱 문장이 상대라면 그럴 수도 없고, 뿐만 아니라 지금은 쉽게 그 앞에 얼굴을 내밀 수 없는 것이 두 사람의 입장이었다.

"자, 행렬이 나아가기 시작했네."

"아무 일도 없는 얼굴을 하고 이쪽으로 다가오는군."

"이상해. 잠깐, 상황을 보세."

두 사람은 길가의 눈 위에 웅크렸다. 이마를 땅에 댄 채 눈만 들어 흘낏 본다. 그 앞을 수백 개의 다리가 눈을 진흙으로 바꾸며 지나간다. 선두의 옷궤, 언월도, 창, 말, 가마——그것들을 따르는 호위 무사들은 모두 삿갓과 우의로 눈을 막고 있었다.

행렬은 지나갔다. 두 사람은 얼굴을 들었다. 다리 쪽에는 도롱이와 삿갓은 물론이고 아무 그림자도 없다.

"그럼 그자들은 어떻게 되었지?"

"행렬 속에도 보이지 않았어."

하야토와 스테베에는 여우에 홀린 듯한 눈으로 마주 보았다. 곧 하야토가 신음했다.

"지금 가마와 나란히 걷고 있던 사람의 얼굴을 보았는가?"

"음, 슨푸의 후계자, 좌근위부 중장 요리노부 님."

"그자가——?"

하고 말한 것을 끝으로 두 사람은 잠시 침묵하고 있었지만, 이윽고 동시에 속삭였다.

"이 눈 속을 도보로 가셨다면, 저 가마를 타고 있었던 것은 대체 누구지?"

5

——눈이 내린 후의 몹시 맑고 파란 하늘이었다. 하코네를 넘자 길은 질척거리지도 않았다. 행렬은 질서정연하게 산을 내려간다.

햇빛에 반짝이는 금색 문양과 창, 언월도에 둘러싸여, 말 위의 도쿠가와 요리노부는 밝은 목소리로 말을 걸고 있었다.

"미시마[주12] 남쪽——반리쯤 간 곳에 이즈미가시라라는 곳이 있소. 옛날에 다케다의 외성이 있었고 후에 호조[주13]가 이것을 물려받

주12) 三島(미시마), 시즈오카현 동부의 도시. 미시마 대사(大社)가 있어 신사마을로 발달했으며, 도카이도 53역참 중 하나로 교통의 요지이기도 했다.

주13) 北條(호조), 호조 소운(北條早雲)을 조상으로 전국 시대에 간토 지방을 널리 지배했던 영주 가문. 1590년 도요토미 히데요시의 오다와라 정벌로 멸망했다.

았는데, 지금은 돌도 무너지고 폐성이 되었지만 시미즈이케(清水池)라고 불리는 호수에 면해 있고 풍광이 아름다워, 아버지가 이곳에 은퇴 후 지낼 곳을 두시겠다고 하신 것도 당연한 산수(山水)라오."

주위에는 가신들뿐인데, 요리노부는 대체 누구에게 말하고 있는 것일까. 아욱 문양을 박은 가마는 말과 나란히 흔들리며 가지만.

"은퇴 후 지내실 곳의 작업을 시작하시는 것은 내년 봄이지만, 그 전에——이 요리노부가 명실공히 슨푸 성의 주인이 되는 것은 가까운 시일 내의 일, 잠시만 기다리시오, 그날만 온다면 내가 이 몸으로 뒷배가 되어드리리다."

소년다운 새하얀 이가 파란 하늘에 빛났다. 도쿠가와 요리노부는 이때 열네 살이었다.

훗날 '남해의 용'이라는 말을 들으며 쇼군 이에미쓰조차 조심하게 만들었던 기슈 대납언[주14] 요리노부는 히데타다의 동생이자 이에야스의 열 번째 아들이다.

36년 후인 1651년, 그 유이 쇼세쓰[주15] 사건의 흑막과의 풍문이 높았던 것은 쇼세쓰가 생전에 종종 기슈 저택에 출입하곤 했을 뿐만 아니라, 사건이 발각된 후 쇼세쓰의 신변에서 대납언의 자필 서한이 여러 통 발견되었기 때문이다. 이때 대납언은 에도성으로 소환

주14) 大納言(대납언), 율령제(律令制)에서 태정관(太政官)의 차관. 우대신(右大臣) 다음가는 고관으로 국정을 심의하여 가부를 왕에게 진언하고 왕의 뜻을 전달하는 일을 관장했다.

주15) 由井正雪(유이 쇼세쓰), 1605~1651. 에도에서 군학을 가르치던 군학자. 마루바시 추야(丸橋忠弥)와 손을 잡고 막부를 쓰러뜨릴 계획을 세우다 사전에 발각되어 자결했다.

되어 이즈 태수 마쓰다이라 이하 로주[주16)]의 심문을 받았다. 요리노부는 이 서한을 남김없이 살펴본 후, 침착하게 말했다.

"이런, 경사스러운 일이옵니다. 벌써 눈치채지 않으셨습니까. 이 자세한 내용은 그 일당들이 도자마[주17)] 영주의 도장을 흉내내어 문서를 위조한 것입니다. 혹 3대의 은혜를 잊고 정신이 나가 역심을 꾀했다는 의혹도 있겠으나, 내 도장을 흉내내어 역심으로 속이시려 한다면 쇼군의 배려는 조금도 없을 것입니다. 그러니 무사히 끝나겠지요."

로주들은 다음 말을 이을 수가 없었다. 나중에 로주들이 물러날 때, 사누키 태수 사카이가 "가몬[주18)] 님, 가몬 님, 방금 기슈 님의 말씀을 들으셨습니까" 하고 불러 세우자, 가몬 이이(井伊)는 걸음을 멈추고 돌아보더니 "저러하니 무서운 것입니다" 하고 목을 움츠리며 중얼거렸다고 한다.

저래서 무섭다, 고 막부 관리들을 두려워하게 했던 요리노부의 반골은, 그러나 소년 시절부터 유례없는 뛰어난 무용(武勇)으로 나타나, 아버지 이에야스가 가장 사랑하는 점이었다. 오사카 싸움에서 형인 다다테루, 요시나오 등에게는 5개의 군기(軍旗)를 주었는데, 이 요리노부에게는 쇼군 히데타다와 똑같이 7개의 깃발을 준 것. 이에야스가 슨푸로 돌아갈 때, 특히 이 공자(公子)를 가까이 둔 것은 그

주16) 老中(로주), 에도 막부에서 쇼군에 직속되어 정무를 총괄하고 영주들을 감독하던 직책.

주17) 外様(도자마), 세키가하라 전투 이후부터 도쿠가와 막부를 따르기 시작한 영주. 그 이전부터 도쿠가와가를 따랐던 후다이(譜代) 영주와 구분되었다.

주18) 掃部(가몬), 궁내성에 속하며 궁중의 여러 행사의 설영(設營)이나 청소를 주관하던 관청의 장관.

표현이다. 그리고 이에야스는 나아가 은퇴 후에는 미시마 근처의 이즈미가시라에서 지내며, 슨푸 성은 스루가 백만 석을 더해 요리노부에게 물려줄 생각이었다. 이것은 이전부터 예정되어 있었던 것으로, 그것을 위한 준비는 되어 있었기 때문에 이에야스도 에도 하늘에 어떤 마음이 남아 있든 한번은 슨푸로 돌아와야 했다. 한발 먼저 가는 요리노부의 행렬은 단순히 선도가 아니라 백만 석의 미래가 기다리는 기쁨의 여행이었다.

"……그 요리노부 님이, 센히메 님을 숨겨주시다니."

"선대 쇼군 님께 활을 당기는 것이나 마찬가지일세."

"자칫 잘못하면 백만 석을 헛되이 하게 되네. 믿을 수가 없는데."

"하지만 그렇게밖에 생각되지 않네. 센히메 님과 그 암여우들은 어디로 사라졌는가."

높은 하늘에서 속삭이는 목소리가 있었다. 어둑어둑할 정도로 가지를 교차시키고 있는 삼나무 숲 위다. 그 아래를 가도가 지나고 있었다. 미시마와 누마즈[주19] 사이였다.

"아니, 뭐라 해도 사려가 부족할 나이일세."

"어차피 안 될 일이라도 된다고 생각하지. 열네 살의 마음에는 어떤 엉뚱한 바람이 불지 알 수 없어."

"——여, 왔네!"

"들키지 말게."

주19) 沼津(누마즈), 시즈오카현 동부 스루가만(灣) 주변에 있는 도시. 도카이도의 역참 중 하나.

모습은 전혀 보이지 않지만, 틀림없이 시치토 스테베에와 쓰즈미 하야토의 목소리였다. 행렬은 삼나무 숲 사이로 들어왔다. 나뭇잎을 통과한 햇빛이 황금색 반점처럼 삿갓의 흐름을 기어간다.

가마 안에는 센히메가 타고 있을 터, 삿갓과 우의에 감싸인 호위 무사 중에 마루바시와 두 여자 닌자가 섞여 있을 터——라는 것이 하야토와 스테베에의 짐작이지만, 얼굴을 들이밀고 하나하나 점검할 수도 없는 도쿠가와 도련님의 대행렬이다. 로쿠고에서 여기까지 앞서거니 뒤서거니 하며 좇아오다가, 두 사람은 마침내 무언가 묘안을 생각해낸 모양이었다.

삼나무 숲 중간까지 왔을 때, 갑자기 그 지붕에 사르르——하며 희미한 소리를 낸 것이 있었다. 겨울비인가 하며 문득 그것을 쳐다본 호위 무사가,

"아, 이것은."

하며 깜짝 놀랐다. 그 지붕에 반짝반짝 빛나고 있는 것은 수많은 바늘이었기 때문이다.

"가마를 세워라, 수상한 자다."

"수상한 자가 나타났다."

소란스럽게 흐트러지는 행렬 속에, 역시 가마에서 서둘러 모습을 나타낸 자가 있었다. 젊은 도쿠가와 요리노부의 얼굴이었다. 가마의 지붕에 꽂힌 바늘의 방향을 보고 날카롭게 머리 위를 올려다보았으나, 거기에는 움직이는 새나 짐승조차도 없고 듬성듬성한 푸른 하늘이 빛나 보일 뿐이었다.

"소란 피우지 마라, 도련님은 무사하시다."

달려온 노신 안도 다테와키가 질타하며 요리노부를 가마에 밀어 넣고,

"서둘러라. 우선 이 삼나무 숲을 빠져나가라."

하고 명령했다. 그것을 빈틈없이 감싸고, 행렬은 급류처럼 달려 간다.

——바늘을 분 위치에서 훨씬 떨어진 삼나무 숲 안에서, 흐릿한 속삭임이 바람에 살랑거리는 나뭇잎 스치는 소리에 섞여 흘러갔다.

"이봐, 가마 안에 있던 것은 어린 주군이 아닌가."

"그러고 보니 말에 요리노부 님의 모습은 없었지."

"어느새 바뀐 거지——."

"하야토, 행렬의 인원수는 하코네까지 몇 명이었나?"

"가마 안에 있는 사람을 빼고 377명."

스테베에는 잠시 입 속으로 무언가 중얼거리고 있다가, 이윽고 신음했다.

"지금 세었는데, 요리노부 님을 빼고 373명이었네. 네 명이 줄었어."

"뭣이?"

하야토는 깜짝 놀란 듯한 소리를 질렀다.

"하코네에서 여기까지 오는 사이에——그 네 명은 어디로 사라진 것일까?"

——행렬이 삼나무 숲을 빠져나감과 동시에, 안도 다테와키는 총

포대(銃砲隊)를 지휘하여 달려 돌아왔다. 총포대는 일렬로 나란히 서서 총구를 하늘로 향하고 일제히 쏘아 올렸지만, 높은 삼나무 위에서는 물론 새 한 마리조차 떨어지지 않았다.

닌자술 '나생문(羅生門)'

1

12월 4일, 선대 쇼군 이에야스는 에도성을 떠났다. 그리고 16일에 슨푸에 도착했다. 먼저 슨푸로 돌아와 있던 요리노부경이 이를 에지리[주1)]까지 마중 나갔다.

에도와 슨푸 사이 44, 5리의 여정에 열이틀이 걸린 것은, 슨푸 때와 마찬가지로 길을 가면서 매사냥을 하며 돌아왔기 때문이다. 하지만 따르는 신하들은 선대 쇼군의 상태에서 갈 때와는 다른 어떤 변화를 알아보았다. 심한 음울함과, 불안해질 정도의 노쇠한 모습이다. 75세의 노인에게 새삼 노쇠 운운하는 것은 이상하지만, 그러나 이 정도로 쇠하는 것은 에도로 갈 때는 결코 볼 수 없었던 것이다. 어떤 사태에 있어도 좀처럼 불쾌함을 얼굴에 나타내지 않고 그러면서도 천군만마의 영주들을 전율시켜 마지않는 왕성한 기운은 가신들에게 '신군(神君)'이라는 존칭을 진심으로 바치지 않을 수 없게 할 정도의 것이었는데, 이 돌아가는 길의 선대 쇼군은 가는 도중의 매사냥도 그 노쇠와 고뇌를 자타 모두 얼버무리기 위한 방편이 아닌가 하는 생각마저 들 정도였다. 게다가 도중에 오다와라 부근에서는 큰 눈까지 만나 그 불쾌함을 배가했다.

슨푸의 성에 돌아가서도 이에야스는 우울하게 생각에 잠겨 있었으나 며칠 지나고 나서 갑자기,

주1) 江尻(에지리), 도카이도 53역참 중 18번째 역참. 현재의 시즈오카현 시즈오카시 시미즈구의 중심부에 해당. 시미즈항과 가까워, 에도 시대에는 에도에 대한 물류 거점이었다.

"핫토리 한조와 구로쿠와모노를 불러라."

하고 명령했다.

핫토리 한조는 황급히 슨푸로 달려왔다. 이미 무언가 각오를 한 자처럼, 차가운 정원 앞에 엎드린 한조는 만면이 창백했다.

"오센은 아직 찾지 못하였느냐."

하고 이에야스는 쉰 목소리로 말했다. 한조는 땀이 뚝뚝 떨어지는 이마를 흙에 대었다.

"황공하옵니다."

이에야스는 잠시 잠자코 있었다. 그러고 나서——"죽어라"라는 말이나, 직접 처단의 칼날이 내려올 거라고 체념하고 있던 한조의 귀에 생각지 못한 목소리가 내려왔다.

"이제 되었다. 그것은 잠시 내버려 두어라."

이것도 사정을 알고 있는 측근 가신들에게는 선대 쇼군의 기력이 쇠한 증거로 여겨졌다.

그러고 나서 이에야스가 한조에게 명령한 것은 즉시 이즈미가시라의 은거지 보청(普請)을 시작하라는 것이었다. 보청이라는 말은 지금은 오히려 건축 자체를 가리키지만 당시에는 토목을 의미하였고, 건축은 작사(作事)라고 칭했다. 토목 공사라면 구로쿠와모노의 소관이니 그 두목인 핫토리 한조를 불러들인 것은 이상할 것이 없지만, 그것은 그렇다 쳐도 이 경우 약간 갑작스러운 명령이기는 했다. 섣달 그믐날은 며칠 후로 다가와 있고, 이즈미가시라의 은거지 작사는 전부터 결정되어 있었다 해도 그것은 음력 정월을 맞이하고 나서 하기로 되어 있었기 때문이다.

"아니."

하고 곁에 있던 아들 요리노부가 깜짝 놀란 얼굴을 향했다.

"아버님, 그것은 왜입니까? 이즈미가시라의 보청은 내년 봄, 쇼군가 쪽에서 하도록 하는 것인 줄 알았는데요."

"그렇다, 그러니 쇼군가를 번거롭게 하지 않으려고 한조를 부른 것이다."

하며 선대 쇼군은 고개를 저었다. 그리고 이즈미가시라의 은거지의 본격적인 보청과 작사는 봄의 일이라 해도, 그때까지 가능한 한 그 밑준비를 해두고 싶다고 말했다. 이즈미가시라에는 호조 시대까지 성이 있었고, 지금은 성 자체는 없지만 곳곳에 해자의 흔적이나 제방의 흔적, 무너진 돌담 등이 남아 있다. 그것을 가능한 한 빨리 정돈해두고 싶다고 생각했으나, 이것은 자신의 이기심이니 히데타다를 기다릴 것까지도 없이 자신의 손으로 하려고 한다, 는 것이었다.

"요리노부, 아무래도 나는 마음이 급하다. 네게는 하루라도 빨리 이 성을 물려주고 싶구나. 이것도 노인의 조급함이라고 생각해다오."

하며 이에야스는 웃었다. 이것도 가신들에게는 선대 쇼군의 목숨이 얼마 남지 않았음을 예감한 것이었다고 여겨져, 훗날 그들을 암담하게 만들었다.

선대 쇼군이 생각한 일을 막을 방법은 없고 들어 보니 그것도 당연했다. 슨푸성의 앞날을 물려받을 운명이 지워져 있는 요리노부에게는 고마워하지 않을 수 없는 늙은 아버지의 자비로 들릴 터였는데, 왠지 이 열네 살의 공자의 얼굴에는 당황한 빛이 나타났다.

"핫토리 님, 핫토리 님."

갑자기 부르는 소리에, 구로쿠와모노 일당의 선두에 서서 서두르고 있던 핫토리 한조는 깜짝 놀랐다.

가래, 괭이, 도끼, 쇠망치, 쇠지레, 나무 메, 거기에 도르래와 삼태기를 짊어지고 수레까지 끌며 서두르는 무리는 그 정체를 소리로 알 수 있는 구로쿠와모노인 만큼, 흔한 전투 부대보다도 이상한 박력이 있었다. 그런데 길을 가는 여행자들도 모두 눈을 크게 뜨고 길을 피하는 가운데, 몹시 친근하게 이렇게 부른 자가 있었다. 해명이 들리는 도카이도, 누마즈와 하라주쿠 사이의 세 그루 소나무다.

길가에서 갑자기 나타난 두 남자는 두건으로 얼굴을 감싸고 있었지만 눈은 대담하게 웃으며,

"이거, 오랜만입니다."

"대체 어디 가시는 길인지?"

하고 다가왔다.

그 눈을 보고 더욱더 깜짝 놀란 것은 한조만이 아니다. 구로쿠와모노들도 일제히 소란스러워졌다. 하지만 역시 한 명도 손을 대려는 자는 없다.

그것도 당연한 것이, 고시가야에서 핫토리의 외박진을 멋지게 깬 초인적인 환법을 떠올렸기 때문이다.

"아니, 핫토리 님, 용케 목이 붙어 있으시군요."

하고 지우산을 짊어진 시치토 스테베에는 여전히 실실 웃으며 한조의 얼굴을 훑어본다. 쓰즈미 하야토 쪽은 맑은 겨울날의 파란 하늘을 태연하게 올려다보고 있다. 기실 만일의 경우를 위해 태양의 위치나 구름의 배치를 보고 있는 것이지만, 어느 모로 보나 사람을 바보 취급하는 것처럼 보인다.

"실은 그저께, 핫토리 님이 경기를 일으킨 듯한 눈빛으로 서쪽으로 달려가시는 것을 하코네 산중에서 보고 있었거든요. 그때는 일전의 일도 있고 해서 마음 편히 불러 세울 수가 없었지만, 나중이 되어 혹시 가시는 곳이 슨푸일지도 모른다, 아니, 가시는 곳은 슨푸가 아닌 저승, 용건은 머리가 틀림없다는 생각이 들어 갑자기 걱정이 되더군요. 그래서 상황을 살피러 여기까지 온 참인데."

"그것도 다 핫토리 님을 걱정했기 때문입니다. ――뭐라 해도 핫토리가는 이가 닌자의 종가니까요."

하고 하야토는 머리를 원래대로 돌리며 말했다. 지난밤의 일은 염두에 없는 뻔뻔스러운 얼굴이다. 핫토리 한조는 할 말을 잃고 두 사람을 노려보았다.

"그런데 목이 베이지도 않고 오늘 엄청난 기세로 되돌아오시다니, 그 암여우들을 찾기라도 하셨다는 것일까요."

"그 괭이 도구는 설마 센히메 님이 땅속에 계셔서, 그걸 파내기 위한 것은 아니겠지요?"

진지함과 비웃음이 반반 섞인 듯한 두 사람의 물음에 한조는 대답하지 않고 물었다.

"자네들, 지금까지 무엇을 하고 있었나. 고시가야에서 암여우들의 머리를 선물로 들고 돌아오겠다고 큰소리치더니."

"그렇습니다, 머리는 선물로 가져오지 못했지만, 한 사람은 확실히 죽였소."

"뭣이? 그건 확실한가?"

"핫토리 님께 거짓말을 해서 무엇합니까. 그러니 사나다의 암여우는 앞으로 두 마리, 거기에 센히메 님과 그 조소카베의 과부를 합해 네 명, 우리가 도카이도를 찾아다니고 있는 것은 네 명의 여자들인데요."

하고 말하려는 하야토를 스테베에가 제지하며,

"그런데 핫토리 님은 아무것도 모르십니까?"

"도카이도——그자들이 도카이도를 따라 서쪽으로 갔다는 건가."

하고 핫토리 한조는 눈을 부릅뜨며 물었다.

"간토를 나가는 관문은 모두 엄하게 지키고 있네. 그중에서도 하코네를, 산달이 가까운 여자가 쉽게 지날 수 있을 리는 없어."

"그런데도 불구하고 우리가 하코네 서쪽, 이 부근 일대를 뒤지고 있는 이유는."

하고 스테베에가 말하려는 것을, 이번에는 하야토가 제지했다.

"아니, 그보다 핫토리 님, 아무래도 이것은 센히메 님의 일은 아닌 모양인데, 어디로 가십니까."

"이즈미가시라의 은거지 보청을 하러 가네."

하고 한조는 약간 면목없다는 듯이 중얼거렸지만 곧 헛기침을 하며 물었다.

"이보게, 센히메 님이 이 부근에 숨어 계시기라도 하다는 건가?"

"이즈미가시라?"

이번에는 시치토 스테베에 쪽이 한조의 물음에 대답하지 않고 하야토와 눈을 마주 보며,

"오오, 미시마 옆의 성터――."

하고 중얼거리더니, 갑자기 입을 다물고 말았다. 그 말에 생각난 것이 있는 듯, 무언가 가슴 속으로 반추하고 있는 것 같다. 갑자기 하야토가 엄숙한 표정이 되어 물었다.

"그런데 핫토리 님, 일전에 저희에게 주군의 뜻에 따라 죽으라는 말을 하셨는데, 지금의 주군의 뜻은 어떻습니까?"

"그것은."

하고 한조는 상대의 눈동자에서 내뿜어지는 요광(妖光)에 저도 모르게 한 발 물러나면서,

"만일 자네들이 그 호언장담대로 암여우들을 모조리 해치운다면, 선대 쇼군 님께 인사를 드릴 수도 있겠지만."

하고 말한 것은 이 두 닌자가 도저히 자신들의 손으로 감당할 수 있는 일이 아닌 것을 알고 한 말이지만, 그뿐만 아니라 자신이 천거한 이가의 정예를 아무리 선대 쇼군의 명령이라고는 해도 죽이고 싶지는 않다는 기분도 분명히 있었다.

두 사람의 눈에서 살기가 사라지고, 씩 웃었다.

"아니, 그래야 우리 좋가지요. 설령 선대 쇼군을 적으로 돌리더라도 핫토리가에 적대하고 싶지는 않거든요."

하며 시치토 스테베에가 고개를 끄덕였다. 치켜세우는 듯한, 얌전한 말투가 이 남자의 두툼하고 거무스름한 입에서 새어 나오니 으스스하지만, 한 번 산 선대 쇼군의 분노를 달래고 다시 영달의 실을 이어줄 것은 이 핫토리 한조밖에 없다는 계산은 있을지언정 이가의 닌자와 핫토리가의 관계를 생각하면 반드시 면종복배의 말은 아니다.

한조는 헛기침을 했다.

"그런 것보다 센히메 님 일행 말일세. 그 여자들은 어디에 있다는 건가?"

"핫토리 님, 이상한 일이 있습니다. 실은 한 달쯤 전, 저희는 에도에서 이 도카이도를 따라 서쪽으로 도망친 그 여자들을 추적했소. 그런데 하코네에서 미시마——미시마에서 누마즈로 가던 도중, 어디론가 사라져 버렸지요. 여기에서 서쪽으로 갔을 가능성은 절대로 없소. 그 사이에 고슈나 이즈로 빠져나갔나 하기에는, 저희쯤 되는 닌자의 눈에도 귀에도 포착되지 않았다면 그런 일도 결단코 없다고 단언할 수 있고요. 그런데 지금 이즈미가시라라는 이름을 듣고 문득 생각나는 것이 있었습니다."

하고 스테베에가 말하자 하야토도 머리를 돌려 미시마 쪽을 향하며,

"내가 아까 문득 말한, 설마 센히메 님이 땅 속에 계셔서 그것을

파내기 위한 가래와 괭이는 아니겠지요, 라는 말은 농담으로 한 것이었지만, 어쩌면 그건 농담이 되지 않을지도 모르겠군요."

눈이 엄청난 빛을 띠기 시작했다.

2

차갑고 푸른 수면에 흰 눈을 뒤집어쓴 후지산이 거꾸로 비치고 있었다. 시미즈이케(清水池)는 미시마 서남쪽 2킬로 위치에 있고 길이는 남북으로 1100미터쯤, 동서로는 넓은 곳은 200미터, 좁은 곳은 50미터쯤 되는 작은 호수다. 이즈미가시라는 이 작은 호수의 기슭에 있었다. 『호조오대기』[주2]에 '때는 옛날, 호조 우지나오와 다케다 가쓰요리 궁시(弓矢) 시절, 가쓰요리의 성은 슨슈[주3] 네 곳에 있었는데, 이즈미가시라의 성에는 나가토[주4] 태수 오후지, 병위부(兵衛府) 권관(權官) 다다, 부젠[주5] 태수 아라카와를 필두로 하여 아시가루[주6] 대장 이치나미, 다카하시 등과 같은 용사를 두었다'고 되어 있는 것이 이곳이다. 다케다가(家)가 멸망한 후 호조 씨(氏)가 이를 물려받았

주2) 北條五代記(호조오대기), 미우라 조신(三浦淨心)이 쓴 호조 가문에 얽힌 이야기를 중심으로 한 군기물.
주3) 駿州(슨슈), 스루가(駿河)의 다른 이름.
주4) 長門(나가토), 현재의 야마구치현 북서부를 가리키는 옛 지명.
주5) 豊前(부젠), 현재의 후쿠오카현 북동부와 오이타현 북부를 가리키는 옛 지명.
주6) 足輕(아시가루), 에도 시대의 최하급 무사.

으나, 그 호조도 멸망한 지 25년, 폐성 정도가 아니라 이미 원형도 남아 있지 않지만, 그래도 구릉을 따라 자연이 아닌 흙의 퇴적이나 움푹 팬 곳이 산재해 있는 것은 제방이나 해자의 흔적이리라. 여기저기에 구르고 있는 거대한 돌도 비바람에 마모되기는 했으나 분명히 인공의 흔적이 있다.

호수 기슭의 물에 반쯤 잠긴 그 거대한 돌 위에 나란히 앉아 낚싯줄을 드리우고 있던 예닐곱 명의 남자가 갑자기 등 뒤로 다가온 심상치 않은 발소리에 놀라 일어섰다.

"여봐라."

구로쿠와모노의 선두에 서서 부른 것은 핫토리 한조다. 그 뒤를 따르는 쇠망치, 나무 메까지 짊어진 무리에, 낚시를 하고 있던 남자들은 겁에 질려 일제히 낚싯대를 떨어뜨렸다. 인근의 농사꾼들이다.

"이놈들, 이 근처에 선대 쇼군 님이 은퇴하신 후에 지내실 곳을 지으시려는 것을 알고 있느냐."

"예, 아마 내년 봄부터――."

"그걸 알면서, 왜 호수의 물고기를 낚고 있느냐?"

대답할 수도 없어서 쩔쩔매고 있는 농사꾼들의 물고기통을 시치토 스테베에가 들여다보며 말했다.

"오, 잉어인가? 붕어도 있군, 겨울에 잡은 잉어, 겨울에 잡은 붕어라면 지금이 제철――."

쓰즈미 하야토도 웃는 얼굴을 향하며 물었다.

"그런데 네놈들, 지난 한 달 사이 이 호수 근처에서 수상한 사람을 보지 못했느냐?"

"수상한 사람——이라 하시면?"

"이 부근의 농사꾼으로는 보이지 않는 여자 같은."

"여자——여자는 아니지만 농사꾼이 아닌 자라면, 20일쯤 전에 십여 명의 무사님들이 와서, 역시 물고기를 잡고 있던 우리를 쫓아내신 적이 있습니다. 슨푸에서 오신 무사님들인데, 선대 쇼군 님과 도련님인가가 이삼 일 내에 매사냥을 하러 오실 준비를 하기 위해서라고 하셨지만, 그 뒤로 딱히 매사냥은 없었던 것 같습니다."

하야토와 스테베에는 얼굴을 마주 보았지만 아무 말도 하지 않았다. 핫토리 한조는 뭐라고도 판단할 수가 없었다. 그가 슨푸에 불려가기 이전에 성에 어떤 움직임이 있었는지 알 길은 없고, 무엇보다 그는 하야토와 스테베에로부터 도쿠가와 요리노부라는 이름은 한 번도 들은 적이 없기 때문이다.

"괘씸한 놈 같으니, 곧 선대 쇼군 님이 맛보시려고 기대하고 계시는데 그것을 지금 훔쳐 먹다니, 물고기는 모두 놓아주고 빨리 떠나라. 오늘 이후로 물고기를 훔친다면 그대들의 목숨은 없다!"

하고 한조는 야단쳤다. 농사꾼들은 낚시대는 마른 갈대 속에 그대로 두고 뿔뿔이 흩어져 달아났다. 그 모습을 지켜보며,

"좋아, 찾아라."

하고 한조는 부하들에게 턱짓을 하며 명령했다. 농사꾼들을 위협한 것은 물고기 때문이라기보다도, 쓰즈미 하야토와 시치토 스테베에가 시사한 센히메 일당의 잠복 장소를 수색하는 데에 방해꾼을

쫓아내기 위해서였던 것은 말할 것까지도 없다.

구로쿠와모노들은 사냥개처럼 호수 기슭 일대로 흩어졌다. 그 후로 몇 각——돌담을 덮고 있는 마른 덩굴을 베어내고, 돌을 쇠지레로 두드리고, 나무 메로 내리치고, 수상한 기척이 있는 곳을 가래와 괭이로 파내고——

서쪽의 저녁 해가 지고, 남은 빛이 푸른 기를 띠기 시작함과 동시에 호수 수면을 부는 바람은 얼음처럼 차가운 것으로 바뀌었다.

"없네."

하고 핫토리 한조가 신음했다. 바보 같은 짓을 했다는 얼굴이다.

"없습니까."

그렇게 열의를 갖고 권했으면서, 두 이가 닌자는 남의 일 같은 얼굴로 호수의 차가운 빛을 둘러보고 있다. 한조는 얼굴을 잔뜩 찌푸렸다.

생각해보면 아무리 센히메 일당이 세상을 피하는 몸이더라도 이런 폐허에 숨어 있을 리는 없다는 생각이 든다. 적어도 지금까지 이곳에 계속 몸을 숨기고 있을 리는 없을 것 같다. 에도와 슨푸 사이라는 위치는 위험하기도 하고, 식량에 대한 불안도 있고, 애초에 무의미한 일이기도 하다.

"어찌할 텐가?"

"무엇을 말입니까?"

"시치미 떼지 말게, 자네들의 약속——암여우들의 머리 말일세."

"그것은, 반드시."

그들이 너무나도 태연해서, 한조는 조금 으스스해졌다. 그러나 더 이상 미련을 갖고 이놈들에게 상관하는 것은 닌자의 종가의 체면에 관련된다. 한조는 통렬하게 비꼬는 말투로 말했다.

"그럼 내일부터 이 땅 일대의 보청을 시작하겠네. 그게 끝날 때까지 자네들의 호언장담을 지키지 못한다면, 암여우의 머리 대신 자네들의 머리를 갖고 슨푸로 돌아갈 수밖에는 없겠지."

"그러시지요."

한조는 분연히 등을 돌렸다. 손을 흔들어 부하들을 불러 모은다. 미시마의 여관으로 돌아가는 것이다.

3

별도 달도 없는 밤이었다. 시미즈이케만이 희미하게 흐릿한 물빛을 내뿜으며 펼쳐져 있다. 얼어붙을 듯한 바람이 호수를 둘러싼 잡목림과 마른 풀에 피리 같은 슬픈 비명을 지르게 하고 있었다.

"하야토, 아직 아무 기척도 없나?"

"아직――물 정도는 길러 나올 것 같은데."

"역시 이 부근에 있는 게 틀림은 없겠지."

"음. 그 매사냥을 준비하러 왔다는 놈들이 수상해. 그건 요리노부님의 부하이고, 아마 또 식량을 보급하러 온 것이겠지."

"나도 그렇게 들었네만, 그렇다 해도 그 도련님이 센히메 님 일당을 감싸시는 것은 아무리 생각해도 납득이 가지 않는군."

"요리노부 님만이라면 괜찮지만, 그분은 선대 쇼군이 가장 총애하는 아드님이지 않은가. 과연 선대 쇼군에게 비밀로 그런 엄청난 짓을 하셨을지 어떨지를 아직 모르겠네. 혹시 선대 쇼군도 알고 한 일이라면."

"센히메 님을 불쌍히 여겨 마음을 바꾼 건가."

"그래. 그렇다면 센히메 님 일당을 붙잡았다고 의기양양하게 나선 우리가 가장 헛물을 켜게 되네."

"한 번 선대 쇼군의 뜻을 확인해야겠군."

"하지만 선대 쇼군의 뜻이 어떻든, 그자들을 놓칠 수는 없어."

"그야 당연하지. 도모야스, 후하쿠, 잇텐사이의 원령이 용서하지 않을 거야. 또 그자들의 목을 들지 않고서, 무슨 얼굴로 이가로 돌아갈 수 있겠나."

"그보다——."

하고 쓰즈미 하야토는 어둠 속에서 웃었다.

"목을 베기 전에 그 여자들을 범하고, 더럽히고, 실컷 희롱해주지 않으면 마음이 풀리지 않아."

"나는 말이지."

하고 시치토 스테베에도 기분 나쁜 신음을 흘렸다.

"센히메 님을 안고 싶네. 나한테 걸리면 아가씨는 어쩌면 내 새 끈끈이에 아홉 구멍이 막혀 열반에 드실지도 모르지만, 몸속이 극락으로 넘치는 기분으로 돌아가시겠지. 나도 그 부드러운 몸을 한 번 안을 수만 있다면, 선대 쇼군을 적으로 돌려도 불만은 없네."

쓰즈미 하야토와 시치토 스테베에가 모처럼 구로쿠와모노를 이끌고 왔으면서도 도중부터 그들과 떨어져 아무것도 모르는 척하기로 한 이유는, 모두 이 대화 속에 있다. 즉 크게 나누면 두 가지, 선대 쇼군에 대한 의혹과 센히메에 대한 욕망이다.

그러나 그들은 센히메 일당이 이 호반의 폐허에 잠복해 있는 것에는 확신을 가지고 있었지만, 그 정확한 장소는 탐지할 수 없었던 모양이다. ——그래서 구로쿠와모노가 철수하도록 내버려 두고 몰래 남아, 사냥감이 기어나오기를 기다리고 있는 것이다.

"쉿——."

무언가 갑자기 외치려고 한 스테베에를 하야토가 제지했다. 호수 기슭을 걸어오는 발소리를 들은 것이다. 한 명이 아닌, 은밀하지만 분명히 여러 명의 발소리였다.

"아니나 다를까——."

그들은 관목 속에서 튀어나왔다. 달도 별도 없지만, 그들은 언덕을 올라가는 네 개의 도롱이와 삿갓의 모습을 똑똑히 알아보았다. 그들은 소리도 없이 추적했다. 그리고 하야토와 스테베에는 그 네 개의 그림자가 언덕 기슭의 바위 속으로 홀연히 빨려들어 가는 것을 목격한 것이다.

바위 속으로——물론 그런 일이 있을 수 있을 리는 없다. 사실은 그 바위가 마치 문추로 여닫는 문처럼 회전하며 열린 것이다. 그런 것은 있으리라고 상상하고 있었다. 오히려 그 외에는 없다고 확신하고 있었다. 그러나 그들도 구로쿠와모노들도 그것을 알아내지 못한 것은, 그것이 노출된 언덕의 지표의 자연석으로밖에 보이지 않았기 때문이었다. 그것이 움직일 거라고 상상하기에는 너무나 거대했기 때문이었다.

"으음."

두 사람은 그 앞에 서서 올려다보았다. 돌 여기저기에는 나무 메로 두드린 흔적이 있다. 그래도 아무런 반향도 느끼지 못했기 때문에, 어지간한 구로쿠와모노들도 놓친 것이다. 그만큼 커다란 암반인데, 주의해서 보니 어느 모로 보나 자연의 균열로 보이는 미묘한 금이 가 있었다.

"이건가──."

스테베에가 가볍게 밀었지만 꿈쩍도 하지 않았다. 제지하려던 하야토는 목소리를 삼켰다. 쓰바가쿠레에서 가장 힘이 센 스테베에가 온몸이 부풀어 오르도록 미는데도 미동도 하지 않는 돌문에, 스테베에와 마찬가지로 기가 막혔던 것이다.

"이건 다케다가 만든 성이었지."

"그럼 신겐[주7]이 고안한 장치인가."

멍하니 팔짱을 끼고 있는 두 사람의 머리 위에서 암흑의 초겨울 바람이 비웃는다. ──그러다가 두 사람은 문득 묘한 것을 깨달았다. 네 개의 도롱이와 삿갓이 이곳에서 나간 것이 아니라 이곳으로

주7) 武田信玄(다케다 신겐), 1521~1573. 전국 시대의 무장.

들어갔다는 것이다. 그러면 그자들은 지금까지 어디에 있었던 것일까?

"오, 움직인다——."

하야토와 스테베에는 펄쩍 뛰어 물러났다.

우뚝 솟은 커다란 암벽이 조용히 돌기 시작했다. 그리고 이윽고 그 앞에 네 개의 도롱이 삿갓 차림과 또 하나의 커다란 그림자가 나타나는 것을 보았다. 평범한 인간이라면 전혀 시력이 작용하지 않을 어둠 속이지만, 이 두 사람의 눈을 어떻게 속일 수 있을까. 그 커다란 그림자는 바로 조소카베의 과부 마루바시였다. 그것을 보면서, "……?" 두 사람이 고개를 갸웃거리고 만 것은, 마루바시를 포함해 그림자가 전부 다섯 개 있었기 때문이다.

다섯 개의 그림자는 조용히 암벽을 떠나려 했으나 갑자기,

"앗, 기다려주십시오."

마루바시가 외쳤다.

"누군가 어둠 속에 숨어 있는 자가 있습니다."

과연 대단하다. 움직이려던 하야토와 스테베에는 물론이고 네 개의 그림자도 딱 멈추었다. 하야토가 스테베에에게 속삭였다.

"한 사람도 놓쳐서는 안 되네. 그림자가 필요해. 불이 필요해. 스테베에, 태울 것은 없나?"

"좋아, 이걸 태우게."

스테베에는 등의 우산을 뽑아 들어 확 펼쳤다. 그 소리에 의지해 사슬낫의 추가 초겨울 바람을 찢었을 때, 그보다 10미터나 뒤로 뛰

어 피한 위치에서 화염이 일었다.

어지간한 마루바시도 숨을 삼키며 지켜보았다. 시치토 스테베에는 불타는 지우산의 자루를 쥐고 부동명왕처럼 서 있었다. 그리고 순식간에 그 우산에서 금색 나방처럼 불똥이 뿜어져 나오기 시작했다. 우산을 돌리기 시작한 것이다. 마치 밧줄이라도 꼬듯이 스테베에의 손바닥에서 우산 자루가 돌려지는가 싶더니 순식간에 불타는 우산은 바람을 타고 허공으로 날아올랐다.

보라, 어두운 하늘에서 돌아가는 불의 고리! 불꽃의 영락(瓔珞)을 드리우는 붉은색의 천개!

저도 모르게 "아아!" 하고 외치며 올려다보고 있던 네 사람은, 그 우산이 바람에 흘러감과 동시에 자신들의 그림자도 또렷하게 떠올라 땅을 흐른 것을 눈치채지 못했다. 간신히 제정신으로 돌아온 것은 마루바시다. 과거에 그녀는 이 적의 그림자를 베는 요술 때문에 참담한 꼴을 당했다.

"그림자——그림자다! 물러나십시오!"

절규하면서 암벽 쪽으로 뛰어 물러난다. 그 말의 의미도 모르고 여전히 멍하니 서 있던 네 사람이 갑자기 동통에 경직했다. 네 개의 그림자는 표창으로 대지에 꿰뚫려 있었다.

이때 벌써, 쓰즈미 하야토는 네 사람 앞으로 쇄도하고 있었다. 때 아닌 어두운 밤의 태양은 순식간에 사라질 것이다, 그것을 알면서도 고통에 꼼짝 못 하고 묶여 있는 네 개의 삿갓을 우선 튕겨낸 것은, 말할 것까지도 없이 센히메가 누구인지 찾아내기 위해서였다.

경악의 비명이 일었다. 하야토의 입에서다.

"——슨푸의 도련님!"

얼굴을 가렸지만 이미 늦었다. 밤하늘에 타오르는 불꽃의 우산은 네 명의 무사 사이에 아픔과 분노로 일그러진 도쿠가와 요리노부의 얼굴을 떠올라 보이게 했지만, 쓰즈미 하야토의 얼굴도 똑똑히 비추었다. 불의 우산은 날아가 순식간에 불이 꺼졌지만, 요리노부가 분명히 보았다는 것은 다음의 질타로 알 수 있었다.

"이가 놈들이로구나."

그림자가 사라지고, 기괴한 아픔에서 해방된 세 명의 가신들은 도를 뽑아 하야토의 앞뒤를 에워싸고 있었다. 스테베에의 모습은 어디론가 녹아 사라졌다.

도망칠 방법은 없었다. 하야토 일당은 이전에 슨푸의 성에서 요리노부를 만났다. 에도성에서도 인사한 적이 있다. 저항할 방법도 없었다. 상대는 도쿠가와의 도련님이다.

"나를 향해 이런 무례한! 거기서 움직이지 말라."

그제야 하야토는, 아까의 도롱이와 삿갓 차림이 누구이고 어디에서 온 것인지를 알았다. 몰랐던 것이다. 그것은 그 여자 닌자들이 아니라 슨푸에서 온 요리노부 일행이 틀림없었다. ——본인도 도를 뽑아 든 소년 요리노부 앞에, 하야토는 무릎을 꿇고 당황하여 손을 들면서 말했다.

"무례를 용서하십시오——작은 주군인 줄은 생각지도 못하고—저희는 그저 선대 쇼군 님의 명령에 따라 그 사나다의 간자들을 처치하기 위해 사력을 다하고 있는 자들이옵니다. 지금 한 짓은 작은 주군의 모습을 그 간자들과 착각하였기 때문에——."

"그런 간자가 어디에 있지?"

요리노부가 그렇게 말했을 때, 하야토는 그 석문이 소리도 없이 열렸다 닫히고 마루바시가 스윽 사라지는 것을 보았다.

"그 간자는 저 암벽에 끼워져 있는 석문 안에."

"그런 석문이 어디에 있나?"

하야토는 더 이상 대답하지 않고, 멸시하는 듯한 눈으로 물끄러미 요리노부의 얼굴을 바라보고 있었다. 저 석문이 스테베에의 괴력으로도 열리지 않는 것은 아까 본 대로다. 그러나 반대로 소년 요리노부의 눈 쪽에 동요가 스쳤다.

"좋다."

하며 그는 고개를 끄덕였다.

"지난날, 누마즈 근방에서 내 가마에 안하무인으로 난폭한 짓을 한 것도 자네들일 테지. 아니, 말하지 마라, 전부 다 알고 있다. 자네들의 무례는 슨푸의 성으로 돌아가서 묻지. 일어서라."

하야토는 여전히 입을 다물고 날카롭게 요리노부를 바라보고 있다. 어둠 속의 불처럼 붉은 기분 나쁜 눈이었다. 그러나 그 불손한 눈은 요리노부 일행을 옭아매는 것처럼 보이지만 그 커다란 암벽을 거미처럼 스테베에가 기어다니는 것을 보고 있었다. 그 사타구니에서 하얀 젖 같은 것을 흘리면서——

이윽고 하야토는 쉰 목소리로 말했다.

“주군. ……작은 주군으로부터 어떠한 추궁을 받든 이의는 없사오나, 다만 저희는 선대 쇼군 님께서 부르신 자들이니 처벌은 선대 쇼군 님이 입회하시는 재판소에서 받고 싶습니다. 이것만은 들어주시면——.”

이 무례하게도 들리는 청에 요리노부는 약간 안색을 바꾸었으나 그것을 어떻게 들었는지,

“그래. 애초에 아버지께 말씀드리지 않아도 될 일인가.”

하고 말하고 나서 주위를 크게 둘러보며 말했다.

“여봐라, 동료가 한 명 더 있었는데 그자는 어찌 되었는가?”

스테베에가 박쥐처럼 암벽에서 뛰어내려 그 앞에 무릎을 꿇었다.

“황공하옵니다. 저는 여기에.”

하야토는 그제야 일어섰다. 그는 스테베에가 저 바위문의 윤곽을 그 정액으로 덧그리는 일을 마친 것을 지켜본 것이다. ‘인조(人鳥) 끈끈이’는 달라붙었고, 지금부터 두세 달의 비바람을 맞는다 해도 더 이상 내부에서 여는 것은 불가능할 것이다.

두 사람은 얌전히 머리를 숙였다.

“그럼, 따르겠사옵니다.”

4

——1616년 정월을, 쓰즈미 하야토와 시치토 스테베에는 슨푸 성내에서 맞이했다. 어쩌면 감옥 정도에는 들어가게 될지도 모른다고 각오하고 있었으나, 두 사람이 안내된 곳은 본성의 한 방이었다. 게다가 몇 명의 아름다운 시녀를 붙여 극진하게 대우해주었다. 지난해 여름, 그들이 선대 쇼군의 부름을 받고 이가에서 이 슨푸의 성에 왔을 때도 이 정도의 대접은 받지 않았다.

이것으로 요리노부가 그들을 죄인으로 보고 있지 않은 것은 분명해졌다. 그렇다면 무엇 때문에 그들을 이 성으로 데려온 것인지 알 수 없다. 하기야, 그들은 엄중하게 감시를 받고는 있었다. 비밀의 죄인인 것은 틀림이 없고, 아무래도 서성에 사는 선대 쇼군은 두 사람이 같은 성내에 갇혀 있는 것을 모르는 모양이었다.

며칠 후, 두 사람은 급사인 시녀들을 자기 사람으로 만들었다. 요리노부도 특별히 지조가 굳은 처녀들을 고르고, 게다가 만일을 경계하여 급사를 할 때도 네다섯 명이 한 조가 되어 입실하라고 명령해두었지만, 우선 소리도 없이 그림자를 범하는 하야토의 닌자술 '백야 수레'는 그녀들을 저항 없이 몽환의 황홀경으로 끌어들였다. 그 후, 그 비밀의 방 안에 하야토와 스테베에는 자못 지루한 듯 엷은 웃음을 띠고 있고, 그 주위에 목소리를 죽이며 쾌감에 경련하는 듯한 자태로 달라붙어 있는 여자들의 만화경과 같은 광경을 보았다면, 요리노부는 어떤 얼굴을 했을까.

어쨌거나 이것으로 두 사람은 성내의 사람들이 아무도 이즈미가시라에 센히메 일행이 잠복해 있는 사실은 물론, 요리노부가 몰래 성을 빠져나가 그곳을 찾아간 것조차 모른다는 것을 알아냈다. 다만 문제는, 선대 쇼군도 과연 그것을 모르는가 하는 것이다. 핫토리 한조에게 갑자기 이즈미가시라의 보청을 명령한 사실의 이면에 무언가 있을 것 같다는 생각이 들었다. 실은 이것은 하야토와 스테베에의 지레짐작이었으나, 만일 선대 쇼군이 센히메를 용서하고 또 그녀의 바람을 용인할 마음이 들었다고 한다면, 일이 일인 만큼 사랑하는 아들 요리노부에게만 몰래 뜻을 전하여 분주하게 할 가능성도 있다고 생각되었다. 또한 요리노부가 선대 쇼군에게 비밀로 움직이고 있다면 일은 너무나도 중대하다. 그것이 알려지면 요리노부는 눈앞에 드리워진 백만 석의 영토 스루가를 날리는 것만으로는 끝나지 않을 것 같기 때문이다.

열흘째에, 문득 하야토가 말했다.

"스테베에, 놈들의 아기는 이 달 안에 태어날 것이라는 계산이었지."

"그렇지, 순조롭다면."

"혹시——우리한테 이곳에서 공밥을 먹여두는 것은——요리노부 님이 그것을 기다리고 계시는 것은 아닐까?"

스테베에는 하야토의 얼굴을 보고 씩 웃었다.

"아기는 여자의 바위문에서 나오더라도, 여자들은 그 천연의 바위문에서는 나올 수 없네."

하야토도 웃으며 고개를 끄덕였다. 그들이 요리노부에게 붙잡혀 있으면서도 태연한 자신감의 근원은 여기에 있다. 하야토는 말했다.

“어쨌든 한 번 선대 쇼군의 속내를 살펴봐야겠군.”

“그래, 선대 쇼군 님이 암여우들을 용서할 마음이 드셨다면 드신 대로, 이것으로 일은 분명해지니 시원하게 움직일 수 있을 텐데. 조금만 더 상황을 볼까.”

두 사람이 턱을 쓰다듬으며 기다리고 있던 것은 바위문을 막았다는 자신감도 있지만, 성도 설날 이후로 여러 가지 정월 의식에 평온한 날이 없기 때문이기도 했다. 에도에서는 물론이고 교토의 궁궐, 또 영주들이나 절들, 호상(豪商)들의 신년 축하 사자(使者)가 끊이지 않아, 도저히 이 두 사람이 수상한 얼굴을 내밀 여지는 없었다.

그중에 핫토리 한조의 모습도 보인다――는 것을 문득 안 것은 1월 13일 아침의 일이었다. 갇혀 있어야 할 방을 빠져나온 것은 하야토에게 반쯤 장난이었지만, 그 동기도 별로 대단한 의미는 없는 일이었다. 그저 이즈미가시라의 그 후의 상황을 슬쩍 물어봐 두자고 생각한 것에 지나지 않는다.

“핫토리 님, 새해 복 많이 받으십시오.”

심각한 얼굴을 하고 가미시모 차림으로 갑옷 창고 옆을 걷고 있던 핫토리 한조는 갑자기 쓰즈미 하야토의 목소리를 듣고, 목소리와는 반대쪽인 흙을 두껍게 바른 창고 벽에서 또렷하게 그 그림자를 보았지만, 하야토의 본체는 어디에도 보이지 않았다. 그것은 알고 있는 일이라 굳이 놀라지 않았지만, 그보다 "어라" 하고 생각한 것은 그가 이 성 안에 있는 것이었다.

"하야토, 선대 쇼군 님께 사죄를 드렸는가."

"그렇습니다."

하야토의 목소리는 아무렇지도 않게 웃으며 물었다.

"그 후, 이즈미가시라 쪽은 어떻습니까? 보청도 꽤 진척되었겠지요."

"——그 일 말인데."

하며 한조는 고개를 끄덕였다. 그래서 아까 걸어오는 동안에도 팔짱을 끼고 깊은 생각에 잠긴 얼굴이었던 것이다.

"실은 그 땅에는 이상한 일이 있네."

"호, 이상한 일이라니요?"

"선대 쇼군 님이 그 시미즈이케 기슭을 은퇴 후 지내실 곳으로 정하신 것에 대해서 어떤 경위가 있었는지 나는 잘 모르지만, 아무래도 납득하기 어려운 괴이한 일이 있네. 실은 이것을 말씀드리기 위해서도 온 것이지만 공교롭게도, 라고 하는 것도 이상하네만 때는 정월, 지금 그 흉사를 말씀드리는 것도 꺼려져서 허무하게 물러나온 참일세."

한조는 혼잣말처럼 말했다. 어지간히 염려하고 있는 일이 있는 모양이다.

"그건 어떤 일입니까?"

"그 후로, 호반에서 일하고 있는 구로쿠와모노 중에 발광하는 자가 있네. 발광이라고 해도 될지 어떨지는 모르겠지만 띄엄띄엄 서너 명, 아니, 대여섯 명쯤 될까, 갓 태어난 아기처럼 변한 자가 있거든. 양손을 움츠리고, 입은…….”

대답은 없었다. 아무리 기다려도 없었다.

“하야토.”

돌아보니 갑옷 창고의 벽에 비치고 있던 그림자는 사라지고 소나무에 초봄의 바람이 울리고 있을 뿐이었다.

——쓰즈미 하야토는 원래의 방으로 돌아갔다. 그동안 그의 발은 처음부터 대지를 한 발짝도 밟지 않고, 지붕을 뛰어넘고 처마 밑을 기고 벽을 타고, 성의 무사의 눈에는 전혀 띄지 않았다.

“스테베에, 자네의 인조 끈끈이는 깨졌네.”

“뭐라고?”

깜짝 놀라는 스테베에에게 하야토는 지금 한조가 한 이야기를 말했다. 그러고 나서——전에 그가 센히메 저택에서 보았던, 똑같은 괴이를 당한 사카자키 일당의 이야기를 했다.

“그럼, 그것은——.”

“그것은 즉, 그 사나다의 암여우가 바위 안에서 나왔다가 그 모습을 구로쿠와모노에게 들킨 것이지. 그래서 그 구로쿠와모노는 그자의 닌자술에 희생된 것일세.”

“하지만 내가 막은 석문을 깨다니?”

“이보게, 스테베에, 적 중에는 그 마루바시라는 여자가 있네. 그자의 인간 같지 않은 괴력에는, 다마가와 강변에서 나도 자네도 혀를 내두르지 않았는가.”

“좋아, 나는 이즈미가시라에 가보지.”

시치토 스테베에는 벌떡 일어났다. 자존심에 상처를 입은 분노로, 거대한 몸이 한층 더 거대하게 부풀어 오른 것 같았다.

“나도 갈까?”

“뭐, 나 혼자 충분하네. 둘 다 사라지면 여자들이 곤란할 거야. 이즈미가시라까지 겨우 16리, 내일 아침까지는 돌아오겠네. 만일 생각지 못한 일이 일어나 애를 먹는 일이 있다 해도 사오 일 안에는 반드시 길보를 가지고 돌아오겠네. 그때까지 하야토, 어떻게든 이곳을 얼버무려두게. 부탁하네.”

5

두목이 슨푸에 가느라 자리를 비웠다고 해서 일을 게을리할 구로쿠와모노는 아닐 테지만, 그들은 아직 저녁 해가 붉게 비치고 있는 들길을 벌써 들썽거리며 되돌아오기 시작하고 있었다. 이즈미가시라에서 미시마로 들어가려는 그 무리 앞에, 길가에서 곰방대를 물고 있던 남자가 천천히 다가와,

“이봐, 잠깐.”

하고 불러세웠다. 물론 구로쿠와모노들은 알고 있다. 시치토 스

테베에다. 그건 그렇고 아침에 슨푸에 있던 스테베에가 해 질 녘의 미시마에 모습을 나타냈다는 것은 쓰바가쿠레의 닌자가 아니면 할 수 없는 일이다. 그는 하늘을 올려다보며,

"일을 몹시 빨리 마치는군."

하고 놀리듯이 웃었다. 한 사람이 불쾌한 얼굴을 하며,

"아니, 여기에는 이유가 있고, 두목이 분부하신 일이기도 합니다. 해 질 녘부터 밤에 걸쳐서 저 호수 기슭을 어슬렁거리고 있으면 멸망한 성의 망혼(亡魂)의 저주인지, 미치는 사람이 여럿 나와서요."

"그건 핫토리 님한테 들었네."

스테베에는 갑자기 안색을 진지하게 고치며 말했다.

"핫토리 님의 명령일세. 오늘 밤에는 내 지시에 따라주었으면 하네. 아니, 이 인원은 필요없어. 스무 명 정도만 남고, 나머지는 물러가도 좋네."

한조의 명령이라는 말을 듣고 구로쿠와모노들은 숙연해졌다. 스테베에의 뻔뻔스러운 거짓말이지만, 구로쿠와모노들은 다른 사람은 몰라도 이 남자한테만은 그런 일도 있을 수 있다고 판단한 것이다. 시키는 대로 스무 명을 남기고 나머지 일행은 미시마로 물러갔다.

"자, 다시 이즈미가시라로 가는 걸세. 폐성의 망혼인지 뭔지를 보여주지."

동요하는 구로쿠와모노들에게,

"내가 같이 있겠네."

하고 스테베에는 내뱉듯이 말했다. 그 한 마디로 그들에게 두목인 한조보다도 반석 같은 든든함을 느끼게 한 것은, 저도 모르는 사이에 이 쓰바가쿠레의 닌자의 박력에 휘말린 탓이었을 것이다.

스테베에가 스무 명만을 남긴 것은 애초에 '폐성의 망혼'에게 눈치채이지 않기 위해서였다. 그는 이 스무 명을 다시 이즈미가시라에 숨어들게 하여, 시미즈이케 주위에 약 100미터 간격으로 매복시켰다. 아직 붉은 저녁 해는 다 가라앉지 않았는데도 이 행동 중에 새 한 마리도 날아오르게 하지 않은 것은 과연 시치토 스테베에의 지휘이고, 또한 구로쿠와모노의 정묘한 재주이기도 했다.

호수는 담홍색으로 빛나고 있었다. 물이 아니다. 얼음이 가득 덮고 있는 것이다. 어젯밤 사이에 언 얇은 얼음이었다. 그날은 맑은데 바람이 차가워서 끝내 푸른 물은 나타나지 않았지만, 그 태양 때문에 군데군데 그 푸른 빛이 비쳐 보일 정도로 얇아져 있었다.

그것은 호반에 나온 여자가 가볍게 손가락으로 누른 것만으로도 그 손가락 아래의 얼음에 금이 가고 물에 가라앉은 것으로도 알 수 있었다. 여자는 기슭에 통을 내려두고 안에서 꺼낸 천을 그 물로 빨고 있었다.

그 뒤에 시치토 스테베에의 모습이 희미하게 나타났다. 등을 보이고 아무것도 눈치채지 못하는 듯한 여자를 물끄러미 바라본 채, 그는 움직이지 않는다.

이윽고 여자는 빨래를 마쳤는지 통을 한 손에 도로 들다가, 언덕과 바위밭 사이에 검게 버티고 선 스테베에를 보았다.

"이봐, 저 석문을 나온 거냐."

하고 스테베에가 감탄한 듯이 말했다. 여자는 통을 땅에 놓았다.

"깬 것은 마루바시인가? 마루바시는 잘 있나? 우후후, 조금 그립군. 네놈과 마찬가지로."

여자는 그 옷을 벗어 던졌다. 벗는다기보다, 한순간 피부 위에서 옷이 녹은 것 같았다. 오마유다.

시치토 스테베에는 도를 뽑아 들고 이를 드러냈다.

"시나노 닌자술인지 뭔지——이가와 닌자술을 겨루는 건 이게 마지막이라고 생각해라."

칼날을 앞에 똑바로 세웠는데도, 눈안개처럼 오마유의 몸은 날았다. 그리고 순식간에 그 두 다리가 하얀 암꽃술처럼 벌어져 스테베에의 목에 감겼다. 스테베에의 칼날은 그녀의 등 뒤에 세워져 있었다. 보통 사람이라면 그 살의 향기에 눈도 어지러워지고 숨도 막힐 것이다. 다만 닌자만은, 가까스로 그 칼날을 거꾸로 들어 여자에게 꽂으려는 기력을 잃지 않는다. 예전에 그것 때문에 구로쿠와모노 중 한 명은 자신의 가슴을 찔렀고, 쓰즈미 하야토는 자신의 목 가죽을 베었다.

"——그 수법은 통하지 않는다!"

스테베에는 절규했다. 동시에 여자의 나신을 마주 보고 목말을 태운 채 호숫가로 달려가, 아까 여자가 깬 얼음 부근에 부웅 하고 칼날을 내리쳤다.

거기에서 날카로운 소리가 나고, 그 도신은 부러졌다. 스테베에의 목에 감겨 있던 나신은 사라지고, 그 호숫가의 위치에 부러진 칼날과 함께 이 또한 양단된 보현보살 불상이 허공으로 날았다. 그리고 "앗" 하는 목소리가 들린 것은 호수 수면 위였다.

오마유는 얇은 얼음 위에 서 있었다. 여전히 옷은 걸친 채다. ——지금 스테베에를 덮친 그림자는 호반 일대에 매복해 있는 구로쿠와모노들에게는 보이지 않았다. 그들이 본 것은 물가에 웅크리고 있는 여자의 등을 향해 칼을 들고 달려든 시치토 스테베에의 모습뿐이다. 그러나 그 찰나, 분명히 보기에도 무거워 보이는 배를 한 그 여자가 건드리면 부서지는 얼음 위로 깃털처럼 도망친 것을 보고, 저도 모르게 "——오오!" 하며 자신의 눈을 의심하는 신음을 질렀다.

놀라운 일은 다음 순간, 그 여자의 두 배는 되는 스테베에가 똑같이 가볍게 얇은 얼음 위에 선 것이다. 그리고 순식간에 여자는 몸을 돌려 호수 위를 달리기 시작했다. 스테베에가 이것을 쫓는다. 실로 이것은 사람이 아닌 아지랑이의 결투라고 할 수 있었다. 수상한 자를 잡기 위해 배치된 구로쿠와모노들이었지만, 이 동안 멍하니 눈을 크게 뜨고 있을 뿐, 아마 여자가 어딘가의 기슭에 다다랐다 해도 온몸이 마비된 것처럼 되어 손을 댈 수는 없었을 것이다. 그러나 그들이 일제히 흘린 탄성은 그 여자의 다리를 호수 한가운데에 못박았다.

일순, 동시에 멈추어 선 시치토 스테베에의 사타구니에서 젖 같은 것이 터져 나왔다. 희고 탁한 액체는 담홍색 얼음 위를 화살처럼 미끄러져 가, 여자의 발치에 다다랐다.

여자는 다시 움직이려다가 그 자리에 얼어붙었다. 사나운 말의 발굽조차 멈추게 하는 스테베에의 정액이다. 인조(人鳥) 끈끈이는 사람을 잡는 끈끈이였다.

"여자."

맨손을 펼치고 가까이 다가가면서 스테베에는 웃었다.

"소리를 질러서 마루바시를 불러라. 단, 그 커다란 여자는 이곳에는 올 수 없겠지. 사슬낫의 사슬도 닿지 않아. ——또 한 마리 남아 있을 암여우를 부를 테냐. 그자라면 닌자이니 어쩌면 얼음을 건널 수 있을지도 모르지만, 온다면 네놈과 같은 운명이다."

그는 한 팔을 오마유의 허리에 덥석 감고, 한 팔로 그 옷자락을 헤치면서 얼음 위에 쓰러뜨리고 몸을 겹쳤다.

"어디, 마지막으로 한번 이 붉은 얼음 호수를 보아라, 극락정토로밖에 보이지 않지? 경우에 따라서는 네놈에게 극락정토를 맛보게 해주마."

오마유의 등의 얼음이 깨지고, 그 몸이 반쯤 물속에 가라앉았다. 그런데도 그녀는 바닥 깊이 가라앉지 않는다. 그 위에 엎드린 시치토 스테베에에게 매달려 있었다. 거의 언어를 잃게 하는 처절한 낙일 속에서 하나는 얼음 위, 하나는 물속, 그 접점에서 여자를 계속해서 범하던 시치토 스테베에는 기괴한 도취에 저도 모르게 이성을 잃을 뻔하다가 갑자기,

"——음!"

하고 신음하더니 그 몸을 떼려고 했다. 오마유의 '천녀패' 닌자술

을 감각한 것이다. 됐다, 하며 그 입은 웃음을 지었다. 아니, 그 몸은 완전히 이탈했다고 생각했다. ──그러나 두 몸은 떨어지지 않았다!

그의 육초는 실로 여자의 몸속에 있었다. 그러나 육초를 벗은 그의 남근을, 마치 한 팔을 붙잡은 나생문[주8]의 도깨비처럼 또 하나의 무언가가 붙잡았다. 차가운, 부드러운 무언가가──힐끗 보고, 스테베에의 온몸에 경악의 파도가 스쳤다. 그것은 작은, 붉은 아기의 주먹이었다.

경악과 동시에, 엎드린 그의 사지 밑에서 얼음이 깨졌다. 그 금 가는 소리를 듣고, 그의 손은 그 주먹을 움켜쥐어 떼어내려고 했다. 그러나 그것은 문어처럼 흐물흐물하게 잘록해졌을 뿐 그를 놓으려고는 하지 않았다. 다음 순간, 반짝이며 날아가는 얇은 얼음의 파편 속에, 시치토 스테베에는 여자 닌자와 작은 주먹으로 연결된 채 호수 밑바닥의 얼음 지옥으로 가라앉아갔다.

호반에 매복해 있던 구로쿠와모노들은 이 광경을 보고 있었다. 그러나 두 사람 사이에 무슨 일이 일어난 것인지 잘 알 수가 없었다. 설령 알았다고 해도 스테베에를 구하러 갈 수는 없었다. 얇은 얼음이 언 호수는 헤엄치는 것조차 불가능했기 때문이다. 또한 만일 거기에 다다랐다 하더라도 호수 가운데에 나타난 사람 모양의 푸른

주8) 羅生門(나생문), 간제 노부미쓰(觀世信光)가 지은 노(能) 작품 중 하나의 내용. 미나모토노 요리미쓰(源賴光)의 신하 와타나베노 쓰나(渡辺綱)가 나생문(羅生門)에 사는 귀신과 싸워 그 한 팔을 잘랐다는 이야기다.

수면은 순식간에 하얗게 탁해지고, 그 고무 같은 강인한 막은 지상의 사람을 완전히 수중과 단절했을 것이 틀림없다.

해는 금화 같은 불똥을 흩날리면서 가라앉았다. 망연자실해 있던 그들은 초저녁 어스름 속에 그 암벽에 가느다란 금이 가고 순식간에 커다란 구멍이 된 것을 알아채지 못했다. 그리고——스무 명의 구로쿠와모노들은 한 사람도, 끝내 미시마로 돌아가지 않았다.

팔다리를 움츠리고 입을 내민 채 부풀어 오른 그들의 익사체가 서로 연결된 남녀의 시체와 함께 푸르스름하게 미지근해지기 시작한 호수 수면에 떠오른 것은, 훨씬 나중의 봄이 되고 나서의 일이었다.

닌자술 ‘몽환포영(夢幻泡影)’

1

1월 16일의 일이다. 에도 방향에서 미시마로 들어온, 온통 검게 옻칠을 하고 금박으로 그림이 그려진 한 대의 여자 가마가 있었다. 가마꾼을 비롯해 호위 무사도 열 명 남짓 따르고 있었다. 아직 해가 높은 시각이라 이대로 미시마는 지나쳐 갈 생각인 듯 거리의 서쪽 변두리 근처까지 가고 나서,

"아, 잠깐."

하고 가마 안에서 목소리가 들렸다. 호위 무사가 물었다.

"무언가 용무가 있으십니까."

"그래, 지금 저기를 지나간 생선장수 사내를 세워라."

하고 가마를 탄 여자의 목소리는 말했다. 그러고 보니 지금 농사꾼인 듯한 도붓장사 사내가 길을 지나갔는데, 멜대에 짊어진 짐에서는 분명히 생선 꼬리가 튀어나와 있었던 듯하다. 무사는 허둥거리며 부르러 돌아가, 그 도붓장수를 데려왔다.

"잉어라고 생각했는데, 역시 훌륭하구나……."

하고, 가마의 미닫이문을 열게 한 여자는 그 잉어를 바라보며 말했다. 생선장수 사내는 만만치 않은 신분의 여자라고 직감하고 차가운 길에 꿇어앉아 있다. 물을 담은 대야 모양의 통에, 튀어 오르지 않도록 그물로 감싼 네다섯 마리의 잉어는 모두 두 자에서 세 자 가까이 되고 전부 살아 있었다.

"잉어는 원기가 돋는다고 하여 선대 쇼군 님이 무엇보다 좋아하

시는 것이다. 여봐라, 도붓장수, 이 잉어는 어디에서 잡은 것이냐."

"고하마이케이옵니다."

하고 농부는 머뭇머뭇 대답했다.

"고하마이케라니?"

고하마이케(小浜池)란 미시마의 북서쪽에 있으며, 후지산의 눈이 녹아 땅속을 지나 이곳으로 솟아 나온다고 하는 맑고 커다란 연못으로, 이 지방 일대의 논을 관개하는 원류라는 뜻이라고 농사꾼은 말했다.

"오오, 그렇게 맑은 물에 사는 잉어라면 더욱더 맛있겠지. 회로 만들어 바칠까, 잉어찌개로 만들어 바칠까. 무엇으로 해도 좋은 선물을 찾았구나——."

하고 여자는 눈을 생생하게 빛내며,

"여봐라, 이 잉어를 대야째 사들여, 이 역참에서 인부를 사서 이대로 함께 슨푸로 옮기게 해라."

하고 말하고는 가마의 미닫이문을 닫게 했다. ——다케치요의 유모 오후쿠다.

오후쿠는 슨푸로 가는 도중이었다. 에도성에서의 여러 정월 행사도 일단 끝나, 선대 쇼군에게 인사를 드리러 가는 참이다. 다만 그쪽에서 부른 것은 아니고 이쪽에서 멋대로 가는 것이다. 선대 쇼군으로부터 마루바시 일에 대해 다시 꾸중을 받지는 않았으나 분명히 노여움을 샀다고 보고, 그때까지 선대 쇼군의 신임을 한몸에 받고 있었던 만큼 안절부절못하게 되어, 어떻게 해서라도 그 의심을 풀

어두어야 한다는 생각에 나온 것이었다.

헌상할 잉어를 산 오후쿠의 일행은 19일, 오키쓰[주1)]에서 네다섯 명의 종자를 거느린 핫토리 한조와 스쳐 지났다. 그러나 얼굴을 완전히 가리는 깊은 삿갓을 쓴 한조를 오후쿠 쪽에서는 알아채지 못했고, 한조 쪽도 잉어를 옮기는 여자 가마의 일행을 힐끗 보았을 뿐, 돌아보지도 않고 빠른 걸음으로 동쪽으로 걸어갔다.

20일, 오후쿠는 슨푸에 다다랐다. 그러나 평소와 달리, 곧 알현을 허락받지는 못했다. 당대(唐代)에 편찬되어 중국에서는 송(宋) 이후까지 사라졌던 『군서치요(群書治要)』를 간행하는 것은 이에야스의 만년의 바람 중 하나였는데, 마침내 이 일을 시작하기 위해 곤치인 스덴, 하야시 도슌 등 학승(學僧)과 유관(儒官)을 불러 지난 며칠 동안 자문 중이라는 것이었다.

"그렇다면 더욱더 피로하실 테지."

하고 약간 머쓱해하면서도, 어떤 일에도 손을 놓지 않는 오후쿠는 고개를 끄덕였다.

"헌상할 잉어는 부엌으로 옮겨라. 그러면 내가 직접 요리해서 선대 쇼군 님께 바치겠다."

거기에, 오후쿠가 왔다는 말을 듣고 교토의 호상(豪商) 차야 시로지로[주2)]가 들어왔다. 이 차야는 대대로 도쿠가와가에 납품을 맡아

주1) 興津(오키쓰), 시즈오카현 시즈오카시 시미즈구의 지명. 도카이도 53개 역참 중 17번째 역참이 있었다.

주2) 茶屋四郎次郎(차야 시로지로), 전국 시대의 무장 오가사와라 나가토키(小笠原長時)의 가신이었던 나카시마 무네노부(中島宗延)의 아들 아키노부가 무사를 그만두고 교토로 올라가 포목상을 시작한 것이 시초라고 한다. '차야'라는 가게 이름은 무로마치 막부의 쇼군 아시카가 요시테루(足利義輝)가 종종 아키노부의 저택에 차를 마시러 들렀던 데에서 유래한다.

주인선[주3]이나 교토 일대의 상인의 지배 등의 특권이 주어진 한편, 도쿠가와가의 경제 고문이라고도 할 수 있는 집안인데, 이 또한 며칠 전 슨푸에 왔는데도 선대 쇼군의 위와 같은 사정 때문에 무료한 얼굴로 어슬렁거리고 있었던 것이다.

"모처럼 살아 있는 잉어라면 신선한 회가 맛있지요. 오, 게다가 아까 내기[주4] 사카키바라 님이 커다란 도미 두 마리, 옥돔 세 마리를 헌상하셨다고 들었습니다. 이것을 참기름에 튀기고 마늘을 갈아 뿌리는 남만[주5] 요리가, 요즘 교토에서는 유행하고 있지요. 아니, 그럼 제가 직접 지도해서 요리해드릴까요?"

그는 상인답게 손을 비비며 말했다. 이 호상(豪商)이 비길 데 없는 미식가이고 세상 물정에 밝으며, 직접 부엌칼을 드는 것이 도락인 것은 유명했다. 오후쿠는 그에게 맡기기로 했다.

이튿날, 이에야스는 근교에 매사냥을 나갔다가 저녁때 성으로 돌아왔다. 그날 저녁 식사에 이 요리가 나왔다. 아들 요리노부, 스텐, 도슌, 그리고 의기양양한 얼굴을 한 차야 시로지로와 함께 오후쿠도 처음으로 알현이 허락되어 함께 식사 자리에 앉았다.

시로지로가 자랑하는 남만 요리도 그렇지만, 그보다 이에야스와 사람들을 감탄하게 한 것은 잉어를 멋지게 살아 있는 모습으로 내놓은 것이었다. 커다란 그릇에 눕혀진 잉어는 뻐끔뻐끔 입이며 아

주3) 朱印船(주인선), 주인장(朱印狀)으로 해외 무역 허가를 얻은 배. 도쿠가와 이에야스 때 동남아시아와의 무역에 활약했다.

주4) 內記(내기), 궁중의 기록을 맡았던 관리.

주5) 南蛮(남만), 샴, 무로마치 말기~에도 시대에 걸쳐 루손, 자바 등 동남아시아 지방을 가리키던 말.

가미판을 움직이고 있었다. 시로지로가 나서서 부엌칼의 칼등으로 머리를 치자, 잉어는 펄떡펄떡 뛰었다. 동시에 처음부터 떼어 두었던 껍질이 후루룩 떨어지고, 그 밑에 얇게 잘라 늘어놓은 살이 후드득 갈라졌다.

"오후쿠가 준 잉어라고 했지."

하고 이에야스는 말했다. 오후쿠는 면목이 서서 기쁜 듯이 대답했다.

"미시마 고하마이케의 잉어이옵니다. 오는 길에 우연히 눈에 든 것을, 꼭 산 채로 선대 쇼군 님께 맛보여 드리고 싶어서……."

어찌 알겠는가, 이 잉어야말로 이레 전, 사나다의 여자 닌자와 시치토 스테베에가 사투를 펼쳤던 시미즈이케 호수에서 잡은 것일 줄은.

잉어를 판 농부는 시미즈이케 부근에 사는 자로, 지난 며칠 호수 주위에 구로쿠와모노들의 모습이 없는 것에 긴장을 풀고 또 몰래 낚시질을 한 것이었지만, 핫토리 한조가 낚시를 금지한 기억이 있었던 만큼 오후쿠가 물었을 때 순간적으로 고하마이케라고 거짓말을 한 것이었다. 하물며, 그 시미즈이케의 호수 밑바닥에 두 닌자와 스무 명의 구로쿠와모노의 시체가 가라앉아 있을 것을, 이 자리에 있던 누가 알았을까.

승려 스텐을 제외하고 그 자리에 있던 사람들은 모두 이것을 맛있게 먹었다. 특히 이제 76세가 되었으나 하루 종일 매사냥을 하느라 기분 좋게 공복을 느끼고 있던 탓도 있어, 이에야스는 남들보다 더 많이 먹었다.

말발굽에 모래 먼지를 끌며 핫토리 한조가 달려 돌아온 것은, 마침 그날 만찬이 끝났을 시각이었다.

2

이즈미가시라의 괴이한 일을 선대 쇼군에게 알리려 하였으나 구로쿠와모노의 긍지도 있어 망설이다가 끝내 공허하게 미시마로 물러간 핫토리 한조는, 그곳에 남아 안절부절못하고 있던 부하로부터 그 이가 쓰바가쿠레의 닌자 시치토 스테베에가 한조의 명령이라며 스무 명을 이끌고 이즈미가시라로 갔고, 그 후 행방이 끊어지고 말았다는 사건의 보고를 받고 깜짝 놀랐다. 부하들은 한조의 지시라고 믿었기 때문에 그 일에 대한 판단을 급히 사람을 보내 한조에게 묻는 것도 망설이고 있었던 것이지만, 한조는 그런 명령을 내린 기억은 전혀 없었다. 그보다 그 스테베에를 포함해 막부에 직속되어 있는 구로쿠와모노들이 그렇게 대량으로, 한번에 사라져 버린 것이야말로 큰일이다.

이제 망설이고 있을 때가 아니다. 그는 그렇게 결단을 내리고, 선대 쇼군의 지시를 받기 위해 준마를 몰아 슨푸로 달려온 것이었다.

"뭣이, 이즈미가시라에――."

하며 이에야스는 젓가락을 떨어뜨렸다.

한조는 그 사건에 관련하여, 아무래도 그 두 명의 이가 닌자가 한 번 이즈미가시라를 센히메 일행의 잠복지로 주목한 적이 있다는 사실을 언급해야만 했다. 그때는 확증은 들 수 없었지만 지금에 와서 생각하면 이즈미가시라에 괴이를 부르고 있는 것은 단순히 폐성의 망령이라고는 생각되지 않고, 분명히 살아 있는 '누군가'가 아닐까 하고 판단된다——는 것이다. 이에야스의 입장에서는 센히메가 하코네 이서(以西)로 도망쳤다는 이야기를 듣는 것도 처음이다. 놀람을 넘어 의혹의 눈길을 쏟는 선대 쇼군에게 한조는, 만일 이 일에 대해 수상한 점이 있다면 아마 지금도 이 성에 있을 쓰즈미 하야토를 불러주십시오, 라고 말했다. 이 또한 이에야스에게는 생각지도 못한 일이다.

"쓰즈미가 이 성에 있다는 것이냐."

하고 고함쳤을 때, 천장에서 거대한 얇은 날개를 가진 나방처럼 그림자가 소리도 없이 아래로 떨어져 내리더니, 엎드린 남자의 모습이 되었다.

"쓰즈미 하야토, 네가."

이에야스뿐만 아니라 그 자리에 있던 모두가 한쪽 무릎을 세우며 긴장했다. 이에야스는 소리쳤다.

"하야토, 누구의 허락을 얻어 이 성에 왔느냐."

"요리노부 님께서 부르셔서 왔습니다."

하고 하야토는 대담한 눈빛으로 요리노부를 살피며 말했다. 요리노부는 창백해져서 하야토를 마주 노려보고 있었다. 두 사람을 힐끗 번갈아 보고 나서 이에야스는 말했다.

"요리노부가 불렀다니?"

"이자는――제가 슨푸로 돌아오는 길에, 가마에 취침을 분 수상한 자이옵니다."

"그 수상한 자를 어째서, 아름다운 시녀까지 붙여 한 달 가까이 거두어 먹여주셨습니까."

하고 하야토는 희미한 웃음을 띠며 말했다. 실은 그는 시치토 스테베에가 돌아오지 않는 것에 초조해져 몇 번이나 자신도 이즈미가시라로 달려가려고 생각하면서도, 스테베에에 대한 신뢰로 하루만 더, 하루만 더, 하고 기다리던 차에 핫토리 한조가 말을 달려 돌아왔다는 것을 듣고 상황을 살피러 몰래 와 있었던 것이다. 한조의 이야기에 스테베에가 죽은 것을 확신하고, 그의 눈은 분노로 엷게 빛나고 있었다.

"취침을 분 것은, 그 가마에 센히메 님이 계실 거라고 생각했기 때문――그것을 확인하기 위해서였사옵니다."

그리고 성급해진 이에야스의 물음에, 하야토는 다마가와 강변 이후의 일을 이야기했다. 요리노부의 행동에 선대 쇼군이 아무런 관련도 없는 것이 판명된 이상, 두려울 것은 아무것도 없었다.

"요리노부."

하고 이에야스는 돌아보았다. 분노로 안색도 목소리도 가라앉아 있었다.

"하야토의 말은 사실이냐. 사실이라면 이유를 말해라."

요리노부는 얼굴을 들었다. 창백해져 있던 뺨의 색깔이 아름답게 홍조를 띠고, 눈이 두려움도 없이 빛나며 늙은 아버지를 마주 보았다.

"이유는, 오센 님을 좋아했기 때문입니다."

하고 단호하게 말했다.

"그래서 오센 님의 바람을 이루어드리고 싶었을 뿐입니다."

어릴 때부터 요리노부는 오사카의 성으로 시집간 아름다운 '연상의 조카'에게 꿈 같은 애착을 품고 있었다. 그 오사카의 성과 전쟁이 시작되고 나서는 그 성으로 달려가면서, 박복한 그녀에 대한 애처로움에 가슴이 아팠다. 이미 이때 그는 센히메가 아버지의 정략결혼의 희생자였던 것을 직감했다. 그는 열네 살이라는 나이 때문에 잠자코 있었지만, 그 나이 때문에 아버지를 용서하지는 못했다. 눈 내리는 로쿠고바시 다리에서 우연히 마주쳐 자신의 행렬에 숨겨준 것은 그 동정의 폭발이다. 동시에 노회하고 무자비한 아버지에 대한 저항이다. 그 이후 그는 히데요리의 아이를 남기고 싶다는 그녀의 비원을 이루어주려고 고심해왔다.

"마침 좋은 기회로군요. 아버님께 말씀드리고 싶은 것이 있사옵니다."

몸만은 장부처럼 크다. 그 잘 발육한 가슴을 똑바로 펴고 이에야스를 똑바로 바라본 눈은, 이제 열다섯이 되는 소년의 맑게 타오르는 듯한 눈이었다. 이에야스는 저도 모르게 동요하여,

"무엇이냐."

하고 쉰 목소리로 말했다.

"오센 님의 바람을 이루게 해주십시오. 히데요리 님의 자식을 그 손에 안게 해주십시오."

"그렇게는 안 된다. 요리노부, 너는 젖먹이 우시와카[주6)]를 용서하는 바람에 단노우라[주7)]에서 멸망한 다이라가(家)의 이야기를 알고 있겠지."

"그것은 다이라가가 교만했기 때문입니다. 단노우라 이전, 이시바시야마[주8)] 이전에 다이라가는 스스로 멸망하고 있었습니다. 도쿠가와는 그렇게는 되지 않습니다. 이 요리노부가, 그렇게는 만들지 않을 것입니다."

"이, 이 풋내기가!"

"그러하옵니다, 젖내 나는 요리노부이기 때문에 드리는 말씀입니다. 황공하오나 아버님께는 남은 목숨도 그리 길지 않을 것입니다. 히데요리의 아이가 설령 이 세상에 태어난다 해도, 그것이 어른이

주6) 牛若丸(우시와카마루), 미나모토노 요시쓰네(源義経)의 아명. 가마쿠라 막부 초대 쇼군인 미나모토노 요리토모(源頼朝)의 배다른 동생이다. 미나모토노 요시토모(源義朝)의 아홉 번째 아들로 태어났으며, 미나모토가와 다이라가의 세력 다툼이었던 헤이지(平治)의 난 때 아버지 요시토모가 패하여 죽자 구라마데라(鞍馬寺)라는 절에 맡겨졌다가 후에 후지와라노 히데히라(藤原秀衡)의 비호를 받으며 자란다. 형 요리토모가 다이라를 타도하기 위해 거병했을 때 이에 참전하여 이치노타니, 야시마, 단노우라의 싸움을 치르며 다이라 가문을 멸망시키는 최대의 공로자가 된다.

주7) 壇ノ浦(단노우라), 야마구치현 시모노세키시에 있는 해안. 미나모토가와 다이라가의 세력 다툼의 최후의 싸움터.

주8) 石橋山(이시바시야마), 오다와라시 남서부에 있는 산. 1180년에 미나모토노 요리토모가 다이라 정권 세력(오바 가게치카[大庭景親])과 이곳에서 전투를 벌였다. 미나모토 군은 300기가 이시바시야마 산에 진을 구축하였으나, 다이라 군은 3000기가 계곡 하나를 사이에 두고 포진하여 싸웠고, 미나모토노 요리토모는 크게 패하여 하코네 산중으로 달아났다.

되는 것은 20년 후, 만일 그자가 도쿠가와가에 활을 당기더라도 그것을 막는 것은 아버님이 아니라 저희일 것입니다."

실로 아버지에게 활을 당기는 화살 같은 통렬한 말이 젊디젊은 입술에서 터져 나왔다. 이 기린아의 용맹함을 가장 높이 사고 있던 이에야스지만, 잠시 아연하여 아무 말도 없었다.

"미래의 도쿠가와가의 운명을 짊어지는 것은 저희의 어깨입니다. 얼마 살지 못하실 아버님이 아닙니다. 짐이 아무리 무겁더라도, 그것을 두려워할 요리노부가 아니옵니다. 허나 이 짐에 죄가 쌓이는 것은 무섭사옵니다. 도요토미가를 멸망시킨 것은 전국(戰國)의 흔한 일, 이것은 죄가 아닐 것입니다. 하지만 그 도요토미의 자식을, 배 속에 있는 아이까지 쫓아가 모조리 죽이려고 하시는 아버님의 행동에는 죄의 냄새가 느껴지옵니다. 아버님, 아버님은 무슨 힘으로 천하를 손에 넣으셨습니까. 그것은 의를 지킨 아버님의 76년 생애가 사람들의 마음을 사로잡았기 때문이겠지요. 그것을 이제 와서, 왜 흥분하여 더럽히십니까. 그 굳은 의리는 요괴의 껍질이었다, 사실은 잔인하고 무도한 분이었다는 낙인이 찍힌다면——곧 무덤에 들어가실 아버님은 기쁘시겠지만, 뒤에 남은 저희가 피해를 보게 됩니다. 아무리 도요토미의 자식을 모두 죽이더라도, 그랬다가는 역모인은 그 도쿠가와가 자신의 죄의 낙인에서 구더기처럼 기어나올 것이 뻔하옵니다."

그러나 눈에 눈물을 글썽이며 절절하게 말하는 15세 소년의, 오히려 슬픈 듯한 태도로 토해져 나오는 말은 대담하고 무서운 것이었다. 이에야스뿐만 아니라 그 자리에 앉아 있는 곤치인 스덴, 하야시 도슌, 오후쿠, 차야 시로지로 등, 하나같이 산전수전 다 겪은 자들이 입술이 납빛이 된 채 잠자코 있었다. 그것은 요리노부의 말이 마치 하늘이 이 소년의 입을 빌려 말하는 것처럼 그들 모두의 양심의 과녁을 꿰뚫었기 때문이었다.

"아버님, 오센 님은 제게 맡겨주십시오."

"요리노부."

하고 이에야스는 쉰 목소리로 간신히 말했다.

"아비에게 반역할 테냐. 아니, 도쿠가와가에 반역할 테냐?"

"저는 도쿠가와가를 지키는 것입니다."

"이 성과, 스루가 백만 석을 버리는 게냐?"

요리노부는 미소를 지었다. 아름다운 소년의 웃음이었다.

"오센 님을 용서해주신다면, 백만 석이 무엇이겠습니까."

이에야스는 일어섰다. 어두운 회색의 안색에 눈이 희게 빛나며 매섭게 요리노부를 응시했다.

"장래에 어떻게 될지 두려운 놈이구나——스루가는 주지 않겠다. 오센도 용서하지 않겠다."

하고 고함치고 핫토리 한조를 바라보며 말했다.

"한조, 이즈미가시라로 가거라. 이제 오센을 붙잡으라고는 하지 않겠다. 암여우들과 함께 죽여라."

"예."

"구로쿠와모노들만으로는 모자랄 것이다. 서둘러 이 성에서 백

명쯤 모아라, 총포도 가져가라. 이번만은 놓치지 마라."

"아버님."

하며 하카마 자락을 움켜쥔 요리노부를, 이에야스는 걷어찼다. 선대 쇼군치고는 보기 드물게 광란한 모습이었다. 그것을 이 상황에 오직 한 사람 엷게 웃으며 바라보고 있는 쓰즈미 하야토를 깨닫자 이에야스는 발끈한 듯이 말했다.

"네놈도 가거라. 그자들을 죽이지 않고, 살아서 돌아오지 마라."

"지당하신 말씀이옵니다."

하며 하야토는 또 소리도 없이 웃었다. 그러고는 그 앉아 있던 모습이 스윽 하고 흐르듯이 멀어져 가는가 싶더니, 마치 해에 구름이 걸렸을 때의 그림자처럼 훅 사라지고 말았다.

이에야스는 나갔다. 스텐 등도 자리를 떴다. 요리노부는 혼자서 한쪽 무릎을 꿇은 채, 성 멀리에서 일어나기 시작한 소란스러운 소리를 듣고 있었다. 모든 것이 끝장났다.

『남룡공도사(南龍公道事)』[주9]에 이르기를, "오사카성이 함락된 해의 겨울, 스루가에 백만 석을 더하여 요리노부경(卿)에게 물려주고, 선대 쇼군 님은 미시마 부근의 이즈미가시라라는 고성터를 은거 장소로 삼으시겠다고 정하셨다. 그러던 중 해가 저물어 1616년이 된 지 얼마 안 되었을 때, 선대 쇼군 님이 타계하며 이 일이 중지되었다. 그 후, 이 일을 받들어 아쉬움이 많았다. 선대 쇼군 님이 3년만 더

주9) 南龍公(남룡공), 도쿠가와 요리노부의 시호.

사셨다면 요리노부경을 백만 석의 높은 봉록으로 만드셨을 것을, 아쉬움이 많다고 요주인[주10] 님은 단호하게 말씀하셨다."

요주인이란 요리노부의 어머니다. 그녀조차 그 진정한 이유를 몰랐던 것은, 얼마나 이날 밤이 막부의 비밀이 되었는지를 보여준다. 그날 밤의 자리에 함께 있었던 자들은 이런 것에 대해서는 입에 자물쇠를 채우고 평생 밖에 흘리지 않을 사람들이었다. 그러나 막부 행정부 내부에서는 은밀히 이 일이 전해져, 후에 요리노부가 기이로 옮겨진 후에도 기이 님께는 자못 아쉬움이 많으실 것이라고 추측하였고, 동시에 이것이 그 유이 쇼세쓰 사건에서 시기와 의심의 눈길이 요리노부의 신변에 한층 강하게 쏟아진 원인이 된다.

3

총포대, 기마 등의 준비에 시간이 걸렸다. 그것을 오사키테[주11]의 대장에게 맡기고 핫토리 한조만 한발 먼저 말을 달려 미시마까지 16리를 하룻밤 만에 달려 돌아온 것은, 단순히 서두른다기보다 구로쿠와모노의 체면에 걸고 다른 사람에게 공을 넘기지 않겠다는 초

주10) 養珠院(요주인), 도쿠가와 이에야스의 측실. 이에야스의 열 번째 아들인 도쿠가와 요리노부와 열한 번째 아들 도쿠가와 요리후사의 생모.

주11) 御先手(오사키테), 先手組(사키테구미). 에도 막부의 직명 중 하나로, 활조와 총포조가 있었다. 에도성 본성의 여러 출입문을 경비하고, 쇼군이 외출할 때 경호를 맡거나 도적 등을 경계했다.

조함 때문이었다. 이미 한조는 센히메 일당의 잠복 장소를 하야토로부터 들었다. 그 암벽이 노출되어 있는 구릉 아래에, 엄청난 수의 구로쿠와모노들이 날카로운 눈빛으로 숨어든 것은 1월 22일 새벽이었다.

땅속이나 마찬가지인 정적을 등불이 타는 소리가 메우고, 거기에 희미한 여자의 신음 소리가 이어지고 있었다.

이즈미가시라의 언덕 내부에 있는 바위굴이다. 자연스럽게 생긴 것치고는 벽의 바위가 지나치게 매끄럽다. 인공으로 만든 것치고는 지나치게 거대하다. 아마 백 명이 들어가도 여유가 있을 것이다. 자연과 인공의 합작이 틀림없다. ──그리고 그 안에 깔린 붉은 양탄자, 그 위에 놓인 옷고리짝, 촛대, 식기, 작은 상자 등은 분명히 최근에 들여진 것이었다. 등불은 켜져 있지만 안쪽의 바위벽에 위쪽에서 비쳐 드는 새벽의 희미한 바깥 빛이 있었다. 그것은 그 부분의 천장을 깊이 파내며, 위로는 구릉에 자란 커다란 녹나무로 이어져 있다. 나무들이 우거진 언덕 위에서, 그 녹나무는 먼 옛날 번갯불에 맞은 것처럼 지상에서 십여 미터 되는 곳에서 부러져 있는데, 그 내부가 원추형의 구멍이 되어 있고 아래는 좁은 구멍이 되어 뿌리까지 이어져 이 지저의 동굴에 희미하게 빛과 바람과 비를 쏟아 넣었다. 하물며 그 나무와 바위의 구멍이 외부에 접근하는 자의 발소리를 미묘하게 반향하며 전할 것임을, 누가 알 것인가.

옛날에 이 언덕 위에 있었다고 하는 이즈미가시라의 성이 어떤 구역을 차지하고 있었는지, 모든 것이 사라진 지금은 이 지저의 바위굴이 공격용의 것인지 방어용의 것인지, 아니면 성이 함락되는 경우에 대비한 것인지 알 길도 없지만, 분명히 신겐의 숨결이 닿았다고밖에 생각되지 않는 장치였다.

도쿠가와가는 물론이고 인근의 농사꾼조차 모르는 이 비밀을, 오유이가 알고 있었다. 왜 오유이가 알고 있었느냐 하면, 그것은 그녀가 사나다의 여자 닌자였기 때문이다. 유키무라의 조부 잇토쿠사이 유키타카[주12]도, 아버지 이치오 마사유키[주13]도 다케다의 모장(謨將)이었기 때문에 유키무라가 이것을 알고 있었다고 해도 이상하지는 않다.

요리노부의 도움으로 미시마를 지날 때 이 사실을 떠올린 것은 오유이였으나, 그 후 종종 심복을 통해 몰래 생활용품이나 등유, 식량 등을 보낸 것은 요리노부였다. 선대 쇼군이 갑자기 이 땅의 보청을 생각한 것에 당황하여 한 번은 일부러 요리노부가 직접 위급함을 알리러 찾아왔을 정도다. 이 비밀을 냄새 맡은 이가의 닌자는 요리노부가 억지로 슨푸로 납치해 갔지만, 물론 그 후로 그녀들은 하루라도 빨리 이곳을 떠나야 한다고 초조해하고 있었다. 하물며 이레 전, 오마유까지 죽고 나서는 더욱 그랬다. 이미 일각의 유예도 없다고 생각하면서도 그녀들을 이곳에 못박은 것은 오유이의 몸 상태였

주12) 一德齋幸隆(잇토쿠사이 유키타카), 사나다 유키타카(眞田幸隆). 전국 시대의 무장으로 다케다가의 가신. 세 아들과 함께 다케다 24장수로 꼽힌다. 잇토쿠사이는 머리를 깎고 나서 쓴 도호(道號)이다.

주13) 一翁昌幸(이치오 마사유키), 사나다 마사유키(眞田昌幸). 사나다 유키타카의 셋째 아들로 전국 시대에서 에도 시대 초기에 걸쳐 살았던 무장. 도쿠가와 이에야스를 몹시 두렵게 하였다는 일화로 유명하다. 이치오(一翁)는 계명(戒名).

다. 전(前)진통이라고나 해야 할 분만의 징조가 시작된 것이다. 단순한 병고가 아니다. 태어날 아이를 생각하면 무턱대고 이 땅을 떠날 수는 없다.

이 상황에, 센히메의 눈은 공포와 기쁨으로 빛났다. 공포도 기쁨도, 모두 분만 자체에 대해서였다. 작년 5월, 불타는 오사카성에서부터 계속해서 불태워온 일념, 에도, 무사시노, 도카이도 등에서 벌어진 이 세상의 것이 아닌 처참한 사투 속에서 계속해서 매달려온 바람, 그것이 이루어질 때가 왔다. 센히메의 눈에는 다가오는 적에 대한 관심은 거의 없었다.

"오유이. 아프냐. 나를 대신한 아픔, 참아다오."

그녀는 계속해서 신음하는 오유이에게 말했다.

하지만 그저 그렇게 말할 뿐 어떻게 해야 좋을지 모르는 센히메에 비해, 자신도 커다란 배를 안고 있으면서 마루바시는 부지런히 오유이를 보살폈다. 게다가 그 사이에 그녀의 귀는 끊임없이 그 천장의 구멍에 밤도 낮도 없이 기울여져 있었다.

"아……."

갑자기 마루바시가 일어섰다. 구멍에서 비치는 빛이 푸른 빛을 띠기 시작했지만 아직 새 소리조차 들리지 않는 새벽 전에, 민감한 그녀의 귀는 어떤 소리를 들은 것일까.

마루바시는 문 쪽으로 달려갔다. 예전에 시치토 스테베에의 '인조끈끈이'로 봉해졌다가 마루바시의 괴력으로 다시 열린 돌문이 희미하게 움직이고, 다시 소리도 없이 닫혔다. 돌아본 그녀의 안색은 달라져 있었다.

“그 구로쿠와모노들이 모여 있습니다.”

“이곳을 알고 말인가.”

하고 센히메가 말했다.

“분명 그렇습니다.”

하고 마루바시가 고개를 끄덕였다. 그리고 어지간한 센히메도 전율하게 하는 보고를 했다.

“문 앞에 합약을 설치하고 있습니다.”

합약이란 화약을 말한다. 토목이 구로쿠와모노의 본업인 데다, 원래가 그들은 닌자다. 그들이 화약을 다루는 데 익숙한 것은 말할 것까지도 없고, 드디어 그것을 꺼냈다는 것은 이제 조금도 사정을 봐주지 않겠다는 배후의 의지를 읽어내기에 충분했다.

숨을 죽이고 우두커니 서 있는 센히메와 마루바시 앞에서 오유이가 조용히 몸을 일으켰다.

“안쪽으로——안쪽의 바위가 팬 곳에 몸을 숨기십시오. 곧 문이 부서질 것입니다. 문이 부서지면.”

일찍이 센히메 주위에 있던 여자 닌자 모두가 각각 암표범 같은 야성을 어딘가에 숨기고 있었지만, 이 오유이만은 마치 규중에서 자란 듯 얌전한 기품과 우아함을 가진 여자였다. 그 이목구비가 뚜렷한 옆얼굴과 갸름한 눈이 지금 무시무시한 결의에 희푸른 도깨비불을 내뿜으며,

“제가 상대하겠습니다.”

하고 말했다.

"오유이, 아기는?"

"이 적을 치지 못하면 어차피 아기의 목숨도 없습니다."

하고 오유이가 말했을 때, 고막도 찢을 듯한 굉음이 동굴 안에 가득 찼다. 거대한 돌문에 번개처럼 균열이 가자 그것은 떨리고, 흔들리고, 그리고 묵직하게 바깥쪽으로 쓰러져 갔다. 그리고 검은 연기와 흙먼지 저편으로 여명의 들판과 호수와, 쇄도해오는 수많은 구로쿠와모노의 그림자가 보였다.

오유이는 옷을 벗어 던졌다. 설화석고의 조각 같은 모습이, 깨진 바위굴의 문 쪽으로 걸어 나갔다.

구로쿠와모노들은 일제히 멈추어 섰다. 상처 입은 짐승의 소굴을 드디어 찾아낸 사냥개처럼 살기에 이를 드러내고 눈을 충혈시키고 있던 구로쿠와모노들도 순간 제지시키는 이상한 광경이 동굴 앞에 나타났다.

전라의 여자가 한 명 나왔다. 그것은 좋다. 그러나 그들이 숨을 삼키며 눈을 크게 뜬 것은 칼 하나도 들지 않은 여자가 쓰러진 석문 위에 길게 몸을 눕혔기 때문이다. 새벽의 엷은 빛에, 솟아오른 복부가 공단처럼 빛나 보였다. 그것은 도마 위의 체념한 커다란 뱅어와 비슷한 모습이었다.

동쪽 하늘에 짙은 자주색 구름이 마치 파도처럼 겹쳐지고 그 사이의 한 줄기 단열이 홍옥처럼 붉었으나, 들판은 아직 어두웠다. 그러나 어둠에도 눈이 익숙한 닌자일 텐데, 어지간한 구로쿠와모노들도 누구 한 사람 그 여자의 사타구니에서 이때 개구리의 알 덩어리 같은 하얀 거품이 배어 나온 것을 본 자는 없었다.

구름은 엄청난 기세로 움직이고 있었다. 붉었던 단열은 여전히 남아 있었지만, 그것은 순식간에 엷어지고 하늘이 물처럼 맑아지기 시작했다. 여자의 사타구니에서 넘쳐난 하얀 거품이 솟아오르고, 그 한 알, 두 알이 바람에 날아갔다.

"앗……."

어디에선가 목소리가 바람에 끊겼다. 높은 하늘이다.

"저거다, 저거다! 이봐, 물러나라, 눈을 감아……."

구로쿠와모노의 훨씬 뒤쪽――수십 미터나 되는 커다란 느티나무 가지에 걸쳐 앉아 있는 쓰즈미 하야토였다. 그는 눈을 부릅뜨고, 희고 흐릿한 여자 닌자의 모습을 내려다보고 있었다. 하야토쯤 되는 자가 여전히 구로쿠와모노에게 선두를 양보하고 형세를 관망하게 한 것, 그것은 핫토리 한조에게 들은 구로쿠와모노들을 젖먹이처럼 기괴한 생물로 바꾸어버렸다는 적의 닌자술의 수수께끼였는데, 그 수수께끼는 지금 정체를 드러냈다. 일찍이 하야토가 에도의 센히메 저택에서, 역시 같은 운명에 빠진 사카자키 일당에게서 본 것이 그것이었다. 허공에 떠도는 거품은 순식간에 투명한 자루처럼 커졌다.

찢어질 듯한 하야토의 목소리가 잘 들리지 않은 것일까, 아니면 그 목소리가 오히려 한순간의 망연자실을 깬 것일까. ――구로쿠와모노들은 다시 움직이려고 했다. 그들은 이때, 바람에 흐르는 수많은 거대한 거품을 보았다. 그러나 본 찰나, 그들의 행동은 의지를 잃었다. 기절한 것도 옴짝달싹 못 하게 묶인 것도 아니다. 그들은 거품을 향해 빨려들어가듯이 달려갔지만, 그것은 스스로 제지할 수 없는 질주였다.

아름다운 은회색 거품은 한없이 여자의 사타구니에서 부풀어 올라 바람에 날아간다. 그것은 바람 속에 끊어져 하나씩 자궁의 형태로 부풀어 오르고, 수십 수백 개가 서로 얽혀 엷은 빛 속에 푸른 무지개를 그리며 소리도 없이 들판을 흘러갔다. 그것과 구로쿠와모노가 서로 닿은 순간, 그들은 그 거대한 거품에 감싸여 거품 속에서 고개를 웅크리고 팔다리를 잔뜩 움츠리며 움직이지 않게 되고 말았다. 마치 자궁 속의 태아와 똑같이.

"읏……."

쓰즈미 하야토는 높은 나무 위에서 몸부림쳤다. 재빨리 그 기괴한 거품의 무서움을 알아채고 보지 말라고 경고를 한 주제에, 그 자신도 나무에서 뛰어내려 그 아름다운 거품에 몸을 던지고 싶은 충동에 이를 갈았다. 눈을 감고 필사적으로 나무껍질에 세운 손톱이 떨리고, 벗겨지고, 그 스스로 먼저 달려갈 것 같은 느낌이 들 정도로, 그것은 무시무시한 유혹이었다.

거품과 구로쿠와모노가 서로 닿는 것은 구로쿠와모노 쪽에서 거품에 빨려들어 가는 것이다. 순식간에 들판에는 거품에 감싸인 구로쿠와모노가 여기저기 흩어지고, 이윽고 그 거품이 훅 사라져도 둥글게 웅크린 구로쿠와모노의 그림자는 움직이지 않았다.

사타구니에서 분비된 거품 자체는 현실이었다. 그러나 이 거품이 그런 마력을 발휘하는 것은 최면술에서의 수정구와 같은 일종의 환각 작용일 것이다. 그러나 그것은 스스로 불에 뛰어드는 여름벌레처럼 당사자로서는 어떻게 할 수도 없는 본능적 행동이었다. 사람은 옛날에 수생 동물이었다. 어둡고 따뜻한 자궁은 여체 안쪽에 있는 해저다. 사람은 그 고향으로 돌아가려는 본능을 갖고 있다. 성교 자체도 이 해저 같은 태내로 돌아가려는 상징적 행위라고 말하는 정신분석학자도 있을 정도다. 성교, 실로 그대로다. 앞다투어 그 자궁 형태의 바다에 몸을 던지는 남자들은 난소에서 떠난 난자를 향해 돌진하는 정자와 꼭 같은 모습이었다. 환괴하기 짝이 없는 오유이의 닌자술 '몽환포영'이다.

나무 밑에서 이상한 고함 소리가 일었다. 쓰즈미 하야토는 눈을 떴다. 거기에 서 있던 핫토리 한조가 헤엄치듯이 달려 나가려고 하고 있었다. 그러나 동시에 하야토는 등 뒤에서 한 줄기 여명의 빛이 던져지고, 자신이 머물러 있는 느티나무의 그림자가 들판을 가르고 여자 닌자에게 닿아 있는 것을 보았다.

이것이야말로 그가 이를 악물고 기다리던 순간이었다.

하야토는 도를 뽑아 들었다. 수백 미터 떨어진 위치에서, 그 도 그림자는 오유이의 배를 세로로 찢었다.

4

일순, 돌문 위에 누운 오유이의 몸은 떠올랐다. 그렇지 않아도 부푼 복부를 안고 사지가 활 모양으로 휘어 있었던 것이다. 동시에 새하얀 배에 붉은 비단실 같은 금이 가는가 싶더니, 그녀는 스스로 피의 비 아래에 있었다.

상대의 그림자를 베는 닌자술 '백야 수레', 또 그림자로 상대를 베는 그 변법(變法). ──모두 그 통각은 진짜 같은 것이지만, 어차피 환각에 지나지 않는다. 그러나 이때 오유이의 배는 실제로 세로로 찢어졌다. 벤 하야토 자신도 그 찰나 망연해지고, 다음 순간 자신의 신기(神技)에 회심의 미소를 지었다. 실로 신기임에는 틀림없지만, 그러나 오유이의 복부는 그 이전에 사실 찢어져 있기도 했다. 자궁이 커져서 피하조직이 찢어지고, 그래서 소위 말하는 '임신선'이라는 것을 만든다, 이것은 대부분의 임부에게 일어나는 징후다. 그러나 배꼽에서 치골 봉합에 걸쳐 한 줄기 격렬한 통각이 스치는 것을 느낀 찰나 복벽이 갈라진 것을, 무시무시한 닌자술 '백야 수레'의 바퀴 자국의 흔적이라고 하지 않고 무엇이라고 할까. 소리도 없이 씩 웃은 쓰즈미 하야토의 웃음은 갑자기 얼어붙었다. 피의 비가 걷히고 움직이지 않게 된 여체에, 무언가 모호하게 움직이는 것이 있다. 다음 순간, 거기에서,

"응애!"

하는 소리가 터져 나왔다.

아기다! 아기가 탄생한 것이다! 복벽의 긴장이 단숨에 사라진 충격으로 자궁벽에서 난막까지 찢어진 것인지, 백야 수레의 일도(一刀)가 '제왕절개'와 같은 작용을 나타내어, 피바람 속에서 태어난 신생아의 첫 울음소리였다.

이 의외의 일에 잠시 바보처럼 그것을 들여다보고 있던 하야토는, 갑자기 비명을 지르며 높은 나무 위에서 굴러떨어졌다. 동굴 안에서 후려쳐진 사슬낫의 사슬이 동굴 앞에 있던 그의 그림자를 타격했기 때문이었다. 하야토는 고양이처럼 회전하며 지상에 섰다.

"총포조다, 총포조다!"

갑자기 등 뒤에 울려온 말발굽의 울림에, 핫토리 한조가 돌아보며 외쳤다. 마른 풀을 걷어차며 총포를 든 백 기 남짓의 기마대가 달려왔다. 오사키테 대장이 이끄는 슨푸성의 총포대가 겨우 도착한 것이다.

태양은 떴다. 핏빛을 내뿜으며, 해는 떠오르고 있었다. 동굴에서 뛰어나온 마루바시가 오유이의 시체 위에 몸을 굽히고, 이윽고 아기를 안아 드는 모습이 똑똑히 보였다. 쓰즈미 하야토는 다시 한번 커다란 느티나무를 올려다보았다. 해는 뜨고 나무 그림자는 작아져 이미 두 여자의 위치에 닿지 않게 된 것을 보자, 하야토는 달리기 시작했다. 마루바시는 아기를 안고 바위굴 안으로 도망쳐 들어갔다.

"잠깐, 나를 쏘지 마라, 구멍 앞에 여자가 나타나면 쏘는 거다."

한 번 돌아보고 그렇게 절규하고 나서, 하야토는 계속해서 달렸다. 백 자루의 총포가 등 뒤에 산개해 있다, 라는 안도감은 그에게 없었다. 그 이전에 저 기괴한 거품이 사라진 지금, 그는 마루바시 따위는 두렵지 않았다. 밤은 밝았고, 그의 무기인 그림자는 전부 지상에 있다. 그리고 그는 아직도 산 채로 센히메를 붙잡고 싶다는 집념을 버리지는 않았다.

들판을 메운 거품은 몽환처럼 사라지고 있었다. 하야토의 달리는 발에 걷어차여, 애벌레처럼 웅크리고 있던 구와쿠로모노가 마치 배 속의 꿈에서 깬 것처럼 "응애" "응애" 하고 울음소리를 내기 시작한 것에도, 하야토는 돌아보지 않았다.

"마루바시, 나와라, 네놈도 숨은 채로 센히메 님과 함께 백 자루의 총포를 이 구멍에 쏘았으면 좋겠느냐!"

고함치며, 오유이의 시체 옆을 지나 동굴 쪽으로 한달음에 달려가려고 한 발이 갑자기 붙잡혔다. 붙잡은 것은 죽은 것으로 보였던 오유이의 손이었다. 쓰즈미 하야토는 비명을 지르며 뿌리치고, 몇 미터나 뒤로 뛰어 우뚝 섰다.

오유이는 보이지 않는 실이 잡아당기는 것처럼 일어섰다. 머리카락은 흐트러져 어깨에 파도치고, 얼굴은 상아를 벗긴 것처럼 하얗다. 양팔을 축 늘어뜨린 전라의 모습은, 말할 것까지도 없이 하반신이 피의 연못에서 기어 나온 것처럼 젖어 있다. 푸른 그늘이 드리워진 눈만이 처참한 빛을 내뿜고 있었다. 어지간한 하야토도 욕할 목소리도, 숨통을 끊을 기력도 잃은 듯 칼을 한 손에 든 채 이와 마주했다.

총포조는 어떻게 되었을까. 그들도 이 여자 닌자의 무시무시한 귀기에 압도되어 숨을 삼켰을까. 천지에는 오직 적막만 가득 찼다.
——생각하면 이가의 다섯 명, 사나다의 다섯 명이 적과 아군으로 나뉜 지 반년 후, 환요하고 처참하기 짝이 없는 사투 끝에 마지막에 남은 두 사람이다. 그러나 이 승패는 싸우지 않아도 분명했다. 여자 닌자는 빈사라기보다 살아서 일어선 것이 이상할 정도로 중상을 입고 있었다. 그 상처를 보라, 배는 커다란 석류처럼 찢어져 있다. 피는 여전히 소리를 내며 발치의 석문에 뚝뚝 떨어지고 있다.

그때까지 빛나고 있던 여자 닌자의 눈에 스윽 하고 얇은 막이 씌기 시작했다. 그리고 그녀의 입술은 그림자처럼 씩 웃었다. 이때, 어찌 된 일인지 쓰즈미 하야토는 자신의 눈에도 얇은 막이 씌는 것을 느꼈다. 현실의 눈은 빨려들어 가듯이 여자의 찢어진 배를 보고 있는데도.

그 안에 40센티에 가까운 선혈투성이의 자궁이 있었다. 자궁은 입을 벌리고 있었다. 하야토의 눈에, 그것이 순식간에 거대한 식충꽃처럼 벌어져 자신을 삼키는 듯한 현기증이 일었다. 따뜻한 점막이 머리를 감싸고, 해저 같은 액체가 피부를 적시는 환각이 덮쳐왔다. 비틀비틀 허우적거리면서, 그는 멀리 이가의 산에서 들었던 어린 날의 어머니의 자장가를 들은 것 같다고 생각했다. 그의 손에서 칼날이 떨어졌다.

기마대는 총포를 어깨에 대고 방아쇠에 걸친 손가락이 마비되고 말았다. 공 같은 자세로 허우적거리던 쓰즈미 하야토가 여자 닌자의 복부에 머리를 처박은 것이다. 한 개의 성숙한 태아를 막 내보냈을 뿐인 자궁은 그 머리를 쏙 삼켰다. 두 사람은 그 기괴한 구도로 잠시 서 있었지만, 이윽고 여자 닌자가 몸을 옆으로 비틀다시피 하며 서서히 석문 위로 쓰러졌다. 그래도 하야토의 머리는 떨어지지 않았다. 그의 코와 입은 핏덩어리와 양수로 막히고, 그 목에는 부드러운 자궁근과 자궁점막이 달라붙어 있었다. 그리고 태아와 똑같이 팔다리를 작게 움츠린 쓰즈미 하야토는 자궁 안에서 일찍이 이 사나운 아이가 보인 적 없는 원만하고 충족된 미소를 띤 채 숨이 끊어졌다.

동굴 입구에 아기를 안은 마루바시와 센히메가 나타났다.

"오유이."

센히메는 절규하며 달려왔다. 이번에는 오유이도 완전히 숨이 끊겨 있었다. 그녀는 무한 포용의 모성의 웃음과 비슷한 웃는 얼굴이었다.

오사키테 대장은 백일의 악몽에서 깨어났다. 아니, 너무나도 처절한 결투를 실제로 보고, 이때부터 마음이 어지러웠다고 할까.

"조준—!"

하고 그는 외쳤다. 기마대는 다시 일제히 총을 어깨에 댔다.

그때, 등 뒤에 미친 듯한 말발굽 소리가 다가오는가 싶더니 "잠깐!" 하고 외친 자가 있었다. 거의 이성을 잃은 듯한 총포조에 벼락을 떨어뜨리기에 충분한 커다란 목소리였다.

오사키테 대장은 돌아보고 말에서 뛰어내렸다. 요리노부경의 노신, 안도 다테와키였다.

"잠깐, 살생은 필요없다. 즉시 물러나라는 선대 쇼군 님의 분부다."

“아니, 다테와키 님, 이것은 선대 쇼군 님의 지시로──.”

“그 선대 쇼군 님의 몸에 큰일이 생겼다. 그대들이 달려가고 나서 얼마 안 되어, 어제 밤중에 선대 쇼군 님께서는 병환에 드시어 위독해지셨다. 일동, 서둘러 돌아오라는 분부이시다!”

하고 안도 다테와키는 백발 머리를 곤두세우며 말했다.

안도 다테와키 나오쓰구라면, 단순한 제후의 신하가 아니다. 겐키[주14]의 아네가와 전투[주15] 이후, 나가시노[주16], 나가쿠테[주17], 세키가하라 등 도쿠가와의 운명을 결정하는 싸움에서 끊임없이 선대 쇼군을 따랐고, 그 용맹과 침착함을 특히 눈여겨보아 선대 쇼군이 직접 어린 요리노부를 통제하는 역할로 붙였을 정도의 인물이다. 이미 이때 1만 석의 봉록을 받는 지체 높은 사람이었다. 어제 건강하게 매사냥을 나간 선대 쇼군이 갑자기 위독해졌다는 소식은 다른 사람이 말했다면 믿기 어렵지만, 주정으로 그것을 알리러 올 만한 다테와키는 아니었다.

다테와키는 힐끗 센히메 쪽을 본 것 같았다. 하지만 곧 아무것도 모르는 얼굴을 하고, 소요에 빠진 총포대와 망연자실한 구로쿠와조의 생존자를 내몰듯이 하며 슨푸 방향으로 달려갔다.

주14) 元龜(겐키), 1570~1573년까지 사용되었던 일본의 연호.

주15) 姉川合戰(아네가와 전투), 1570년에 현재의 시가현에 있는 아네가와강에서 오다, 도쿠가와 연합군과 아자이, 아사쿠라 연합군이 벌인 전투.

주16) 長篠(나가시노), 현재의 아이치현 신시로시에 있는 지명. 1575년에 오다 노부나가, 도쿠가와 이에야스 연합군이 다케다 가쓰노리를 격파한 곳이다.

주17) 長久手(나가쿠테), 현재의 나고야시 동쪽에 있는 지명. 1584년에 도쿠가와 이에야스가 하시바 히데요시와 싸워 이긴 곳.

센히메는 최후의 이가 닌자와 싸워 처절하게 함께 죽은 오유이의 주검 옆에 돌이 된 것처럼 우두커니 서 있다가, 이때 마루바시와 얼굴을 마주 보았다.

"선대 쇼군이 병환이라는 것은 정말일까요."

하고 마루바시가 말했다. 그 손에 안긴 아기는 기세 좋게 계속 울고 있었다.

"저 다테와키가 설마 거짓말을 하지는 않겠지."

하고 센히메는 제정신으로 돌아온 듯 중얼거렸다.

"뭐라고 해도 할아버님은 일흔여섯…… 어쩌면."

갑자기 그녀는 반짝반짝 빛나기 시작한 눈길을 아기에게 쏟았다. 아기는 사내아이였다. 머리카락이 길고, 검은 눈이 반짝이고, 힘찬 울음소리를 내고 있었다.

"할아버님이 살아 계시는 동안에 이 아이를, ――히데요리 님의 아이를 반드시 보여드려야 하네."

하고 말하더니, 센히메는 서쪽의 슨푸성 방향으로 시선을 들었다. 그렇다, 오유이는 죽었지만 훌륭하게 히데요리의 아이를 하나 낳았다. 그것을 선대 쇼군에게 보여주는 것은 센히메에게 견디기 어려운 개가(凱歌)의 유혹이었다. 하지만 그 아이를 안고 슨푸성에 들어가는 것은 곧 스스로 사지에 들어가는 일이었다.

그러나 마루바시는 둥글게 부풀어 오른 배를 문지르며 씩 웃었다.

"아가씨의 마음은 지당하십니다. 가십시오. 마루바시는 끝까지 따르겠사옵니다."

5

이에야스는 21일 밤에 발병했다. 맹렬한 토사물 속에 점액에서 담즙, 급기야는 혈액까지 섞이고, 토하고 토했지만 격렬한 위통은 여전히 낫지 않았다. 보통의 위염과 다른 중독성 카타르의 징후였다. 한때 맥박도 가늘어지고 신경 증상을 일으켜 헛소리를 했다. 띄엄띄엄, "오센, 용서해라, 오센" 하고 되풀이했다. 에도에 소식을 전할 급사(急使)에 섞여, 안도 다테와키가 슨푸성을 뛰쳐나간 것은 이때였다.

새벽이 되어 구토는 멎었으나 그날 하루 종일, 밤이 되어도 허탈 상태는 이어졌다.

이에야스가 젊었을 무렵, 가을에 노부나가로부터 복숭아 한 바구니를 선물받았다. 이에야스는 별일도 다 있다고 말했을 뿐, 입에 대려고는 하지 않았다. 이것을 신겐이 듣고, "철 지난 복숭아를 버리다니, 과연 대망이 있는 자다"라며 감복했다고 한다. 또 늙고 나서 가볍게 병을 앓고 회복되었을 때, 그가 음식을 잘 먹은 것을 보고 의원들이 "목숨은 먹는 것에 있다고 합니다. 무엇보다 경사스러운 일입니다"라며 기뻐하자 씁쓸한 얼굴을 하고, "목숨은 먹는 것에 있다는 것은, 사람은 먹고 마시는 것이 중요하다는 뜻이지 많이 먹으면 좋다는 뜻은 아닐세" 하고 타일렀다고 한다. 이렇게 평생 음식을 보건적으로 다루었던 이에야스에게, 음식이 목숨을 빼앗는 계기가 된 것은 얄궂은 일이다.

7층의 대천수각에 거친 난운(亂雲)이 날고, 바람이 창백하게 빛나며 기와지붕을 울리는 23일 저녁때였다. 그 성의 정문에 두 여자가 섰다.

"할아버님이 편찮으시다고 듣고, 센히메가 문병을 왔습니다. 들어가겠습니다."

늠름한 센히메의 목소리였다. 그 가슴에 하얀 비단에 싸인 한 아기를 안고 있었다.

문지기들은 깜짝 놀랐다. 곧 몇 사람이 성안에 연락하러 달려갔다. 하지만 때가 때이니만큼 성은 침통한 동요에 파도치고, 지휘 계통은 혼란에 빠져 있었다. 성주라면 요리노부밖에 없지만, 요리노부는 그저께 밤 이후 아버지의 병실을 지키고 있었다. 이 소식이 그와 가까운 어느 방에 틀어박혀 있던 오후쿠와 안도 다테와키에게 전해지기까지도 20분 가까운 시간이 지났다.

"뭐라고 하였느냐. 센히메 님이 오셨다고?"

오후쿠는 안색을 바꾸며 일어섰다.

"무, 무례한."

그 소매를 다테와키가 붙잡았다.

"괜찮지 않습니까. 선대 쇼군 님께서는 이미 아가씨에 대한 노여움을 거두셨소."

오후쿠는 잠시 주춤했다. 그러나 곧 말했다.

"이 오후쿠는 그 말씀을 믿지 않습니다. 그것은 마음이 어지러워서이거나, 아니면 기력이 쇠하신 나머지 하신 말씀."

이번에는 다테와키가 몸을 움츠렸다. 실은 다테와키도 같은 견해였다. 요리노부의 명령으로 급히 구로쿠와모노를 물러나게 하기는 했지만, 내심 그것이 옳은지 아닌지 망설이고 있었다. 그는 요리노부를 경애하는 노신임과 동시에, 도쿠가와의 후다이 가신이기도 했다. 이즈미가시라에서 센히메를 구하면서 한 마디 인사도 없이 떠난 것은 그 망설임 때문이고, 지금 센히메가 왔다는 보고를 받고 놀람과 동시에 그 무모함에 혀를 차고 싶은 기분이었다. ——오후쿠는 허둥지둥 달려 나갔다.

그 사이에 센히메는 몇 개의 누문, 담 아래의 작은 문 등을 지나 서성으로 가까이 가고 있었다. 마루바시가 눈을 형형하게 빛내며 뒤를 따랐다.

성내의 곳곳에는 무사들이 불안한 듯이 모여 있었다. 정원 여기저기에 벌써 횃불을 피우기 시작했다. 모두 목소리를 죽이고, 발소리를 죽이고, 그저 서성을 올려다보고 있는 숨막힐 듯한 파도를, 이때 한 줄기 바람이 살랑거리며 지나갔다. "——센히메 님이다" "센히메 님이다" 하고 두려운 듯한 중얼거림이 퍼졌다. 한번 이 성에 묵은 적도 있는 센히메의 얼굴을 모르는 자는 없다. 그러나 동시에 그녀가 현재 어떤 입장에 있는지, 지금에 와서는 모르는 자는 없다.

그러나 선대 쇼군의 손녀임은 틀림없고, 그 선대 쇼군은 빈사의 상태로 누워 있다. 그들이 순간적으로 어찌해야 할지 혼란스러워진 것은 무리도 아닌 일이었다.

싸늘하게 그들을 무시하고 들어가는 센히메를 따르며 부푼 배를 내밀고 걷고 있던 마루바시가, 그러나 어찌 된 일인지 점점 몸을 앞으로 숙이고 어깨로 숨을 쉬며 이마에 땀을 흘리기 시작했다. 하스이케문이라는 서성으로 들어가는 문 근처까지 왔을 때, 센히메가 눈치챘다.

"마루바시, 왜 그러는가?"

"아가씨."

마루바시는 쓴웃음을 지었다.

"아무래도, 저도 아기를 낳을 것 같사옵니다."

"뭣이, 아기를――."

센히메가 걸음을 멈추었을 때, 무기가 번득이는 하스이케문 앞에 한 여자가 나타났다. 오후쿠였다. 그녀는 가면 같은 얼굴로 버티고 섰다. 문은 등 뒤에서 닫혔다.

"센히메 님."

"오후쿠냐. ――마중 나오느라 수고했다, 안내해라."

하고 센히메는 돌아보며 하얀 턱을 치켜들었다.

"아니요, 이 안으로 들어가실 수는 없습니다."

"오후쿠, 나는 할아버님의 손주다, 손자가 할아버님의 문병을 온 것이 잘못인가. 내 동생의 유모의 신분으로, 가르치는 것 같은 말투라니 무례하구나. 거기서 비켜라."

오후쿠는 창백한 입술을 떨며 말했다.

"아가씨는 몰라도, 다른 사람은 안 됩니다."

"다른 사람이라니?"

"그 가슴의 아기는 누구입니까."

"이것은 내 아이다."

센히메는 의기양양하게 웃었다.

"즉, 할아버님의 증손자, 할아버님께 처음으로 보여드리러 왔다."

"또 한 명의 여자는요?"

"내 가신이다."

오후쿠는 참다못한 듯이 찢어지는 목소리를 냈다.

"무슨 말씀이십니까. 그자가 역모인 조소카베 모리치카의 아내라는 것을 모를 오후쿠라고 생각하십니까. 여봐라, 들은 대로다, 저 커다란 여자를 쳐라!"

무사들이 산사태처럼 몰려들었다. 그것을 등지고, 마루바시는 센히메를 감싸며 아무 일도 없는 것처럼 문으로 걸어간다. 오후쿠는 작은 산 같은 박력에 짓눌려 옆으로 피하면서,

"무엇을 하고 있느냐. 도요토미가의 잔당을 서성에 들여보낼 셈이냐. 저자가 그 문을 지난다면 너희들의 목숨은 없다."

하고 소리쳤다.

채찍질당한 듯이 습격하려고 하는 무사들을 검은 강철의 회오리바람이 휩쓸고, 뼈가 부서지는 소리와 흩어지는 뇌수가 뒤따랐다.

몸을 돌릴 때마다 마루바시의 손에서 풀어내어진 사슬이었다. 단 한 번 휘두르는 것으로 열 명 이상이나 되는 무사가 즉사하여 피 속에 엎어졌다.

그때, 마루바시의 발치에 툭툭 소리를 내며 액체가 떨어지기 시작했다. 그녀는 고통으로 일그러지는 입술에 사슬을 물고, 한 손으로 옷자락을 걷어 올렸다. 넘쳐 떨어지는 액체는 태포(胎胞) 파열에 의한 양수였다. 격렬한 진통 때문에 얼굴이 붉어지고 온몸이 떨리기 시작한 것을 보고 뭐가 뭔지 모르면서도 다시 쇄도할 자세가 된 무사들에게, 다시 쇠사슬의 회오리가 불었다.

걷어 올린 커다란 여자의 옷자락 사이에서 새까만 태아의 머리카락이 나타났다. 그녀는 신음하면서 문에 손을 댔다. 한 번 밀고, 두 번 밀고. 안쪽에는 굵은 빗장이 질러져 있었는데, 그것이 소리를 내며 부러진 것은 결코 마루바시의 선천적인 괴력 때문만은 아니고, 평범한 여자라도 청죽을 움켜쥐어 깬다고 하는 분만 시의 근육 힘이 더해진 것이 틀림없었다. 그러나 안쪽에 서 있던 몇 명의 문지기는 문 앞에서 부러지는 빗장을 보고 비명을 지르며 안쪽으로 도망쳐 들어갔다.

"자, 아가씨."

하고 마루바시는 열린 문으로 센히메를 재촉했다. 한 팔로는 이미 어깨까지 나온 아기를 건져 올리다시피 하고 있었다. "멈춰라!" 하며 달려온 대여섯 명이, 또 사슬이 한 번 휘둘러지자 안면이 뭉개지며 굴렀다.

"총포, 총포!"

광기처럼 오후쿠가 발을 구르며 외치기 전에, 센히메와 마루바시는 문 안으로 사라지고 문은 닫혔다. 무사들은 한 덩어리가 되어 거기에 몸을 부딪쳤지만, 문은 열리지 않았다.

빗장이 없을 문 안쪽에는 마루바시가 등을 대고 버티고 있었다.

그 자세로, 그녀는 아기를 낳았다. 지상에 고인 피와 양수의 웅덩이에 떨어진 신생아가 "응애!" 하고 우렁찬 울음소리를 내는 것을 듣자, 그녀는 입에 물고 있던 큰 낫을 들어 자신과 아기를 연결한 탯줄을 끊었다.

"아가씨…… 이 아이를."

센히메는 마치 주술에 걸린 것처럼 다른 한쪽 팔에 그 아기를 안아 들었다. 역시 커다란 사내아이였다. 피투성이의 그 아이를 하얀 눈으로 물끄러미 바라보며, 마루바시의 눈에 형용하기 어려운 부드러운 웃음이 떠올랐다.

"부탁드립니다. 반드시, 어린 주군의 좋은 가신으로."

"알았네, 마루바시."

밖에서 "문이 열리지 않는 것은 안에서 누르고 있는 증거다. 상관없다, 쏴라" 하는 오후쿠의 이미 미친 듯한 고함 소리가 들렸다.

"아가씨, 빨리, 선대 쇼군에게."

하고 마루바시는 말했다.

센히메가 달리기 시작하는 것과 동시에 등 뒤에서 총성이 들렸다. 마루바시는 한 번 덜컹 하고 경련했지만, 붉은 부동명왕 같은 다리는 대지에 버틴 채, 큰 대 자로 벌린 두 팔은 조금도 문에서 움직이지 않았다. 여자 벤케이[주18)]처럼 선 채, 마루바시의 죽은 눈은 여전히 자신이 낳은 아기의 행방을 쫓고 있었다.

6

멀리서 총성을 듣고, 반사(半死)의 이에야스는 눈을 떴다.

"요리노부."

희미한 목소리로 불렀지만, 지금까지 베갯맡을 지키고 있었을 요리노부의 대답은 없었다. 그 외에는 누구의 모습도 없다.

등불의 색도 어둡고, 차가운 저녁 어스름만 퍼져 있는 방에서 그는 어린아이 같은 두려움을 느꼈다. 76년, 하루도 기력이 쇠한 모습을 보인 적이 없는 이 견인불발의 영웅도, 온몸이 텅 빈 것 같은 육체적 소모와 함께 기력은 다하여 희미한 숨을 토하고 있을 뿐이었다. 급사(急使)는 에도로 달려갔지만, 물론 아직 히데타다를 비롯한 아들들이 슨푸에 도착할 리는 없다. 단 한 명 이 성에 있는 열다섯 살의 요리노부에게, 다 죽어가는 노인은 어린아이처럼 매달리고 싶었다.

주18) 弁慶(벤케이), 가마쿠라 시대 초기의 전설적인 승려. 힘이 장사인 것으로 유명하여 여러 일화를 남겼으며, 미나모토노 요시쓰네를 따르면서 무명(武名)을 떨쳤다.

"요리노부."

다시 한번 실처럼 가느다란 목소리를 냈을 때,

"오센 님이 병문안을 오셨습니다."

하고 요리노부의 목소리가 들렸다. 이에야스는 눈을 떴다.

곁에 소리도 없이 센히메가 서 있었다. 그 양팔에 두 아기를 단단히 안고 물끄러미 이에야스를 내려다보고 있었다. 노인의 눈은 커지고, 꼼짝도 하지 않게 되었다. 센히메는 한 마디도 하지 않고, 미동도 하지 않는다. 그것은 현실의 존재의 모습이었을까——이에야스는 환각적인 공포에 사로잡혀,

"내가 졌다. 용서해라, 오센, 나를 용서해라……."

하고 허공을 움켜쥐듯이 손을 뻗으며 외쳤다.

그 동굴 같은 눈에, 센히메의 눈동자에서 타오르는 푸른 불꽃이 빙글빙글 돌다가 센히메와 그 양팔에 있는 두 아기의 머리 위에 둥근 빛이 되어 걸리더니, 그 몽환의 거품 속에 '세 사람'이 어두운 하늘로 올라가는 것처럼 보인 찰나, 이에야스는 다시 실신했다.

그 후로 이 두 아기가 어떻게 되었는지, 곧 죽은 선대 쇼군은 물론이고 막부의 누구도 모른다. 살았을까. 죽었을까. 살았다면 어떤 별 밑에서 자랐을까. 아마 센히메와 요리노부를 제외하고는 아무도 모를 것이다. 하물며, 이것을 25년 후에 막부를 깜짝 놀라게 한 대(大) 역모인과 연결짓는 것은 작자의 견강부회에 지나지 않을 것이다.

다만 만약을 위해 '게이안의 변'[주19]의 주모자의 이름을 적어 두겠다. 즉 두목, 그 이름은 유이 쇼세쓰. 부두목, 그 이름은 마루바시 추야.

주19) *慶安の変*(게이안의 변), 게이안 4년(1651)에 유이 쇼세쓰, 마루바시 추야 등이 계획한 막부 타도 음모. 에도, 슨푸, 교토, 오사카에서 군사를 일으키려 했으나 발각되어 주야는 붙잡히고 쇼세쓰는 할복하였다.

쿠노이치인법첩

초판 1쇄 인쇄 2023년 6월 10일
초판 1쇄 발행 2023년 6월 15일

저자 : 야마다 후타로
번역 : 김소연

펴낸이 : 이동섭
편집 : 이민규
디자인 : 조세연
영업 · 마케팅 : 송정환, 조정훈
e-BOOK : 홍인표, 최정수, 서찬웅, 김은혜, 정희철
관리 : 이윤미

㈜에이케이커뮤니케이션즈
등록 1996년 7월 9일(제302-1996-00026호)
주소 : 04002 서울 마포구 동교로 17안길 28, 2층
TEL : 02-702-7963~5 FAX : 02-702-7988
http://www.amusementkorea.co.kr

ISBN 979-11-274-6233-8 04830
ISBN 979-11-274-6079-2 04830(세트)

KUNOICHI NIMPOCHO YAMADA FUTARO BEST COLLECTION